बूँद

कहानी-संग्रह

बूँद

मंजुल भगत

वाणी प्रकाशन ग्रुप
भारतीय ज्ञानपीठ
वाणी प्रकाशन : भारतीय ज्ञानपीठ की पुस्तकों के एकमात्र प्रकाशक एवं वितरक

लोकोदय ग्रन्थमाला : ग्रन्थांक 622

पहला संस्करण : 1998
दूसरा संस्करण : 2023
तीसरा संस्करण : 2025

वाणी प्रकाशन : भारतीय ज्ञानपीठ की पुस्तकों के एकमात्र प्रकाशक एवं वितरक

वाणी प्रकाशन

4695, 21-ए, दरियागंज, नयी दिल्ली-110 002
दूरभाष : 011-23273167, 23275710
ईमेल : sales@vaniprakashan.in
www.vaniprakashan.com

ISBN : 978-81-19014-98-9

मूल्य : ₹ 395

बूँद
(कहानी-संग्रह)
मंजुल भगत

BOOND
(Collection of Stories)
by Manjul Bhagat

आवरण-शिल्पी : सत्यसेवक मुखर्जी

मुद्रक : आर. टेक ऑफ़सेट प्रिंटर्स, दिल्ली-110 032

अनुक्रम

बानो

उमस, पसीना और प्यास। सूरज तपकर ढल चुका था। गली हुई शाम यूँ ठहरी थी, मानो मोमबत्ती पिघलकर थक्कों में जमी हो। हवा के नाम पर अपनी साँसें थीं।

टाइप और फोटोस्टेट के कार्यालय जाना आवश्यक हो गया। कुछ जरूरी आलेख थे जो हाथों-हाथ टंकित होने थे। बैठते ही कण्ठ लगा सूखने। 'कनाडा ड्राई' की ठण्डी बोतल मँगवाकर, घूँट-घूँट भरने लगी। सेबों के रस का अच्छा-सा पेय निकाला है। गला तर होने लगा पर माथे पर अब भी पसीना चुह्चुहा रहा था। तभी उन्हें दूकान में दाखिल होते देखा। कुछ खब्तुलहवास-सी थीं।

"बराये-मेहरबानी, मेरे कुल दो कागज पहले टाइप कर दें।"

उनके 'पहले' शब्द पर मेरे कान खड़े हो गये। "देखिए, आपको अपनी बारी का इन्तजार करना होगा।" मैंने साड़ी के पल्लू से अपना चेहरा रगड़ते हुए कहा।

"जी, मुझे दरअसल जाना था।"

"जाना तो खैर सभी को है। यहाँ रहने तो कोई नहीं आया।" मेरी आँखों का चश्मा पसीने से धुँधला गया था। आँखों के नीचे जहाँ पसीना इकट्ठा हो गया था, वहाँ चिरमिराहट होने लगी थी। मैंने चश्मा उतारकर पोंछा। दोबारा पहना तो उनका चेहरा इस कदर बुझा पाया कि मेरा मन कचोट उठा।

"आइए। यहाँ सोफे पे बैठ लीजिए उतनी देर।"

वह एकदम से मेरे करीब चली आयीं। चेहरे पर अब भी मायूसी पुती थी। बैठते ही पैर बदल-बदल के अपने पाँव छिपाने लगीं। पाँव छिपने की बजाय और रोशनी में आ गये। बिवाई फटे, धूल अटे। किरमिची स्लीपरों में जहाँ-तहाँ फटन और ढिलाई जिससे पंजा आगे को सरका हुआ और स्लीपर पीछे से फालतू निकला हुआ। मेरी चोर-नजर को पकड़ते हुए वह एकदम से बौखला गयीं।

"आपा, मैं शुरू से ऐसी बेहाल न थी।"

"................।"

"वो तो दफ्तर जाते तो फैशनेबल खातूनों की चप्पलें देख-देख के मेरे लिए वैसी ही चप्पल खरीद लाते।"

फिर वह अपना मैलखोर रंग का दुपट्टा ठीक करने लगीं।

"साड़ी के अर्ज का ये लहीम-शहीम दुपट्टा मेरे लिए मोल ले आते। मैं चोटी खोल देती तो मेरे पुरपेंच बालों को और बिखरा देते। कहते, इस लहर पे खुदा की खैर, बानो! अब देख लीजिए मुझे, आबला-पा और खिचड़ी बाल।"

उनकी आँखों में नमी का तार खिंच गया।

"गुस्ले-सेहत के बाद मैं चोटी गूँथने बैठती तो हाथ से कंघी छीनकर खुद सँवार देते। चार-चार लटों की चोटी गूँथ, मोगरा तक टाँक देते।"

उनकी आँखों का पानी मुसकाने लगा।

"अपने साथ बाजार में खाना खिलाने ले जाते। दक्खनी खाना। प्लेट की शै देखकर ज्योंही मेरी पेशानी पे शिकन पड़ती, फौरन लड़के को टोक देते—'गोश्त का शोरबा दुरुस्त नहीं। ले जाओ उठाके। हम पूरी कीमत अदा करेंगे। पहले यखनी लेके आओ।' हम कभी ऐसा-वैसा गोश्त न खाते...। समझ रही हैं न? न ऐसा, न वैसा। फकत बकरे का।"

न! धूप में खड़ा नहीं होने देते थे मुझे। कहते, 'नाहक अपनी सन्दली रंगत, धुआँ-धुआँ करे दे रही हो। हम जो हैं, बानो, बाहर का समेटने को।' मैं हँस पड़ती। सोचती अपने-आप तो बिलकुल ही धूप-से उजले हैं और मेरी सोच पड़ी है। शौकीन ऐसे कि बन-सँवरकर हैदराबादी, गोल, गुम्मी टोपी पहन के जो निकल जाएँ तो गली जी उठे।

'हाय!' वह अचानक पीठ सीधी करके अपनी गरदन पकड़कर कराह उठीं। मेरे पूछने से अव्वल बोलीं—

"जकड़ी पड़ी है। पुरानी सब्जी मण्डी के सामने, घण्टाघर के पास हनुमान पहलवान को पहचानती हैं आप? वही, जो काला मलहम गरम करके, पट्टी पर फैला कर मरीज की गरदन पर बाँध देता है? वहीं, मुझे ले चलते। बस, मोच-चनका सिरे से गायब।

हम वहीं तो रहते थे, पुरानी दिल्ली में। वो गली नहीं है—बड़ी मशहूर-सी, जहाँ नूरा हज्जाम, जो जर्राह भी है, उसकी दूकान है। कैसा भी फोड़ा-फफोला हो, पहले तो पत्थर-तोड़ पत्ते को तवे पर गरम करके कड़ुआ तेल चुपड़ के उसपे बाँध दे। फिर जब फोड़ा बिना मुँह के पक ले तो इस सफाई से चीरा दे कि तमाम मवाद बाहर आ रहे। अरे, उस गली में तो ऐसे-ऐसे भी थे जो छुरा भोंक के निवाला तोड़ते थे। पर अपनी गली में सबसे मिसकोट किये रहते। कौआ, कौए का माँस नहीं खाता न।

आपा, चाँद-रात हो या अमावस काली चोर-रात, मैं अपनी ईद सजा ही लेती।

वक्त से पहले और नसीब से ज्यादा किसी को कभी कुछ नहीं मिला। अब तो जिन्दगी रुकी हुई चींटी-सी होके रह गयी है। उनके लिए तो मेरी भी जान हाजिर थी।

उनके दोस्त-अहबाब आते, तो मैं पसन्दे पकाती। वे कसाई-कस्साब से बकरे के गोश्त को छुरे से कजो के ले आते। मैं तब तक मसाले दही में भून लेती। मच्छी-कण्डे में प्याज-लहसुन और अदरक तो वे ही रगड़ के रख जाते। बस मैं पसन्दे भुने मसाले में डालकर खूब खिंचाई करती, जब तक दही और मक्खन किनारे न छोड़ दें। बस फिर भुने पसन्दे समेटती जाती। साथ में मटर-मँगोरी का सालन। कोई एक साहब थे जो अगरचे-मगरचे के बगैर बात ही आगे न बढ़ा पाते। बस यह समझ लो आपा कि उनकी तो, अगरचे की रोटी, मगरचे की दाल, चुनाँचे की चटनी बड़ी ही मजेदार रहा करती।"

आखिर बानो खिल.खेला पड़ी। मैं भी हलकी पड़ गयी।

"सच, बड़ी अनउलझी-सी खुशी हुआ करती। मेरी सास आयीं तो मैंने उनकी खिदमत में कुछ बाकी न उठा रखा। वो तो खाकर थाली भी परे को न सरकातीं। मैं ही उठा के ले जाती। हाथ भी घण्टे बाद धोतीं। जाते-जाते सर्द-सी आह भरकर बोलीं, 'क्या करें बानो, तुम मेरे जाँ-नशीन की मंजूरे-नजर हो, नहीं तो पहलेवाली तो आला खानदान से थी।' "

"बस, मेरे किये-कराये को नाबदान में बहा दिया।"

"पहलेवाली?"

"हाँ आँ, आपा। जिसमें उनकी जान थी, उसी को धक्के खिलवा दिये उनकी पहली बीवी ने तो। मोहल्लेवाले बताया करते कि गजब की झगड़ालू थीं। जो लिपट जाएँ किसी से तो दामन छुड़ाना मुश्किल। मुँहजोर बला की। मेरी नजर भी दो-चार हुई थी, उनसे। सुखाया हुआ, खजूर-सी थीं वे, एकदम छुआरा। झपटकर बोलीं, 'तो आज एक आँख में सुरमा और दूसरी में धूल झोंक दी?' "

मैं तो खौफ खा गयी। उनसे सुहाग बाँट लेने को राजी हो गयी। सुनकर ये तुनक गये। बोले—

"बात अपनी जगह है बानो। भला चाहत पे मोहर लगी है कभी? पहली को कभी निभानी आयी ही नहीं हमसे। वस्ल की सरखुशी हमें उनसे कभी हासिल नहीं हुई। दिल की तहों से उन्होंने हमें कभी न चाहा। जब देखो तब हर किसी पर जंगली बिल्ली-सी झपट पड़तीं। बदसलीका थीं। उनके मायके में तो आगे दौलत, पीछे दौलत। तिस पर ऊँची जात, खान की बेटी। हमसे सातेक बरस बड़ी थीं। अब लचक तो कच्ची टहनी में ही होती है। उनके भाई-जान ने अपने ही नजरबाग में फरेब देके हमें फाँस लिया। शैतान से सौदा हो गया। रह लिए हम छह बरस उनकी मुलाजमत में। पहले तो कभी उनकी पतंग ही तुक में न रही, जब अपनी परछाई पर पाँव पड़ा तो बिलख उठीं।"

उनका भाई तो आकर दम दे गया।

"बड़े-बड़े दाँतवाले बैठे हैं हमारे पीछे, एक ही नजर में ढेला हो जाओगे, दूल्हा-भाई।"

ये भी ताव खा गये, बा-आवाज बुलन्द बोले—

"क्यों? खुदा आपका सगा लगता है क्या, जो अब रोड़े ऊपर उछलेंगे और ईंटें दब जाएँगी? उखाड़कर फेंक दूँगा, मूँछ भी और पूँछ भी। दुलदुल कहीं का।" पर कोई खुदाई ताकत हमारी दस्तगीरी कर रही थी। वह कबूलियत की घड़ी थी आपा।

बड़ी से तलाक हो गया और मुझसे निकाह। मैंने अपने मिट्टी के प्याले में चाँद उतार लिया।

वो कहा करते, तुम घबराना नहीं, बानो। हम तुम्हारी राहों से तमाम खार चुन के जाएँगे। तुम्हें लेकर अब हम, शामों को शमा जलायें या शामियाना लगवायें, उनसे मतलब?

कुल पाँच बरस ही शामों को शमा जली होगी कि उन्होंने खाट पकड़ ली। हकीमों ने बहुतेरी माजून चटायी। इमामदस्ते में कूट-छानकर मैंने कितने ही नुस्खे आजमा लिये। ये हारते ही चले गये, बोले—

"तबीयत गैर हुई जाती है, बानो। बेफायदा चारागिरी से अब कुछ ना होगा। चार पैसे अपनी खातिर बचा रक्खो।"

मैं रात को उनके पहलू से उठ जाती तो मुझे टोहने लगते, कहते—

"यूँ ना उठ जाया करो बानो, हमारा जी उलटने लगता है।"

पर बड़ी ने तो मुर्गे लड़वा दिये।

ये जी से गये, जान से गये। सब-कुछ सर्द-सर्द हो गया। उदासी पुर गयी मेरे घर-दालान में। काले साये चौमुहानी तक पसर गये। ये तो देखो आपा, जो शौहर की मय्यत तक में शरीक न हुई वह अपना हक-हिसाब माँगने आ पहुँची। बड़ी ने तो मेहर में उनका नूरे-चश्म तक माँग लिया था। वह भी बाप की मिट्टी समेटने ना पहुँचा। एक ही अण्डा, वो भी गन्दा। तुम तो पहले ही मालों में थी बड़ी, फिर मेरे खाने-खर्चे पे हाथ क्यों डाला? यह तो बतलाओ मेरी अच्छी आपा, कि मेरे बच्चा क्यों नहीं हुआ उनसे?

बड़ी के भाई ने, जरूरी कागजात से भरी मेरी अटैची, चोरी करवा ली, एक सन्दूकची भी उड़वा ली, जिसमें मेरी वे दो पोशाकें थीं जिन्हें उन्होंने शौक से बनवा कर दी थीं। एक नौबहार सब्ज और दूसरी आतिशी सुर्ख। कलाबत्तू में पिरोयी हुई कुन्दन की टुकड़ियाँ भी थीं।

बड़ी कानों में गूँजनेवाली अजान भूल गयीं। पर दगा किसी की सगी नहीं होती। मैंने भी मुकदमा ठोंक दिया। काँटे से ही काँटा निकाला जाता है, आपा। तभी तो कागज लिए रास्ते की धूल फाँक रही हूँ। दावे और जवाबी दावों की दरख्वास्तें

चल रही हैं। बस दिन-भर वकालत-अदालत और रात-पड़े खुली आँख अँधेरा पीना। अभी कल ही उस पुरानी गली से गुजरी तो आज तलक रोटी का कौर न तोड़ा गया। शीला बाजी ने अगर मुझे समेट न लिया होता, तो न जाने क्या हो रहता?

शेखूपुरा में उनके ही साथ रहती हूँ। पिछले मकान से तो उन लोगों ने खदेड़ ही दिया था, खुदा के पिछवाड़े। शीला बाजी तो कहती हैं, "यही कुछ होता है बानो, सुन्दर हुनरमन्द लड़कियाँ गली-गली घूमें और कर्कशा बेशऊर राज राजें।" कहती हैं, "क्या हिन्दू और क्या मुसलमान। कोस-कोस पर बदले पानी और चार कोस पे बानी। हमारे यहाँ पावन तुलसी तो तुम्हारे यहाँ वही जन्नत का पौधा।" शीला बाजी तो अच्छे वक्तों में, हजरतबल की मसजिद में दुआ भी माँग आयीं जाके। मेरे वालिद आजादी के सिपाही थे, स्वतन्त्रता-सेनानी। उनके साथ मेरी तसवीरें जो थीं। सो जब सन् उन्नीस सौ बयालीस से लेकर उन्नीस सौ बानवे तक, पचास बरस हो गये, तब सरकार से यह तमगा मिला है मुझे। यह देखो, अब्बा-हुजूर का नाम खुदा है इसपे। और यह रहा मेरा सरकारी बस-पास। इसकी बदौलत मैं जमाने भर की खाक छान सकती हूँ। एक हमशीरा भी थी मेरी। मुझसे दो-एक बरस छोटी, बन्नो। हम दोनों की सूरत यकसाँ थी। बस, एक को उठा दो, दूसरी को बिठला दो। बड़ी याद आती है उसकी। जाने कहाँ गुम है? अच्छे घर ब्याही थी। खुदा की राह पे हूँ आपा, झूठ नहीं बोलूँगी शीला बाजी, कमरे का किराया तक नहीं लेतीं मुझसे। कहती हैं—"बानो, यों रोने-रुलाने से क्या बनेगा?" हाँ, आपा, हिम्मते-मुरदा, मददे खुदा। यह औरत पे ही ज्यादा खरा उतरता है। कुछ कसीदाकारी कर लेती हूँ। तुरपाई-टँकाई भी। रफूगर भी।अच्छी हूँ। बस, गुजारे के पैसे आ जाते हैं।

अरे! हो भी लिए आपके कागजात? मेरे हो लें तो चलूँ। शीला बाजी फिक्रमन्द हो आती हैं, मैं कहीं अटक-भटक जाऊँ तो।

लाहौल बिला-कूवत इल्ला बिल्ला
लाहौल-विल अजीम।...

ये कैसी बेपर्द तर्ज छिड़ी है बगल के रेडियो पर? बोल तो न सुने जाएँ, न अनसुने किये जाएँ। यों तो मिरासिने गाया करती हैं। दुरुस्त हो गये तुम्हारे कागजात? ये तुम्हारा खुलूस ही है, बीबी, जिसने एक ही मुलाकात में सब उगलवा लिया। लगता है, आज तो टूट के बरसेगा पानी।

मुद्दतों बाद किसी ने हाले-दिल सुना है।

बानो के कागज टाइप होने शुरू हो गये थे।

पर यह आसमान को क्या हुआ? उमड़-घुमड़ के इस तौर बरसा जैसे पहले कभी बरसा ही न हो।

दो-एक बार फिर भी टाइप स्कूल में जाना हुआ। लगा था, अभी के अभी बानो कहीं से नमूदार हो जाएगी। पर ऐसा न हुआ। उनका अता-पता ले लिया

होता। वे शेखूपुरा में रहती हैं खाली, यह जान लेने से क्या होता-जाता है? पर, गैरों के पते दर्ज किये जाते हैं कहीं? अपना ही दे आती। गैर को अपने मकाम का पता भी तो नहीं जतलाया जाता। छोड़ो फिर, यह कुरेद-सी काहे लगी है, कि बस उनसे सामना हो जाए? आखिर मैं कार्यालय में अपना पता छोड़ ही आयी कि वह आयें तो मेरे यहाँ भेज दें।

बानो नहीं आयीं। आये तो एक साहब। दरियाफ्त करने लगे–

"मेरी वालिदा क्या आपके पास आयी थीं?"

"आपकी तारीफ?"

"जी मैं अनवर हूँ।"

"............"

"जी, आपका पता, टाइप-स्कूलवालों ने दिया है। मेरी वालिदा वहाँ जाया करती थीं, कचहरी के लिए अपने कागजात के कील-काँटे दुरुस्त करवाने, मुकदमे-पेशी के चलते।"

मैं जरा-सी चौंकी, फिर कुछ उत्सुकता से पूछा, "उनका नाम?"

"जी, बानो। वैसे पूरा नाम तो गुलबानो था पर सब बानो ही पुकारा करते।"

"मगर वो तो कहती थीं कि उनके कोई औलाद हुई ही नहीं?"

"ऐसा कहा क्या उन्होंने? उस दूसरे शौहर गुलशेर से न हुई होगी। जी, मेरे अब्बा तो उनके पहले खाविन्द थे।"

"खैर। बानो यहाँ कभी नहीं आयीं। अगर आ ही जाएँ तो भला क्या कह दूँ?"

"यही... कि वो फौरन बल्लीमारान चली आएँ, बड़े भाई साहब के यहाँ।"

"अच्छा... अच्छा। आपके भाईसाहब शायद आपके वालिद की पहली बीवी से होंगे?"

"अजी तौबा बोलिए। हम सगे भाई हैं और गुलबानो हमारी सगी अम्मी। मैं दरअसल मझले भाई के साथ उनके शेखूपुरावाले ठिकाने पे होके आया था। पर कोई नतीजा न निकला।"

"मझले भाई?"

"जी, वही। छुट्टन यानी छोटे भी वहाँ के तीन-चार चक्कर लगा आया। लगता है, वह हमसे छिप रही हैं।"

"ये छोटे आपके वालिद की दूसरी बेगम से होंगे? क्योंकि बानो अपनी आपबीती मुझसे एक-साँस बयान कर चुकी थीं, मेरा इतना पूछ लेना मुनासिब ही था।"

"न... न... हम सब सगे भाई हैं। अब्बाहुजूर ने तो कुल जमा एक ही मर्तबा सेहरा पहना था।"

"हम सब?"

"जी, खुदा के फजल से हम चार भाई हैं।"

मेरे जेहन में बानो का सुता-सुताया, इकहरा जिस्म घूम गया। मेरे चेहरे पर पुते अचरज को देख अनवर ने सफाई पेश की–

"ऐसी बात नहीं है। अब्बाहुजूर अम्मी को हर जच्चगी के लिए मछलीवाले शफाखाने ले जाते थे।"

"मगर तुम लोगों के रहते बानो क्यों यहाँ-वहाँ की धूल समेट रही हैं?"

"देखिए, दिलों में तो हमारे फर्क आना चाहिए था। वे चार-चार बेटे-बहुओं से किनारा-कशी कर, किसी गैर के पहलू में जा बैठीं। यहाँ तक कि उस शख्स, गुलशेर के इन्तकाल के बाद भी अम्मी हम लोगों से ऐंठी रहीं, बेसबब, बेमतलब।"

"बेसबब तो खैर कुछ भी नहीं होता।"

"इस कदर शर्मिन्दा हुए हम लोग कि क्या कहें। हमारी अम्मी और ये बेजा हरकत, उम्र के इस पड़ाव पर?"

"खुशी हासिल करने का हक तो सभी रखते हैं?"

"खुशी? अल्लाह मियाँ के नजदीक खिदमत अहमियत रखती है, जनाब। दो वक्तों की रोटी तो उन्हें हमारे वहाँ भी नसीब थी। सलमानी हैं हम लोग। हेयर कटिंग सैलून चलता है हमारा। पेशेवर हज्जाम हैं। आखिर हम भी आस-औलादवाले थे। पोतों-पोतड़ों में बैठी अम्मी दिखलाई भी न पड़तीं। हमारी बीवियाँ तो सभी बच्चों को उन्हीं के सुपुर्द किये रहतीं। खिलाये जाओ जी भरके। और कैसी मसर्रत चाहिए औरत को, वो भी उम्र के इस दौर में?"

"................"

"मैं कुबूल करता हूँ कि उम्र-भर अम्मी हमें बड़ा करने में लगी रहीं। अब्बा तो कह दिया करते, नसीबोंवाली है, बेटे-ही-बेटे जने हैं। तेरा अपना ही पेट, पड़ी-पड़ी समेट।

जब अब्बा ने तपेदिक से खाट पकड़ ली तब अम्मी ने रात-दिन एक करके खिदमत की, किसी नेक बीवी की तरह। उसका सवाब भी तो उन्हीं को मिलेगा। उन्हें तो खबर ही न होती कब आफताब उरूज होता और कब गरूब। कब आसमाँ अपने रंग बदलता। जाने कब अम्मी बालों में कंघी देतीं। बस अब्बा की खाँसी बलगम और उगालदान। घर के गोशे-गोशे से अम्मी की बुलाहट गूँजती रहती। अब कह तो दीजिए कि हमारे वहाँ अम्मी की पूछ न थी? जब गयीं तो नन्हे-बाँके तो दिनोंदिन उनका हेरूआ करते रह गये। बच्चे भी ऐसे कि अण्डे में से निकलते ही बाँग देना शुरू। तमाम दिन बवाल मचाये रखते। अम्मी का ही बूता था कि उन्हें दबोचे-समेटे रखतीं। आखिर दादीजान थीं न।"

अनवर हँस रहा था कि हिनहिना रहा था, वही जाने।

"हमारी बीवियाँ तो उनकी पकायी, हाँडी-देगची भुलाये न भूलतीं। पूरा बावर्चीखाना जो उनके सुपुर्द था। अब भी कह देंगी, अपनी अम्मी को ही खोज के ले आओ। कुनबा-परवर देग को घुमा-फिरा के आँच देना, आटे से घेर बाँध के घण्टों गरमाये रखना, ये सब उन्हीं के बस की बात थी। अब्बा के गुजर जाने के बाद तो हम लोग अम्मी को और भी उलझाये रखते कि वे नाहक उनकी याद में जी छोटा न किये रहें। मेरी बीवी तो आप जानिए, जरा भी दखल-अन्दाज़ी न करती। यूँ भी बेहद खुशमिजाज है, बस पान खाना और हँसते रहना।" इस बार अनवर गुदगुदाया-सा हँस दिया।

"सच में, अम्मी को कोई टोकनेवाला न था। अम्मी तो तिराहे पर से रसद तक उठवा लातीं। हमारी तो परदे में रहतीं। बस, यूँही, तिराहे-चौराहे पे मुलाकात हो गयी होगी उस शख्स से। बखिया उधेड़ के रख दी हमारी।

खैर! अम्मी आयें तो भेज दीजिएगा। कहिएगा, उनकी बहुएँ भी तो अब कहाँ इतनी कड़ियल-जवान रह गयी हैं। आखिर औरत को औरत का ही सहारा होता है। तो बीबी, अब इजाजत दें। सलाम।"

"सलाम!"—मैं उस शख्स की लौटती पीठ ताकती रह गयी जो बानो का पेट-जाया था, अपना था, सगा था।

❑

अन्धे मोड़

"तुम तो सर-आ-पा गजल हो।"

अमूल्य ने कहा तो उजाला चौंक चमक गयी। मालूम तो है ही उसे, उजाला की उर्दू-नशीनी। सखुन-शनासी की कायल जानो-तबीयत राजुल ने तो और भी उसकी जानकारी में इजाफा कर दिया होगा। हर किसी से जिक्र कर बैठती है। तब ही तो, उसके जीजाजी ने वह मैरून डायरी हथिया ली थी वही, उजाला का शेरो-शायरी का खजाना। मार तमाम, मयखाना-पैमाना से लबरेज थी।

हाशिये पर छरहरी-नाजुक सुराहियाँ अंकित थीं। अगल-बगल अंगूरों के गुच्छे और छलकते जाम। पतली अँगुलियोंवाली जनाना साकी और उसका मेहराबदार माथा। इस सब साजो-सामाँ के बीच खुशकत अशार। उधार के ही सही, वे उजाला की शख्सियत का हिस्सा बन चुके थे।

छलक, हाँ छलक ऐ सागरे हस्ती छलकता रह
यहाँ तक मौत भी आये तो बादाखार हो जाए।

—उसकी सहेली शबनम का खुद का कहा शेर था। असल शराब की बदजायका बदबू का न शबनम को कोई तजुर्बा था, न उजाला को ही कोई इल्म। दोनों का मन-मिजाज ऐसा कि बिन पिये ही झूम लें।

"उजाला तो उल्लू के कोटर में भी बुलबुली समाँ बाँध देती है। अमूल्य भला किस मरघट का प्रेत है जो उजाला से मुतासिर न हो?" राजुल का कहना था। उसी राजुल के फूहड़ जीजाजी ने उजाला की गहरे मैरून कवरवाली डायरी की धज्जियों पर धज्जियाँ उड़ा दी थीं। यों चिन्दी-चिन्दी कर हवाओं में बखेर दी थीं, जैसे वह कोई अबाबील का टूटा हुआ घोंसला हो।

राजुल जो उजाला के शायराना अन्दाज पर हरदम सौ जानों से कुर्बान रहती, कहा करती—

"अगर मैं कोई अमीर-उमरा होती, तो तेरी एक-एक बात पर तुझे जागीर बख्श देती, हाथीखाना और हाथी समेत।"

जीजाजी की इस जंगली हरकत पर कँपकँपाने लगी।

वह शख्स एक अजीबोगरीब दौरे की गिरफ्त में आ जाता है। पटक-पछाड़ वाली वहशत।

डायरी का चिन्दी-चिन्दी कर देना, महज तैयारी थी। असल अदाकारी तो बाद में आनी थी।

उज्र राजुल ने किया था और पाँचा जड़ा गया, जीजी के गालों पर। पाँच लाल धारियों से जीजी का गाल सनसनाने लगा था।

काश राजुल कोई अरना भैंसा होती तो जीजाजी को उठाके ऐसी पटकनी देती कि कम-अज-कम पाँच पसलियाँ तो चटख-चूर हो रहतीं।

"क्या जानती है तुम्हारी सहेली... वह ... वह उजाला, नशेखोरी की बाबत?" वह यों किचकिचाये, मानो अपनी दो-चार दाढ़ों को पीस डालेंगे।

"घटिया और रूमानी सा नजरिया है यह... यूँ डायरी के पन्ने लीप-पोत के शराब पर शायरी, सजा-बनाकर टीप देना। उसने देखा भी है किसी पियक्कड़ को लगा के लड़खड़ाते हुए? 'पी के मयखाने से जो रिन्द निकले'...। जीजाजी ने मुँह टेढ़ा करके जाने कैसे बिचकाया कि लगा उनके ही मुँह से बदबू के भभके उठ रहे हैं। आँखें कपाल तक चढ़कर अघोरी के जैसे हो गयीं। जीजाजी कभी भूले-बिसरे भी दावत-अदावत, खुशी या रंज में कभी घूँट, दो घूँट भी न पीते। यह राजुल का देखा-जाना था और इस सच पर जीजी की भी मोहर लगी थी।" आखिर राजुल चीख पड़ी, "जीजाजी! आपको किसी गैर की डायरी फाड़ देने का कोई इख्तियार नहीं था। मैं अब उजाला को क्या जवाब दूँगी।"

"तो बुला लाना उसे। मैं सब समझा दूँगा।" वह फुफकारने लगे।

"देखा जो साकी को तो शराबियों ने अपने जाम तोड़ दिये। वाह! क्या क़हने हैं। शराबी कभी अपना जाम नहीं तोड़ता, समझीं? साकी का माथा भले ही फोड़ दे।"

"जीजाजी, क्रोध लक्ष्मी को नष्ट कर देता है।" राजुल ने सुन्न पड़ी जीजी की खातिर, जीजाजी को शान्त कर लेना चाहा। पर वह तो जब्त की सब हदें पार कर चुके थे।

"अरे, तुम बुला के लाओ उसको।"

राजुल को फिर से बड़े जोर की चिढ़ उठी।

"आपको पता भी है कुछ? उसके पिताजी किस कदर शाईस्ता शख्स हैं? उसे अपने साथ, शंकर-शाद मुशायरे तक में ले जाते हैं।" राजुल हाँफ गयी। फिर साँस लेकर कहा, "उनका कहना है, अल्फाज के इन्तखाब और तलफ्फुज से ही इनसान का रुतबा और दिमागी पहुँच पहचानी जाती है। इनसान अपनी परवरिश और माहौल साथ लिये घूमता है।"

"अच्छा? और हम क्या तबेले-खटेले में पले हैं?"

औसत से दुगुना बोझ उठाये, जीजाजी ने जब ऐसा सवाल किया तो उस संकट की वेला भी, राजुल के होंठ, उपहास से वक्र हो उठे। उसने फिर से समझा

लेने के सुर में कहा, "जीजाजी, उन लोगों के निजी जीवन में आपके दखल देने का मतलब?"

जीजाजी को जरा देर चुप देख, राजुल ने टिका दी, "उसके पिताजी, खुले दिमाग के इनसान हैं, तंगखयाली और फफूँद लगे भेजे के नहीं।"

"तो उसके पिता को ही बुला लाओ, समझा दूँगा उन्हें भी।"

"क्या मतलब?" राजुल चीख पड़ी तो जीजाजी ने डायरी के फटे-चिथे पन्ने बटोरे और उन्हें नये सिरे से चिन्दी की चिन्दी करने लगे।

"बड़ी आयी अपनी सहेली की मुंसिफी करने।" वह श्लथ-सी अवस्था में हाँफने लगे।

राजुल की तो छछून्दर जैसी गत हो गयी। एक तरफ दौराग्रस्त जीजा और दूसरी तरफ उजाला। उसने जाने कहाँ-कहाँ से दिलजोई का सामान इकट्ठा किया था। अब? उजाला की शामें और शौक की कोई सूरत नहीं।

वह अचानक जीजी से मुखातिब हो गयी।

"जीजी, जो लड़की अपने सलवार-कुरते के जोड़े को पोशाक और तंग पायजामे और नीम-आस्तीन अँगरखे को लिबास कहती हो और उनके रंगों को काम्पारी, शैरी-शैम्पेन। जिन्हें पहनकर उसकी तबीयत बहकी-महकी सी हो रहती हो, शोख हाजिर जवाबी, शैम्पेन के झाग-सी मचलने लगती हो, मुँह की हर तीसरी बात लतीफा बन जाती हो, उसे यह कैसे समझाया जाएगा कि उसकी यह डायरी जो उसके साथ जवानी की दहलीज पर परवान चढ़ी है, उसकी यूँ धज्जियाँ उड़ गयी हैं।"

जीजी की समझ में कुछ न आया पर जीजाजी अचानक कानों तक मुसकाने लगे। एक भद्दी-सी मुसकान।

राजुल ने कहा, "मालूम है जीजाजी वह उर्दू को अपनी मादरी जुबान कहती है।"

"इश्किया शायरी को ही न? या किताबी उर्दू को? उसके पिताजी तो अपनी लिमूजीन की नाक-बोनट भी उन तंग गलियों में घुसेड़ नहीं पाएँगे जहाँ के ठर्रेखानों के नशेबाजों का जिक्र उनकी बेटी लहक-लहक के किया करती है।"

"हम दोनों हर वक्त शायरी नहीं किया करते, अँग्रेजी साहित्य भी पढ़ते हैं।" राजुल ने कमजोर दलील दी।

"बाँगला और हिन्दी साहित्य भी।" उसने जोड़ा।

"फिर वही किताबी-हवाई बातें। हमने आज तक कोई नावल-शावल खोल के नहीं देखा। हममें क्या खराबी है, हयँ?"

मोटी बुद्धिवाला यदि अपनी अड़ पे अटक जाए तो फिर खच्चर को भी मात दे देता है। राजुल ने सोचा। जीजी की सिसकियों पर फिर उस दृश्य का पटाक्षेप हो गया।

तो, अमूल्य के श्रीमुख से सरापा गजल? अमूल्य जब किसी आलिम-फाजिल का कुछ कहा या शेर दोहराता तो उसका तमद्दुन इस कदर उखड़ा होता कि वह लँगड़ी बत्तख कहलाने काबिल भी नहीं रहता। तलफ्फुज भी कहीं पर ठीक, तो कहीं 'ठ' हो रहता। वह एहतियातन हर 'फ' के नीचे बिन्दी लगाकर उसे पतला करके बोलता, जिससे उसे यह खुशफहमी रहती कि वह उर्दू बोल रहा है। साहब जब फूल की तारीफ करते तो पूछना पड़ जाता कि जनाब हिन्दुस्तानी बोल रहे हैं या कि अँग्रेजी? उनकी बतलायी हर बेगम, बेगम थी, यानी के बिला गम के।

"यार फोनेटिक कम्पैटिबैलिटी भी कोई चीज होती है। यह क्या कि नाजनीन बोले खुशबू और महबूब उच्चारे खशबू।" राजुल, उजाला को छेड़ देती। "सुधर जाएगा।" उजाला इत्मीनान से कहती।

एक रोज रोहित, उजाला की किताबें सहेजता-थामता चला आ रहा था। सामने से अमूल्य भी लदा-फदा आता दिखलायी पड़ा। जैसलमरी ऊँट की सी मदमदाती चाल थी। गोरी रंगत पे काली मूँछ, मुसकराते ही भँवरे-सी मचल जाती।

"ऐसी भी क्या बेहाली, लाला रुख? महान पुरातन पोथियाँ ढोये चले आ रहे हो। जर्जर, खुर्र-खुर्र। अस्थि पंजरों पर हैं क्या? ओल्ड फोसिल भी साथ ही खोद के लाये हो क्या?"

रोहित छेड़ता ही चला गया। उसके साथ उजाला को देखके तो यूँ ही, अमूल्य फुँका जा रहा था। कुढ़कर बोला, "तुम भी तो, सुपर-एस्कार्ट की चाल-ढाल में जनाना बोझ को कन्धे दिये चले आ रहे हो।"

उजाला पहले तो हँसने लगी फिर जाने क्या सूझी कि झपटकर रोहित से अपनी किताबें ले लीं।

"कॉफी हाउस चलें?" उसने अमूल्य के सामने तजबीज रखी।

"जरूर!" रोहित और अमूल्य एक साथ ही चहके। राजुल भी चुस्त कदम पहुँच रही।

"वर्गीज, चार कप, स्पेशल कॉफी।"

रोहित ने अपनी जेब टटोलते हुए, बेयरे को हाँक लगायी।

वर्गीज ने न जाने कितने प्यार के सपने इन मेजों के इर्द-गिर्द बनते-टूटते देखे थे। वह अपने काम को आराम-आराम से अंजाम देता रहा। प्रेमियों का पीरियड भले ही गारत हो जाए, साल काला हो जाए। पर उनकी, यह दोपहरी मुकम्मल यादगार बनी रहनी चाहिए। वे बतियाएँगे, नैनों से रस चुआएँगे, छुएँगे, छुलाएँगे। कॉफी आकर भी ठंडाती रह जाएगी। वह दूसरेवाला छोकरा दोबारा से गर्म कॉफी मँगवाएगा। इतराएगा और अच्छी टिप देगा। छोकरियों पर रौब डालने को।

कुछ अन्य लड़कियाँ, चहकती-कूजती, अगली मेज पर से उठकर, इधर ही चली आयीं।

"अरे उजाला, ईद का चाँद हो गयीं, कहाँ रहती हो?" शबनम थी।

"दोस्तों के दिल में, और दुश्मनों की नजर में रहती हूँ।"

उजाला ने तपाक से जवाब दिया तो सब हँसने लगे।

"ईद के चाँद का क्या करना है, टँगा तो आसमाँ पे ही रहेगा।"

"बरसात की धूप हो गयी हो उजाला। ऐसे कहो न शबनम।"

अमूल्य को जुमला सूझ गया, जो उजाला पर असर कर गया। उसकी दिमागी-डायरी में वह जुमला भी दर्ज हो गया। मंच-सज्जा, माहौल और किरदार समेत। कैमरे से निकली कोई तसवीर हो जैसे। तीखी, स्पष्ट।

"क्यों भाईजान, मुँह धो-धो के, दाढ़ी-वाढ़ी बनाकर, फोन-वोन मिलाते होगे उजाला को? चेहरा निखरा रहे तो जरा अपने पर यकीन बना रहता है।" शबनम ने अमूल्य को कोंचा तो पल भर को वह झेंप गया फिर मुँह शबनम के कान के पास ले जाकर, नाटकीय फुसफुसाहट में यों बोला जिसे सब सुन ले जाएँ।

"यह रोहित है न, यही नीली कमीजवाला, यह मन-ही-मन तुम्हें बहुत...।"

शबनम एकदम से इठलाकर पीछे हट गयी और खुलकर बोल दी, "ओऽ होऽ। तो यह खेल है। मक्कार कहीं के। उसे मैदान से हटाने के लिए, मुझे लैला बनाये दे रहे हो? मैं किसी की लैला-वैला बननेवाली नहीं, वो भी महज तुम्हारे फायदे के लिए। किसी और शहीदाना-मिजाज को ढूँढ़ो। यह राजुल क्या बुरी है?"

"हटो न! चार प्याले कॉफी के लिए जेबें टटोल रहा है बेचारा। फाकामस्ती में अपना कतई यकीन नहीं।"

सब ही बेमतलब खिलखिलाने लगे। "क्यों यह अमूल्य नहीं, बिल चुकाने को, मेज के नीचे-नीचे उँगलियाँ फड़काकर चन्दा बटोरा करता है?" रोहित झेंप लेने के पश्चात् पट से बोल दिया, फिर उजाला के कान में फुसफुसाया, उसी तौर कि सभी सुन सकें।

"अच्छा उजाला, तुम अमूल्य के पान गुलगुलाते रहने की आदत को सुधार सकती हो?"

"वह पान खाता है?" उजाला ने अचम्भे से पूछा।

"हर पीरियड के बाद। सुबह मंजन भी नहीं कर पाता इस मारे।"

रोहित की मुँहफट बात सुन लेने पर भी अमूल्य खीसें निपोर के हँस दिया।

"लगता तो नहीं।" उजाला ने कहा।

"अब क्या करे बेचारा, जिससे लगे? पुड़िया में दन्त-मंजन साथ रखता है। सारा दिन कुल्ले करता रहता है। तम्बाखू है ही ऐसी लत।"

"क्या तम्बाखू भी?" उजाला जैसे किसी नाटिका में भाग ले रही थी। उसे आधा भी विश्वास न था कि ये बातें गम्भीरता से हो रही हैं।

"सौ नम्बरी या एक सौ बीस नम्बरी।"

"तम्बाखू का नम्बर भी होता है?"

"उसमें खालिस चाँदी का वर्क भी भुरभुराकर मिलाया जाता है। अगर इत्ती ढेर सारी चाँदी इन अम्लियों के पेट में न उतर जाए तो हमारे देश में चाँदी ही चाँदी है।"

"बकवास बन्द करेगा कि नहीं?" अचानक अमूल्य उछल के खड़ा हो गया और रोहित को घूरने लगा।

"मजाक हो रहा था, अमूल्य।" उजाला और राजुल एक साथ ही बोलीं। "क्या मजाक! तम्बाखू चबा-चबाकर, दाँत घिस गये हैं तेरे।" कहकर, रोहित अचानक बेहद संजीदा हो गया।

"तुम प्रथम श्रेणी की प्रतिभा हो, उजाला। तुममें एक कौंध है। उसे किसी के भी चक्कर में पड़कर बबाद न करना। प्लीज!"

अमूल्य झटके से हटकर चला गया।

"मैं तुम्हें खूब ही तो समझ रही हूँ रोहित।" उजाला ने सख्ती से कहा। "मैं सच कह रहा हूँ, उजाला।"

"अच्छा ठीक है। अगर खाता भी है तो छोड़ भी सकता है। आदतें सुधर जाया करती हैं। लोग बदल जाया करते हैं।" उजाला ने तुनककर कहा।

"याद रखना, उजाला, हम सिर्फ अपने आपको सुधार सकते हैं। जब स्थितियाँ न सही जाती हैं और न बदल सकती हैं, तब हम उनकी तरफ अपने सोचने का ढंग बदल लेते हैं।" रोहित ने पूरी संजीदगी से कहा। "इस फलसफे के लिए शुक्रिया।"

उस रोज के बाद उजाला, रोहित से ही कटने लगी।

रोहित ने राजुल से अपील की थी। "उजाला हर शख्स को उस रंग-रूप में देखती है जिसमें उसकी कल्पना उन्हें देखना चाहती है। उससे उलट समझानेवाला वली भी उसे शैतान नजर आता है। और वह खुद, बजिद होकर असल शैतान की भी वकालत कर ले जाएगी।"

शैतान के नाम पर, राजुल को अपने जीजाजी याद आ गये।

अभी तक उसने मरून डायरीवाला मसला उजाला के सामने पेश न किया था। उसने तय किया कि वह शाम ही को उस मुसीबत का सामना करेगी।

"मैं देख रहा हूँ, राजुल, उजाला तुम पर कैटेलिस्ट का असर कर रही है। तुम बदल डालोगी अपने आपको, अपनी स्थितियों को। पर उजाला हरदम गलत मोड़ लेती रहेगी, और उम्र बिता देगी यह सिद्ध करने में कि सब कुछ तो सँभला-सँभलाया है, कोई गलती हुई ही नहीं।" रोहित बोले जा रहा था पर राजुल का ध्यान उस ओर न था। कॉलेज बन्द होने पर उजाला के साथ ही उसके घर चली गयी, राजुल। शाम हो चली थी। राजुल ने अचानक पूछा–

"कुछ कहूँ?"

"जैसे इतने सालों से मुझसे पूछकर ही कुछ कहती आयी है?"

"............"

"अब कह भी चुक।"

"............"

"मन में कुरेद लगा के चुप हो जाना बहुत रद्दी और सस्ती चाल है।"

"हमारे फेफड़े कभी सड़ेंगे-गलेंगे नहीं।" राजुल ने बमुश्किल तमाम कहा। राजुल का असमंजस देखकर उजाला ही हँस पड़ी।

"क्यों?" उसने हँसते हुए पूछा। राजुल भी गुदगुदायी-सी हँसने लगी, बोली, "हम इतना हँसते-खुशते जो रहते हैं।" उसने जानबूझकर, गलत व्याकरण जमाया। उजाला भी उस छूतही हँसी में भरपूर शामिल हो गयी।

"उजाला?" अचानक राजुल ने प्रश्नाकुल याचना भरे स्वर में उसे पुकारा।

"हाँ?" उजाला चमक गयी।

"बात सुन। जाने सिक्का चित गिरे या पट। जीजाजी को इसकी डायरी दिखलाकर यह कैसी तबालत मोल ले ली।"

अब उजाला थोड़ी चौकन्नी होकर बैठ गयी। अमूल्य के बारे में कोई बात हो शायद।

"मैं तेरे लिए ताजा प्लम केक, बेक करके लायी थी। झोले में रखा है। मसालों वाला, क्रिसमसवाला केक है। रक्खाराम से फलास्क भकाभक चाय से लबालब भरवा लेते हैं। शाम भर न चाय खत्म होगी, न केक और न हमारी खुशगप्पियाँ।"

"नहीं पहले तू वो बात बतला जिसका नक्शा तू तैयार कर रही है।"

"तूने अखबार में पढ़ा था, आजकल लन्दन के हैरडस जैसे फैशनेबुल डिपार्टमेण्ट स्टोर में भारतीय चाय को अव्वल दर्जे के ड्रिंक की तरह बढ़ावा दे रहे हैं।"

राजुल जैसे गले-गले तक पानी में हाथ-पाँव मार रही थी।

"राजुल।"

"सरदी कितनी सुहाती है, नहीं? बर्फ में लगे-लगे से घूमते रहो या घर पर कुण्डली मारे गुलाबी चाय चुस्कते रहो, है न?"

"और शायरी? राजुल। मेरी मरून डायरी...कहाँ है वो?"

उजाला का स्वर अब सख्त-सपाट था।

"जीजाजी कह रहे थे कि वह तुझसे मुलाकात करना चाहते हैं।"

"किस बाबत?"

"उस डायरी की बाबत।"

"क्या मतलब? उस शख्स को तूने वह डायरी थमा दी?"

"उजाला, जिन्दगी में कुछ हादसों से हमें गुजरना पड़ सकता है।"

"तो, तेरे गैंडे जैसे जीजाजी ने वह डायरी चबा डाली? निगल गये उसे?" राजुल ने जीजाजी के लिए गैंडा शब्द कबूल कर लिया।

"मैं उस रोज बहुत लड़ ली थी, उनसे। उन्होंने ना-मालूम क्यों उसे फाड़ डाला।"

"क्या?" मन की गहराई से आह की मानिन्द निकला 'क्या' हवाओं में टँगा रह गया। उसका दिल जैसे सिमटकर बरछी की नोक पर टिका निवाला हो।

राजुल को लगा कि उजाला की खनकदार आवाज में दोहराया गया वह शेर फिजा में लरज जाना चाहिए, साउण्ड इफैक्ट की तरह।

बाल तो आ ही गया अब टूटने की देर है।
और एक सदमें का मोहताज है पैमाना अभी।

तभी उजाला के होठों के भरे-भरे से कटाव तिरछे हो रहे।

"सेडिस्ट।" वह हिसहिसायी।

राजुल का मंझोला कद और सिकुड़ गया।

"तुझे मालूम है अरबी भाषा में गजल का क्या मतलब होता है?" उजाला ने संजीदगी से तलब किया।

राजुल के जेहन में 'चाकिन' शब्द गूँजने लगा। यों ही, बिलावजह। बोली, "लखनऊ का चिकन का काम, फारसी के चाकिन शब्द से बना है। जिसके मायने गुलकारी होता है।" उसने अच्छे शिष्य की तरह उच्चारा। फिर थथलाते हुए जोड़ा–

"तूने ही बतलाया था।" उजाला ने हैरत से सहेली की ओर ताका फिर अनमनी सी बोली, "गजल के मायने हैं, महबूब से गुफ्तगू।"

"हम लोग फिर से, वैसी ही डायरी तैयार कर सकते हैं।" उसने दम-दिलासा दिया।

"वह दोबारा नहीं बन सकती। ऐन ऐस्थेटिक एक्सपीरियन्स कैन नेवर बी रीपीटेड।" उजाला ने निर्णायक सुर में कहा।

राजुल को मौके पर पाठ याद आ गया, "वह क्रोशे ने कहा था, साहित्य के अनुवाद को लेकर।"

"पर क्यों कहा था? सब्सीच्यूट या ईक्वीवैलेण्ट ढूँढ़ने में मेरा वाकई यकीन नहीं है।" उसने दृढ़ता से कहा।

"ऐसा नहीं है उजाला। मोतियों की लड़ियाँ भी फिर-फिर पिरोयी जाती हैं।"

रूठे सजन मनाइए जो रूठे सौ बार
रहिमन फिर फिर पोइए टूटे मुक्ताहार

आखिर रहीम को कुछ तो इल्म होगा। राजुल ने उसे बहला लेना चाहा।

"बात वहीं की वहीं है, राजुल! तेरे जीजाजी की हिम्मत कैसे हुई मेरी डायरी का वह हश्र कर डालने की?"

राजुल उठके बावर्चीखाने में चली गयी।

रक्खाराम, सालिम प्याज को चिमटे से पकड़कर अँगीठी की भक्क लौ में भून रहा था।

"भइयाजी, हमें जरा चार-पाँच प्याले चाह के, फलास्क में उँड़ेल के ला दो।"

जवाब में रक्खाराम ने पट से गरमागरम प्याज भू पे पटक दिया और लगा सू-सू करता उसका कोयला हुआ छिलका उतारने।

"ठैरो तनिक। इसका गरम खाल नहीं उधेड़ेंगे तो चिमट रहेगा ससुर।"

"तुम्हारा ससुर खाने पे आ रहा है?"

"काहे?"

"तुम बोले न? कि वह चिपट जाएगा अगर प्याज नहीं छीला तो?"

"ऊ त हम अस बोले जस तुहू लोग डैमफूल बोलत हो। जावा। हम चाह लात है।" कह उसने छिले प्याज पे मुक्के से चोट दी और एक ओर टेक दिया।

राजुल के मुख में पानी चलने लगा।

फिलहाल उसने एक काले रंग की नफीस प्लेट और चाकू उठाया और बैठक में चल दी। मेज पर प्लेट में केक और छुरी रख वह फिर से बाहर आ रही। तब तक रक्खाराम फलास्क में चाय रख गया। लम्बा, इकहरा काले रंग का फलास्क था। राजुल लौट के, मनाने के सुर में बोली–

"चल उजाला उठ। अल्लाहरक्खा पोर्च में तेरी काली लिमूजीन ले आया है। लम्बी ड्राइव पे चलते हैं। उससे कहना कि वह कार को जी.टी. रोड पर छोड़ दे बस। चाय पिएँगे, केक खाएँगे और तू धीमे लहजे में शायरी करना, मैं सुनूँगी। जो अशार मुझे याद हैं, मैं भी ...।"

बस यहीं गलती हो गयी। उजाला फिर से शिष्टाचार भूल गयी।

"तू तो रहने ही दे। करम कर मुझ पर। शेर भी उचकने-फुदकने लगेगा।"

राजुल ने आज, सहेली की यह तारीफ भी बर्दाश्त कर ली।

दोनों चाय-केक समेत, लम्बी काली गाड़ी में सैर को निकल गयीं।

"अभी दोबारा से गाड़ी साफ की है, मिस साहब। काले रंग पर खाक, सिर चढ़कर चमकने लगती है।" अल्लाहरक्खा ने फख्र से इत्तला दी।

"यह लिमूजीन, क्या गाड़ी का कोई खास मेक या माडेल होता है?" राजुल ने कुछ हिचकते हुए जानना चाहा।

"नहीं। हर लम्बी-बड़ी-सी गाड़ी को लिमूजीन कहते हैं। फ्रांसीसी शब्द है।"

उजाला को चाय पी लेने पर, सर्द मौसम में भी बेहद पसीना आ जाता है।

उसने अपने बैग में से हाथी दाँत की वह अर्धाकार हथपंखी निकाल ली थी जिसकी एक-एक पंखुड़ी की नाजुक जाली गौरतलब थी। वह हवा करने लगी।

"यह तेरे पिताजी चीन से लाये थे न?" राजुल ने कुछ हसरत से पूछा।

"हूँ।" उजाला ने एक बार हथपंखी को परखा और अनमनी सी 'हूँ' कर दी।

गाड़ी पानी पर जहाज-सी चली जा रही थी।

मगर उजाला की लतीफ-मिजाजी जाती रही थी। अदबी गुफ्तगू का भी कोई मौका न बन पाया। राजुल सोचने लगी, ये सब उजाला के भविष्य को लेकर सभी इतने बेचैन क्यों रहते हैं? रोहित, उसके अपने जीजाजी। और उजाला के पिताजी तो कहा करते, "हमारी उज्ज्वल तो हरदम नीचे ताकती हुई चला करती है। छोटी-मोटी कंकरी-पत्थरी से बचा ले जाएगी अपने पाँव को, पर गर सामने से ठेला आ जाए तो भरपूर टकरा जाएगी। जरूरत भी क्या है, उसे ऊबड़-खाबड़ रस्तों पर भटकने की? चहलकदमी तो इण्डिया गेट के लान पर बखूबी हो सकती है। अल्लाहरक्खा, वहीं कहीं गाड़ी लगा देगा। पर ये सब लोग राजुल से ही क्यों अपनी अकुलाहट व्यक्त करते हैं?"

उसके बाद उजाला की राजुल से मुलाकातें होती रहीं, पर आधे-अधूरे मन से। मालूम नहीं वजह डायरी का मातम था कि अमूल्य से बढ़ती कशिश। उन दोनों में एक ही शहर में रहते हुए भी जोरों से खतोकिताबत चल पड़ी थी। शामों को अंजाम दिये खत सुबह कॉलेज में एक-दूसरे को थमा दिये जाते। राजुल ने दोनों के ही कुछ खत पढ़े थे। अमूल्य के व्याकरण की गलतियों से यूँ लदे रहते मानो जज्बात के तेज बहाव में व्याकरण आड़े आता हो। मानो अपनी भावनाओं के बीच वह भाषा को भी सहन न कर सकता हो।

उजाला के खत अदबी होते, जैसे, कोई उपन्यास, डायरी के शिल्प के अधीन गढ़ा जा रहा हो। उनमें उन तमाम सांस्कृतिक आयोजनों का चित्ताकर्षक ब्योरा और लेखा-जोखा रहता जिनमें वह अपने पिताजी के साथ जाया करती। माँ कभी, अस्वस्थता के चलते, नहीं भी जा पातीं। उजाला अपनी भाषा के प्रति अत्यधिक सतर्क रहती किन्तु 'स्पैलिंग' उसकी अकसर गड़बड़ायी रहती। उसके 'ट्योटोरियल' के आलेखों पर व्याख्याता हरदम 'केअरलैस मिसटेक' जहाँ-तहाँ जड़ दिया करतीं। उन्हें यह विश्वास ही नहीं होता कि भाषा के सुन्दर प्रवाह के मध्य जो 'स्पैलिंग' की बाधा खटक रही है, वह अज्ञानतावश है।

राजुल अपनी जीजी के घर पहुँची हुई थी। जीजी की गरदन और शानों पर तमाम बैंजनी दाग पड़े थे। एक तरफ का गाल भी कुछ सूजा था या कि दूसरी तरफ का कुछ पिचका था। सूजी-फूली पलकें जैसे, उस दुःख की राजदां थीं।

राजुल से यकायक कुछ पूछा न गया, न जीजी ने ही कोई सफाई दी। तभी जीजाजी भड़ाक से दरवाजा ठेलकर भीतर घुस पड़े।

"राजुल, तुम्हारी वह शायरीवाली सहेली नहीं आयी?" उन्होंने राजुल को देखते ही दन से सवाल दाग दिया।

"वह आएगी भी नहीं। आप डायरी और उसकी बाबत भूल ही जाएँ तो अच्छा हो।"

"वह जिन्दगी में शायरी को खाद की तरह इस्तेमाल कर रही है। उसे समझाना मेरा फर्ज है।"

"ये जीजी को क्या हुआ? इसकी तरफ आपका कोई फर्ज नहीं है?"

"अरे, वह रपट गयी थी ... वहाँ ... गुसलखाने में।"

"डॉक्टर को दिखलाया? इतने नील! सोजिश!"

"अब, इसमें डॉक्टर भला क्या करेगा? मल्हम-शल्हम चुपड़ ही लिया है उसने।" राजुल जीजाजी को घूरने लगी।

"तो, उजाला से मुलाकात का क्या बना?"

"यह क्या मुलाकात-मुलाकात लगाये हैं आप?" उसने तमतमाकर कहा। फिर अचानक व्यंग्य से मुसकराने लगी।

"आपको मालूम नहीं, उजाला एक अदद राखी, हमेशा अपने पर्स में तैयार रखती है। सामनेवाला कदम-दो कदम रपटा नहीं कि तपाक से कलाई पर राखी सुशोभित हो जाती है।"

जीजाजी की आँखों में भयंकर लाल डोरे उतर आये। अजब गोताखोर आदमी है। हरदम कुछ हाथ लग जाने की फिक्र रहती है। टी.वी. सीरियल में ये जल्लाद की भूमिका बखूबी निभा ले जाएँगे। जीजी के नील, राजुल के मन पर दाग दे रहे थे।

कमबख्त आदमी 'न' तो सुनना ही नहीं चाहता। डाकू-डकैतीवाली जबरदस्ती है।

"यह रपटने-फिसलने की बात क्या कही तुमने, हयँ?"

जीजाजी गैंडे जैसे दिखलायी पड़ने लगे। अपना-आपा, सख्त-खाल है, और दूसरे के लिए नाक पे सींग है ही। उसने हिम्मत करके सीधा वार किया, "जीजा जी, आप कैसा भी पाँसा फेंकें, आपकी गोटी वहाँ अटकनेवाली नहीं।" पल भर को गैंडा, मिट्टी की लोथ हो रहा। फिर वह जीजी को घूरने लगा।

अचानक जीजी सिसकने लगी।

"अरे तुम जाओ। रसोई में जाकर झींगे का अचार डालो। जरा-सा हाथ क्या उठ गया, मार रो-रो के घर भरे दे रही हैं।"

"जीजाजी, मैं कुछ रोज के लिए जीजी को अपने साथ लिये जाना चाहती हूँ।"

"वो क्यों?"

"क्यों का मतलब? पीहर है जीजी का। माँ याद करती हैं।"

"बड़ा तो सुख धरा है वहाँ, उसके लिए। हरे रंग की जाफरी लगा के तो दूसरा कमरा निकाल पाये हो तुम लोग। फोल्डिंग बैड पर तो सोते हो।"

"हमारे यहाँ का उम्दा टीक का दोहरा पलंग देखा है तुमने?"

जीजाजी ने आक्रामक सुर में साली से पूछा।

अचानक जीजी जोरों से सुबकने लगी। राजुल उसे थाम रसोई में ही चली आयी। उसने जीजी को स्टूल पर बिठला दिया और अदरक कूटकर चाय के पानी में डाल उसे खौलाने लगी। कुछ खटर-पटर करके उसने लौंग और काली मिर्च की डिबिया भी खोज ली। तीन-तीन लौंग और साबुत काली मिर्च, एक-एक चोट देकर उसने उबलते पानी में छोड़ दी।

बैठक का दरवाजा खुला फिर धड़ाम से बन्द हो गया। गैंडा खुले में निकल गया था। जीजी की तबीयत के अनुसार, राजुल ने पत्ती के साथ दूध और शक्कर भी खौला ली थीं। जीजी ने पल्लू में नाक का पानी सिनक लिया, कुछ वापस सुढ़क लिया। राजुल ने जीजी को सोंधी चाय का भाप उड़ाता मग थमा दिया। उसने यन्त्रवत् चाय घूँटनी शुरू कर दी थी। राजुल ने अपना मग दोनों हथेलियों में यों भींच लिया था जिससे दोनों हथेलियाँ गरमा-गुनगुना जाएँ। उसे चाय की नाजुक-सी प्याली थामे, उजाला याद आ गयी। उसकी छुटकी अँगुली, अलहदा से बाहर को उठी रहती। शिष्टाचार की पुस्तिका में यह नाजुक नुकता बाकायदा दर्ज था। जीजी, चाय का मग रिता के फिर से सिसकने लगी। उसकी नाक पकौड़ा-सी हुई पड़ी थी। बिन्दी की बूँद भी फिसलकर मग में चू पड़ी थी। राजुल ने उसकी ढीली, सुन्न-सी पकड़ से मग ले लिया। पतीली में की बची चाय छानकर उसने मग फिर से जीजी को थमा दिया। जीजी ने नाक सुड़ककर फिर से चाय घूँटनी शुरू कर दी।

राजुल अब भी अपना खाली ऊष्म मग जकड़े थी। चाय की भाप ने उसकी हथेलियाँ सीलगरम कर दी थीं। वह छोटा-सा सुख छोड़ते नहीं बन रहा था। उसके जेहन में उजाला के बगीचे में सिरज रहे आड़ू के पेड़ झूमने लगे। जब ललाये से गुलाबी फूलों से लद जाते हैं तो बगीचा सचमुच 'गुलशन' हो रहता है। दूर बैठे हुए भी, मनुष्य कैसे देखे-बीते हुए को, अपनी सोच और कल्पना के सहारे फिर से जी लेता है? जीजी की रसोई भी आड़ू की खट्टी-मीठी महक से बौरायी-सी प्रतीत हो रही है।

"झींगे का अचार कैसे पड़ता है?" नजले के से गाढ़े सुर में जीजी ने पूछा।

"मुझे नहीं पता। प्रौन मछली को कहते हैं। लेकिन तुम तो माँस-मछली खाती नहीं।"

"उन्होंने खाने को नहीं, बनाने को कहा है।" जीजी ने सरलता से कहा।

माँ भीग-भीग कर कहा करतीं, "राजुल, माँ बच्चों को रोटी बाँट सकती है, पर भाग्य नहीं बाँट सकती।"

"झींगा कहाँ मिलता है?"

"ओऽ होऽ। जीजी! समुद्री मछली है। किसी बड़े स्टोर के डीपफ्रीज में रखते होंगे। उन ही से मँगवा लेना जिनको खाना है अचार।" राजुल ने झींककर कहा।

जीवन का कौन-सा मोड़ है यह? एक अन्धा मोड़? आगे क्या है, कौन जाने। बन्द गली तो फिर भी बन्द दिखलायी पड़ती है, आगे जाने का रास्ता ही नहीं होता पर इन घुमावदार अन्धे मोड़ों के पीछे क्या है? खाई-खण्डहर? बारीक पड़ती पगडण्डी? रपटन? टक्कर-टकराहट?

दिल पर चोट यों चिलक पड़ती है जैसे पाँव की सबसे छोटी अँगुली अचानक कुचली जाए।

चाकू का फल-सा घूम जाता है सीने में।

साँय-साँय करती हवा की घुमेर-सी घबराहट। दिल धड़कता नहीं, चेतावनी देता है, एक दस्तक, आगत के प्रति। दुर्भावना की आहट सा।

किस पाश में जकड़ा है मन? दिल में काँटे का दंश-सा कुछ गड़ता है। दग्ध हृदय से लहू रिसता होगा।

आँखों की नसों में पीड़ा सनसनाती है। चार-पाँच टैस्ट के पश्चात्, आँखों का विशेषज्ञ चुप साध लेता है और एकटक उसे ताकता है। कह देता है–

"यह पानी तो नहीं ही है।"

"फिर चश्मे में इतना ढेर-सा पानी कहाँ से इकट्ठा हो जाता है?"

जवाब में, डॉक्टर हमदर्दी से मुसकराता है।

"आपकी जाती जिन्दगी के बारे में, मैं कुछ भी नहीं जानता।"

"उम्र का तकाजा तो नहीं?"

"ऐसी कौन उम्र हो गयी है आपकी?"

वह उठ खड़ी होती है। जरूर ये खून के आँसू हैं। धब्बा-धब्बा, आँखों में दिखलायी भी पड़ जाते हैं। ठहरे से रहते हैं आँखों में फिर ढुलुक आते हैं। ढुलढुल-ढुलमुल। जिन्दगी एक हारी हुई लड़ाई क्यों है?

कोई कहानी मुकम्मल कहानी क्यों नहीं बन पाती? अपने आगाज अंजाम समेत। हम जीवन भर आदर्श स्थितियाँ ढूँढ़ते रह जाते हैं। आदर्श स्थितियाँ होती ही नहीं कि मिलती नहीं? कितना ढेरों समय रीतबीत गया, जीना हुआ कि नहीं, पता ही नहीं चलता।

जीवन का जो सपाट-उबाऊ सा रूप नजर आता है क्या वही सचमुच जिन्दगी है? चमगादड़ की तरह उलटे न लटके-चिपटे रह जाएँ, क्या उसी सावधानी का नाम सुख है?

किसी भी अनाथाश्रम से कोई भी नन्हा-सा बच्चा किसी औरत की गोद में डालकर देखो तो? बच्चे के अन्ध आऽ अन्ध आऽ करके, ललककर बाँहें पसारते ही, उस औरत के अंग-प्रत्यंग में भी लाड़ उमड़ेगा कि नहीं? वह उमगकर शिशु का माथा चूम लेगी। बच्चा थूक-सने होठों को जोड़कर म...मम... मम...माँ। पहला अक्षर उच्चारेगा। बिना जाने कि वह संसार का सबसे महत्त्वपूर्ण शब्द रहा है। बस उस औरत की गोद भरी होगी और वह माँ बन जाएगी। हर औरत माँ होती है। वह भी है। उसकी कोख से कुछ जन्मा नहीं तो क्या! सैक्स की भावना से कहीं अधिक प्रबल है यह ममता की भावना। पर बच्चे को गोद देनेवाली संस्थाएँ पति कि या कहो बच्चे के भावी पिता की अनुमति ही नहीं चाहतीं, उसके सामर्थ्य-क्षमता की पूरी जाँच-पड़ताल भी करती हैं। उस पुरुष की, जिसके शरीर में कोख होती ही नहीं। कोख से केवल बच्चा 'जना' जाता है क्या? कोख से ममता की वह लहर उठती है, जो औरत को, पालने-पोसने, रक्षा करने, बनाने-गढ़ने की अद्‌भुत शक्ति देती है। उसे रचने-सँवारने का धीरज देती है, इच्छा देती है। कितनी लचक होती है औरत के मन में। कितनी चिन्ता और सरोकार! तभी न वह सब कुछ छोड़-छाड़ के भाग नहीं खड़ी होती। उम्र का एक लम्बा हिस्सा, बच्चे को बड़ा करने में बिता देती है। कैसी प्यारी-सी आशा, कैसा अटूट विश्वास। कोख से उठती यह लहर उसका सर्वांग एक विशिष्ट प्रकार से भिगोती-रचती है।

"अरे रे... रे। यह तो बिलकुल उजाला की प्रतिछवि जैसी है। यहाँ? बस की कतार में? देखो तो जरा। चेहरा इधर को घुमाया है, उसने। वही तीखी इकहरी 'नासिका' तो है। पर कुछ ज्यादा ही उभरी नुकीली-सी लगती है। गालों के भराव, पिचक गये हैं। बदन भी थका-थका-सा है। फिर भी मन नहीं माना। थकी-ढली स्त्री के कन्धों पर असल पश्मीने का दुशाला है। वही रेगिस्तानी रेत के से रंग का।"

"ड्राइवर, गाड़ी बस-स्टॉप के एकदम नजदीक ले जाकर लगाओ तो जल्दी।"

"सँभाल के लगाना पड़ेगा, मेमसाब, लोअर क्लास में कोई दब-पिचक जाए तो भारी लफड़ा हो सकता है।"

"ड्राइवर जब मोटर-कार की सीट पर आसीन हो और उसके हाथों में ड्राइविंग-व्हील हो तो, उसे अपनी ही कौम 'ब्लडी पैडेस्ट्रियन' लगने लगती है।" राजुल मुसकरा दी।

इतने में बस-कतार का आशादीप, सुन्दर सपने का साकार रूप, सरकारी बस का आगमन हो गया। वह बड़े अनमने ढंग से कतार से गजों-गज आगे पहुँचकर रुक गयी। कतार में हड़कम्प मच गया। लपड़-झपड़ कर सब भज लिए। पश्मीने वाली औरत प्राणपण से बस की ओर लपक ली। पायदान तक पहुँचते-पहुँचते, उसके जूड़े की दो-चार पिनें खिसककर बाहर आ रहीं, पाँव की एक चप्पल नीचे छूट गयी

और दुशाले का छोर कहीं अटका पड़ा था। कोहनी से धकेलती, अपने को पतला पेलती वह दुशाला खींच, बस में ठुँस गयी। एक ठिगना हाथ में उसकी चप्पल उठाये उसके पीछे चिपका-सटा, भी बस में दाखिल हो गया।

राजुल गाड़ी से उतरकर, उचक-उचक के बस के भीतर झाँकने लगी। पश्मीने का दुशाला उस स्त्री ने अपने तन के चहुँ ओर कवच-सा लपेट लिया था। वह ऊपर का डण्डा थामे खड़ी रही थी। ऐन ठुड्डी के नीचे ठिगना फँसा था। बस ने हिचकोला खाया, तो वह झूल गयी। ठिगना भी तिरछा होकर वापस व्यवस्थित हो गया।

"उजाला! नीचे उतर आ, प्लीज! उजाला!"

राजुल ने बरबस पुकारा था। उस स्त्री के सिवाय, सभी यात्री जरा-सा चौंके थे। लपकते-लुढ़कते अन्य यात्री नीचे छोड़, बस आगे बढ़ ली।

राजुल ठगी-सी खड़ी रह गयी। कहीं यह दृष्टि-भ्रम तो नहीं?

राजुल वापस गाड़ी में बैठ गयी थी।

अमूल्य और उजाला का रोमांस अभी चल ही रहा था कि, राजुल का ब्याह एक सी.ए. और एम.बी.ए., दो-दो डिग्रियोंवाले आलिम-फाजिल से तय हो गया। रिश्ता उसके मामाजी का लाया हुआ था। आनन-फानन में वह अंजाम भी पा गया और राजुल के पति की पहली ही नियुक्ति लन्दन में हो गयी।

अल्पकाल के लिए दोनों सहेलियों में पत्राचार चला भी।

फिर, राजुल ही अत्यधिक व्यस्त हो गयी। बच्चों का आगमन, विदेशी समाज की अनेकानेक माँगों, पैसों की चमक और चीजों से अटे पड़े बाजारों की दमक में वह खो गयी। बच्चों की तुतलाहट-डगमगाहट से आगे, उनके भविष्य को सँवारकर रख देने की जद्दोजहद थी। देश में माँ का निधन, उजाला के पिता का कलकत्ता प्रवास, ये ही दोनों अहम खबरें थीं। बाकी जीजी की जिन्दगी तो ऐसा दलदल बन चुकी थी, जिसमें से राजुल ने उसे बाँह थामकर भरपूर बाहर खींच लेना चाहा था, पर उस ही की ओर से कोई सहयोग न मिला। उसने कहा था, "देखो जीजी, यहाँ यों रोने-रुलाने से अच्छा है तुम मेरे साथ लन्दन चली चलो।"

"नहीं, राजुल नहीं।" उसका उत्तर होता।

"देखो, जीजी, तुम अगले बीस बरस भी यहाँ होम होती रहीं तो, आज की दुनिया में तुम्हें कोई पतिव्रता नहीं कहेगा, मूर्ख ही कहेगा।"

"मन नहीं मानता। मैं वहाँ करूँगी भी क्या?"

"तुम वहाँ कोई भी अच्छा-सा कोर्स कर लेना। तुम सर्विस करके अपने पैरों पर खड़ी हो सकती हो।"

"मन भी कहीं पढ़ा-लिखा बन पाता है?"

बस जीजी वहीं रहकर, गर्भ धारण करती रही, पिटती रही और उसके गर्भ

आप ही गिरते भी रहे। जीजी ने न कभी गर्भवती होने की खुशी मनायी, न उसका रंज। झींगे का अचार डालना वह सीख गयी थी।

जीजाजी को तो इलाज के लिए जबरदस्ती कहीं ले जाया नहीं जा सकता था। राजुल की जिद पर उसके पति एक मनोचिकित्सक को उनके पास ले गये थे। डॉ. साहब ने कुछेक फार्मूलाबद्ध रेखाचित्र व रंगीन चित्र के कार्ड उनकी नाक के नीचे रख उनकी तात्कालिक प्रतिक्रिया जाननी चाही, ताकि उनकी मनोग्रन्थियों का विश्लेषण हो सके। पर जीजाजी को तो दूसरे की हर रुचि-पसन्द की चिन्दियाँ बना देने का लाजवाब रोग था। उन्होंने वही किया। डॉ. साहब ने माथे का पसीना पोंछा और दो गिलास ठण्डा पानी पीकर कुछ सरल से प्रश्न जीजाजी से पूछे थे। प्रतिक्रिया-स्वरूप जीजाजी ने घर का मर्द-माली और मर्द-चौकीदार की छुट्टी कर दी और कामवाली नौकरानी को घूरना शुरू कर दिया था। जीजी ने डॉक्टर साहब की फीस चुकाते हुए, पधारने से मना कर दिया। डॉक्टर साहब भी बोले थे कि "जो शख्स अच्छा-भला कमा के ले आता हो, दस इज्जतदार लोगों में उठता-बैठता हो, ऐब के नाम पर चाय-कॉफी तक न पीता हो, उसे किसी इलाज-विलाज की जरूरत नहीं है। तुम्हारी जीजी को समझना चाहिए, राजुल।"

"अच्छा? तो यहाँ आकर पिट जाया करिए आप।"

यह सुनकर, डॉक्टर साहब बहुत जल्दी से उठकर चल दिये थे।

राजुल जब भी देश लौटती है, चाहे कहीं भी ठहरे, ड्राइवर समेत एक गाड़ी भाड़े पर अपने लिए तय कर रखती है। जीजाजी की गाड़ी तो जीजी को ही नसीब नहीं। इस बार देश लौटना छह माह पश्चात् ही हो गया था।

डॉक्टर जैन की आँखों का क्लीनिक आ गया, तो राजुल गाड़ी से उतर पड़ी। जीजी के लिए ही समय लिया था। दस मिनट ही देर हो गयी थी, सड़क पर भीड़-भड़क्के के कारण। दूसरा मरीज भीतर दाखिल हो चुका था। रिसैप्शन पर मालूम हुआ कोई श्रीमती कपूर थीं। उनके भी कई-एक टैस्ट होने थे। जीजी अपनी सूजी-फूली, पट-पलक झुकाए, घुटी-घुटी-सी सिसकी ले रही थी, मानो सिसकी और साँस का जोड़ हो। उनकी आँखें बन्द डिबिया-सी लग रही थीं।

श्रीमती कपूर टोहती-फुसफुसाती बाहर निकली। आँखों पर काला चश्मा था। चश्मे पर उसने अपनी हथेलियाँ ढाँप रखी थीं। रिसैप्शनिस्ट उठ आयी और श्रीमती कपूर को सहारा देकर काउच पर बिठला दिया।

"बस यों ही बिना पलक खोले बैठी रहिए, आवाज लगने तक। रोशनी पड़ने से आँखों का नुकसान हो सकता है। आप पढ़ी-लिखी तो हैं न?"

"हूँ।"

"बस फिर, समझ लें कि कार्निया डायलेट करके आँखों की अन्दरूनी जाँच करनी है। रैटिना चैक-अप, फण्ड्स वगैरा सब देखना है।"

"हूँ।"

"अब जाइए भी, आप ही की बारी है। तब से तो इन्तजार कर रही थीं।" रिसैप्शनिस्ट ने राजुल की चेतना को झकझोरा।

वही नाक, वही होंठ, चेहरे का बाहरी कटाव। राजुल एक बार फिर अवसन्न थी। श्रीमती कपूर ने ऊँची अभिरुचि का सुन्दर काट-छाँटवाला सलवार-कुरता पहन रखा था, मगर पाँव में काले रंग के घरेलू स्लीपर थे।

"चल न राजुल।" जीजी ने सिसकना बन्द कर उसे टहोका तो वह उसे लेकर भीतर चली गयी।

वे दोनों बाहर आयीं तो रिसैप्शनिस्ट ने तुरन्त श्रीमती कपूर को भीतर कर दिया।

"यह अब कितनी देर में बाहर आएँगी?"

"देर लग सकती है। क्यों?" रिसैप्शनिस्ट ने इस अन्दाज में पूछा कि जाओ भी अब। क्यों नाहक यहाँ भीड़ लगा रखी है?

"चल न राजुल। तेरे जीजाजी घर पर खाने पर आनेवाले हैं। अभी कित्ता कुछ तो पकाना है।" जीजी की सूरत रोनी बन चुकी थी। कहीं सिसकना न शुरू कर दे।

"आप मुझे श्रीमती कपूर का पता दे सकती हैं?" उसने हड़बड़ाकर रिसैप्शनिस्ट से याचना की।

"चल न राजुल, अब चल न।" जीजी की अलहदा घबराहट भरी भिनभिनाहट थी।

रिसैप्शन की व्यस्त लड़की ने कुछ उकताकर पता निकालकर दे दिया।

दाहक ग्रीष्म की एक तपती-जलती दोपहरी थी।

राजुल की वातानुकूलित कण्टैसा, आखिर वांछित पते पर पहुँच ही गयी। 'अमूल्य कपूर' का नामपट्ट टँगा था।

"अरे!" एक राहत भरी प्रसन्नता उसके चेहरे पर छा गयी।

"शुक्र है, भगवान तेरा कि उजाला और अमूल्य की चाहत, ठीक ठिकाना पा गयी, रस्ते-ठौर की मोहताज नहीं रह गयी।"

वह उल्लसित-सी गाड़ी से उतर पड़ी। पर फिर, दोनों बार वह उजाला ही थी।

उसने बेचैन, सरोकार-वश घण्टी पर अँगूठा टीप दिया। घण्टी भीतर अतिरिक्त आग्रह से बज उठी। राजुल ने अँगूठा नहीं हटाया।

भीतर से फाख्ता की सी चीख गूँज उठी—

"अरे सब्र किया करो जरा...घण्टी फुँक जाएगी...सुन ली है मैंने।"

राजुल ने अँगूठा हटा लिया। उस तरफ पदचाप दरवाजे तक पहुँचकर रुक गयी। राजुल ने दरवाजा ठेला, फिर ठकठका दिया।

"तुम रुक नहीं सकते अमूल्य? लो, अब जंजीर अटक के रखी गयी।"

फिर एक झुँझलाहट भरी चिढ़-चिढ़, जंजीर की अटक खोलते हुए।

"इतनी चढ़ा ली होगी कि खड़ा रहना दुश्वार हो रहा है। पसर जाओ न वहीं। मुझे क्या? रस्ते में भी तो गिरते-पड़ते देखा ही होगा, कइयों ने। सो अब भी देख लेंगे।" बड़बड़ाहट अब समरस थी।

वह जंजीर से अब भी उलझी थी।

"इतना धुआँधार तो ट्रैफिक होता है सड़कों पर। होशमन्द को ही सड़क पार कर लेना दुश्वार है। तुम कुचल-दब नहीं गये कहीं, बहुत समझो।"

उसने जंजीर उढ़काकर भड़ाक से दरवाजा खोल दिया।

उसके साथ ही वह पीठ मोड़कर भीतर को चल दी।

राजुल पस्तकदम घर में दाखिल हो रही।

"अब टकराओ न मेज-कुरसियों से। टकराते क्यों नहीं? गिरो-पड़ो, चाहे मुँह-माथा फोड़ो, मैं किसी को बुला के लानेवाली नहीं, रवैया ही बन गया है।"

रसोई से उठा-पटक के साथ बड़बड़ाहट जारी थी। राजुल की दृष्टि बैठक में चारों ओर घूम गयी। सब ही कुछ जैसे अच्छे वक्तों का लिया-दिया था। पर अब धूल-धूप खाया, बदरंग-मटमैला-सा हो रखा था। जिसे कभी गर्व से फर्नीचर कहा जा सकता था, अब फटीचर था। कश्मीरी कालीन जहाँ-तहाँ से गंजा हो चुका था। कहते हैं, ईरान में तो ऊँटों को चलाकर कालीन की गर्द निकाली जाती थी। यहाँ तो, इन लोगों की चहलकदमी से ही घिस गया। बच्चे? कहीं कोई बच्चे का फोटो नहीं। कोई किताब, बैट-बल्ला, खेल नहीं। कॉफी-टेबल पर धुला चमकता हुआ, स्टार-फिश के आकार का दो पाटोंवाला, क्रिस्टल बाउल। परदे भारी-भरकम मगर थके-हारे से लटके थे।

उजाला को तो परदों में करारा खिलापन पसन्द था। ड्राइक्लीनिंग के लिए भी तो, किसी को तो उतार के देना पड़ता होगा। शीशे की अलमारी में किताबें करीने से सजी-अटी थीं। बोन-चायना के गुलदान में बाजार से मोल ली, एक ही गुलछड़ी खुँसी थी। नारंगी, शादाब-सी। जैसे कोई अधूरी-सी प्रार्थना हो, जीवन को जीने लायक बना पाने की। सब कुछ झाड़ा-पोंछा था। जैसे, घरनी को घड़ी देखकर, उतना कुछ, उतने समय में निबटा ही लेना था। अभिजात्य विपन्नता थी वह, जिसे देखकर गले में कुछ अटकता था। फटा दूध जमा लेने का प्रयास-प्रयत्न। रसोई से आती किरच-किरच चिढ़चिढ़ाहट ने राजुल का ध्यान भंग कर दिया।

"एक छोटा पंखा तक तो खरीदा जाता नहीं, रसोई के लिए। सुबह से यहाँ मर-खप रही हूँ। तुम अब खाना खाकर ही पसरना। एक रोज की बात हो तो कौर तोड़-तोड़ कर चोंच में चुग्गा-सा टुँगाती रहूँ।"

शायद अब उसे अपनी उपस्थिति को जाहिर कर देना चाहिए, राजुल सोच ही रही थी कि अन्दर से फिर से चिढ़चिढ़ी बाँग आयी।

"परसों जो कुरसी समेत फर्श पर ढह पड़े थे तुम, सो वो अब तलक वहाँ कोने में तीन टाँगों पर टिका रखी है। उस लँगड़ी कुरसी पर ना धरे जाना। गिर कर इतने तो भारी, लद्दड़ से हो जाते हो। उठाने कौन आएगा? लो, अब खाकर चुको।"

सामने उजाला थाली लगाये खड़ी थी। फिड्डा-सा, पर इस्तरी किया हुआ सलवार-कुरता पहने थी। कभी आकर्षक रहा होगा। काली जमीन पर सफेद गुलकारी, वही चिकन-चाकिनवाली। किसी का कहा शेर था जो उजाला बड़े महबूब अन्दाज में, लरजती आवाज में दोहराया करती। वही शेर, राजुल के जेहन में टूटकर बहने लगा—

हमने अपनी मुफलिसी का इस तरह रखा भरम
दोस्तों से कट गये, मगरूर कहलाने लगे।

उजाला की ग्रीवा तनी थी। तनी-तनी-सी अबरू थी। तन का तनाव, थाली की जकड़ में समा गया था। राजुल चार कदम आगे बढ़ी। उसके पाँव, भीगा हुआ कालीन हो जैसे।

"उज्ज्वल।" राजुल ने जैसे अपनी दोनों की महकी-बहकी जवानी को पुकारा हो।

उजाला थाली थामे, निश्चल खड़ी रही। राजुल ने बढ़कर कटोरियों से पटी थाली उसके हाथों से छुड़ा लेनी चाही। उजाला की पकड़ थाली पर और भी कस गयी। जैसे वह थाली ही उसका अब और आज का यथार्थ हो। पसीने की तर लकीरें उसकी गरदन तक फिसलती आ रही थीं।

"पंखा चला दूँ?" राजुल ने पूछा।

"नहीं। खाना ठण्डा हो जाएगा।" उजाला ने सरलता से कहा। खामखयाली पर भी बस नहीं। कभी उजाला स्वयं रसोई में जाकर चाय की ट्रे बगिया-सी सजा के ले आती थी। नाजुक-नफीस-सी प्यालियाँ, बुलबुलों-सी नशेमन में दुबकी बैठी हों जैसे। सफेद, उभरी धारियोंवाले नन्हे बाउल, चरपरे-कुरकुरे से भरे हुए।

उजाला की आँखों में पानी की सतह चमकीली-सी ठहरी थी।

"उज्ज्वल।" राजुल ने आग्रह से दोहराया तो मानो एक कंकरी उस पर उछल गयी। छपाक।

टप्प से पानी की बूँदें, उसके गालों पे बिछल आयीं। वह अडोल, थाली थामे खड़ी रही। उसने अपना चेहरा छिपा लेने का भी कोई प्रयत्न नहीं किया।

ढुलमुल-ढुलमुल आँसू गिरते रहे, जैसे वह नकली हों।

"बैठ लें कुछ देर?" राजुल ने ही सहमी-सी आवाज में आमन्त्रण दिया।

"फिर कभी।" उजाला ने आग्रह को टाल दिया।

यह वही उजाला है? कहती थी, "तमाम इखलाक-तहजीब दिल की अन्दरूनी तहों से साँस की मानिन्द बाहर निकलकर अंजाम पाता है। अदब और कुछ नहीं दिल का मोम है। सलीका बस सहूलियत है।"

उसकी आँखों से झरता पानी शालीनता से ढुलक रहा था, बेआवाज और बिन-अपील। उजाला यों अपना आप समेटे खड़ी थी कि राजुल को साहस ही नहीं हुआ कि उसे सहेज ले।

उसने सहज ही दृष्टि किताबों की अलमारी की ओर घुमा ली। कहा, "उजाला, तूने अभी हाल ही कौन-सी किताब पढ़ी होगी भला?"

"मैं किताबें नहीं पढ़ती। मेरी आँखें खराब हैं। सोते-सोते भी आँखों में से पानी झरता है। धुन्ध के परदे में से कैसे पढ़ा जा सकता है?"

"तुझे याद है उजाला, हम एक खेल खेला करते थे? पुरानी पढ़ी हुई किताबों के पहले ही चैप्टर की सबसे पहली पंक्तियाँ क्या थीं? याद रखने का। तुझे 'गान विद द विण्ड', 'रिबैका' वगैरा की पहली पंक्तियाँ बखूबी याद रहा करतीं?"

"अब तुम्हें जाना होगा, राजुल। वह आनेवाले हैं।" उजाला ने संयत स्वर में कहा।

"अरे, अमूल्य ही तो आनेवाला है, कोई तूफान तो नहीं।" राजुल को झुंझलाहट हो आयी।

तभी उढ़काया हुआ दरवाजा भड़ाक से खुल गया। बवण्डर की तरह, अमूल्य भीतर घुसा। आते ही कॉफी-टेबुल से जा टकराया और फर्श पर यों जा पड़ा जैसे क्रैशलैण्ड किया हो। मेज आड़ी-तिरछी हो रही, परन्तु क्रिस्टल बाउल का ढक्कन दो टूक हो रहा। उसका निचला हिस्सा जाने कैसे बच रहा। गलीचे पर गिरा था, इसी से अमूल्य न कराहा था, न उसने कहीं पर अपनी चोट सहलायी थी। उजाला ने अब थाली बड़ी मेज पर टेक दी। काँच के टुकड़े उठाये, जोड़ के देखे तो जुड़ते थे। उसने उन्हें और बाउल के निचले हिस्से को मेज पर रख दिया और मेज सीधी कर दी। अमूल्य ठीक-ठाक, साँस लेता, सो सा रहा था।

उजाला भीतर से गीला झाड़न ले आयी और गलीचे और फर्श के नंगे हिस्से पर फिराने लगी कि काँच की कोई किरच हो तो झाड़न में लगी उठ आए। झाड़न फेंक वह लौट आयी और अमूल्य के करीब बैठ उसका माथा सहलाने लगी। राजुल की उपस्थिति उसके लिए नगण्य हो उठी।

"कहीं दुःख तो नहीं रहा? चोट तो नहीं आयी न? उठो, अमूल्य, कोई आ जाएगा तो क्या तो कहेगा?" जैसे, राजुल जो आयी खड़ी है, सो कुछ नहीं।

अमूल्य ने आधी-सी पलक खोली, झपकायी फिर ठस्स हो रहा। जैसे उसे अहसास हो गया हो कि उजाला है वहीं और उसे सँभाल रही है। उसके मुख से झाग निकलने लगे। वह, फू... फू... की आवाज करता तो कुछ और फेन उसके होठों के आसपास उफनने लगता।

उजाला उठकर थाली और नैपकिन वहीं ले आयी। नैपकिन उसके गले से सटाकर, वह कौर बना-बनाकर उसके मुख में ठूँसने लगी।

"ऐसे ही खा लो कुछ। कोई आ जाएगा तो फिर तुम्हारा खाना रह जाएगा।"

राजुल यह जुमला सुनकर कुछ और सिकुड़ गयी थी, पर वह वहीं की वहीं खड़ी रही।

"खाओगे नहीं तो तुम्हारा जिगर जल-भुन कर खाक हो जाएगा। और मुझे अभी कितना कुछ समेटना बाकी है।"

आखिर एक चपाती उसने अमूल्य के पेट में उतार ही दी। अमूल्य वहाँ जमीन पर पड़ा खर्राटे भरने लगा। उजाला ने पंखा खोल दिया। चींचीं करती एक गौरैया पंखे पर से उड़कर रोशनदान पर बैठ गयी।

"दरवाजा खुला रह गया था, इसी से चिड़िया भीतर घुस आयी। घोंसला बना डालेगी अगर उड़ा न दिया तो।" राजुल ने कहा।

"वह आयी नहीं, सोती ही पंखे पर है।" उजाला ने सादगी से कहा और नैपकिन से अमूल्य के माथे पर का पसीना पोंछने लगी।

"तुम छोड़ क्यों नहीं देतीं इसे?" राजुल ने चिढ़कर पूछा।

"कहाँ छोड़ दूँ?" उजाला ने प्रतिप्रश्न किया।

"भट्ठे में।" राजुल मन-ही-मन कुढ़ गयी, पर उजाला रसोई में चली गयी। "दैन लर्न टु स्पेयर योरसैल्फ" राजुल ने जरा जोर से कहा।

गौरैया फुर्र-फुर्र, रोशनदान से अपने घरौंदे के आसपास उड़ रही थी।

अचानक वह घूमते पंखे की तेज धार से टकरा गयी। खचाक! छोटी-सी गौरेया के परखचे उड़ गये। जख्मी, धड़कता-फड़कता धड़, धड़ाम से अमूल्य के कान के पास जा गिरा। गहरे लाल धब्बे छिंटा गये। अमूल्य खर्राटे भरता रहा। पंखा घर्र-घर्र घूमता रहा।

राजुल अब भी दृश्य से बिंधी खड़ी थी।

इस घर में एक तुम ही नहीं रहते, अमूल्य कपूर। इस घर में एक औरत भी रहती है। तुम यहाँ, महज मुँह छिपाकर पड़े रहने को आते हो। वह औरत यहाँ जीना चाहती है। एक खिलती-बनती जिन्दगी अपनी कुत्ता-घसीट जिन्दगी में मत घसीटो उसे। उसे जीने दो। रिहाई दे दो उसे। तभी उसे जीजी का कहा, याद आया।

"मन नहीं मानता, राजुल।"

❑

पुलिन्दे

नगरपालिका के जनता पार्क में कल शाम जलसा था, सो शामियाना, खूँटा गया था। तम्बू तो उखड़ गया पर अधगले पतोखे-पत्तल से पार्क पटा पड़ा था। रात गहराते ही पार्क में भुतैली परछाइयाँ उतर आयीं और सपड़-सपड़ पत्तल चाटने लगीं। दो-चार चींटे भी जूठन से चिमटे उनके पेट में उतर गये। सवेरा होते ही मवेशी इन पत्तलों को भी चर जाएँगे।

ये अर्धतृप्त परछाइयाँ अब कुचैला-सा कुछ ओढ़-ढाँप के गोड़े, ठुड्डी तक मोड़े, सिमटे-सिकुड़े, बदहवास-सी नींद में कुड़कुड़ाएँगी। सपने में कहीं धान की फसलें लहलहा उठेंगी। पपड़ाये हुए तलुए धरती में धँसाये, वे झूमती धान निरख रहे होंगे कि बाढ़ का पानी हरहराता हुआ घुस आएगा। गरीब का सपना भी बरजोर जुल्मी। अचकचाया-सा कोई इन्सानी पुलिन्दा अपनी ठण्ड से ठिठुरी पिण्डलियों को चीथड़े के भीतर घुसेड़ लेगा। मर गया तो यही चीथड़ा कफन। तो, कफन ओढ़े एक और पुलिन्दे ने सपना लिया।

वह तो एक झाड़ है। इसी पार्क की धरती में उगा-धँसा, डह-डह, हरियाला। वह मिट्टी में इतनी दूर तक गड़ा है कि धकेला-खदेड़ा जा ही नहीं सकता। तभी पास के पेड़ की एक सूखी डाल, किसी पंछी के बोझ से कड़कड़ायी और पुलिन्दे पर टपक पड़ी। पुलिन्दा अक-बक खुल गया। पोटली उसके भीतर की ठठरी को जा लगी थी। ठठरी में से घरघराती-सी साँसें उठने लगीं। बलगमी, थकी-थकी-सी साँसें। ठठरी फिर से पोटली में बँध गयी।

पेड़ की मोटी टहनी पर गली के पागल ने एक फटा-पुराना, पड़ा पा गया, टायर लटका रखा था। उस टायर के बीच उसने अपनी चीथड़ा पतलून तहाकर लटका रखी थी। वह पतलून की और अपनी सुरक्षा के लिए इस समय भी मुट्ठी में एक भोंथरा-सा छुरा भींचे, कूकर-नींद ले रहा था। बदन पर दिन-रात, जाड़ा-बरसात, बस एक लँगोटी रहती। छुरा, झाड़-झंखाड़, जाल-जंजाल काटने के काम भी आता। छुरे की धार से अधिक पागल का वहशी दम ही इस काम को कर पाता। यूँ भी दिमाग के बीमार को जिस्मानी रोग कम लगते हैं।

सुबह, धुन्ध में लिपटी हुई उगी थी। अल्लस्सुबह सैर को निकले बूढ़े सड़क पर जुटने लगे थे।

"पार्क पर लपाड़िया-लम्पट काबिज हो गये हैं।" झींकते-झाँकते हुए भाई दित्तामल बोले।

"जमाना ही लपाड़ियों का बन गया है। घर क्या पार्क क्या?" खरामा-खरामा चले आ रहे लाला लछमीनिवास ने उछ्वास भरा और कलाम किया—"और सुनाओ तुम्हारे क्या हाल हैं?"

"हाँ ... आँ... वही हाल है और वही खाल" कह, भाई दित्तामल फौरन पार्क और जमाने को छोड़ अपनी बहू को ले बैठा।

"रीत-नीत कुछ समझती नहीं और झगड़ालू ऐसी कि हवाओं से लड़ ले। सयानों की सी कहो तब भी पुत्तर टिका देगा, 'पापाजी आप तो सत्तरा-बत्तरा गये अब, चुप लगा के मोढ़े पे बैठे धूप सेंका करो।'

"अच्छा? ऐसा कह दिया बेटे ने?"

"अजी, नूँ ही मीसनी, फफ्फेकुटनी है। वही सिखाती है उसे।" भाई दित्तामल फौरन पटरी बदल गये।

कुछ बूढ़ों को जिम का गाइड, पार्क में कसरत करवा रहा था। ढलके-हिलगे बदनवालों के लिए हलकी कसरत।

"अब दिल खोल के हँसिए आप लोग, कहकहे लगा के।"

बूढ़े जोरों से हँसने लगे। एक छूतहा-सी समवेत हँसी।

भाई दित्तामल और लछमीनिवास भी हँसने लगे। दो-एक पुलिन्दों पर के चीथड़े भी कँपकँपाने लगे जैसे भीतर की ठठरियाँ भी हँस रही हों।

"फेफड़ों में ताजगी भरी कि नहीं?" गाइड ने पूछा।

जवाब में बूढ़े और खिलखिलाकर हँसे।

"नसों का तमाम तनाव ढीला पड़ गया न?" गाइड ने फिर मुसकराते हुए पूछा।

जवाब में बूढ़े ऐसा ठठाकर हँसे कि गाइड भी हँसने लगा।

"अरे पीपल के पेड़ के नीचे खड़े होकर सुबह-सवेरे, जोरों की साँस भीतर-बाहर फेंको तो देखो एक सिलिण्डर शुद्ध आक्सीजन फेफड़ों में भर जाएगी।" लाला लछमीनिवास बोले। इतने में रसिकलाल को आता देख गर्मजोशी से पुकारा—

"पधारो, पधारो! रसिया, रसिकलाल। कहो घर में सब ठीक-ठाक?"

"खाक, ठीक-ठाक है। बस रूप का दर्प है। यह जानती ही नहीं कि तालीमो-तरबियत भी कोई चीज है।"

"बहू की ही बात कर रहे हो? तो, है तो बिटिया, बिलाशक चाँद के नूर-सी।"

"हाँ जी। खुशवक्त रहें, आबाद रहें। जब तक मयंक की माँ जीती है, मुझे

दो रोटी मिलती रहेंगी। बुढ़ौती तक बस उसका साथ बना रहे।"

"लो चड्ढा भी आन लिया। क्या हाल-चाल हैं?"

"हाल दुरुस्त और चाल चुस्त है। कहो, कब से जमा हो यहाँ?"

"बस अभी के अभी आये। एक बात है, सुबह की सैर को कोई मटरगश्ती नहीं कह सकता।" रसिकलाल बोले।

"लोफिंग अराउण्ड भी नहीं।" चड्ढा हँसने लगा। "मेरे पावर-शूज के तल्ले घिस गये हैं। अब की बार, हश-पपीज खरीदूँगा, बाटा की दुकान से। चाहे चमड़े के हैं पर हैं आरामदेह। अब पाँव कोई टैंकर के टायर तो नहीं कि तोड़ते रहो, जुल्म।" चड्ढा अपने पैरों को लाड़ से परखने लगा।

पार्क का एक पुलिन्दा सरसराया। रामलुभाई छह जने थे। खोटी चिल्लड़ से, सब इधर-उधर हो गये। खून का रिश्ता तो क्या याद रहता, 'माँ की सूरत तक धुँधला गयी। बस इत्ता ही बेरा है कि उसकी गोद में सट के बैठ जाऊँ तो पोती-पकाती भी, 'म्हारा लड्डू गोपाल, रे म्हारा लड्डू गोपाल' पुचकारे जावे थी। कैसा निवाच आवे था। भोर-होर चढ़ले तो मजूरी खोजने जाऊँ। सुसरे गाम के साथ बाप का नाम होर पूछेंगे। अब बाप कहाँ से पैदा कर दूँ?'

पार्क की रेलिंग पे तीन जगह बोर्ड ठुके हैं।

'दान के लिए कम्बल, पिचहत्तर रुपये में। छज्जु की दुकान, नत्थुपुरा।'

वैसे तो, इबारत पर रोज ही नजर पड़ जाती पर आज चड्ढा जोरों से झल्ला गया। "दान के लिए कम्बल, दान के लिए कम्बल। अरे विज्ञापन ही देना है तो लिख दो पिचहत्तर रुपये में कम्बल। सिखलाते-पढ़ाते क्या हो? वैसे, इश्तहारबाजी एकदम से बैन हो जानी चाहिए। यह तो होता नहीं कि क्रिसैनथिमम की कोई उम्दा-सी किस्म उगाएँ। 'स्नोबॉल' है, 'सोनार बाँगला' है। सैपलिंग मैं मँगवा के देता हूँ। अरे, मैं तो 'क्वीन आव डेनमार्क' तक के सैपलिंग पौध मँगवा दूँ। पर नहीं, यह तों पार्क की सूरत ऐसी बिगाड़ के रख देंगे कि आदमी यहाँ आकर क्या खाक तनाव से राहत पाएगा।"

इतने में लँगोटीवाले पागल के भेजे में जाने कौन-सी बेचैन याद बल खा गयी कि वह लगा अरने भैंसे जैसा हुंकारने। एक चुपचाप बैठी गाभिन गाय पे दन्न से छुरा दे मारा। गाय अचकचाके बूढ़ों की दिशा में दौड़ने लगी। पहले गाय, फिर पगले को पीछे पड़ा देख, बूढ़े भी लपड़-झपड़ दौड़ने लगे।

"ओ, मार सुटया।" भाई दित्तामल चिल्लाये। फिर, हाँफते-हाँफते मुड़ के देखा कि कहीं लँगोटीवाला अब भी लपका तो नहीं चला आ रहा। पर वह सिरे से गायब हो चुका था।

"मोये दी मिट्टी।" उन्होंने अपनी साँस सम पर लाने की कोशिश करते हुए कहा।

"मार साँस, धौंकनी-सी चल रही है। जने इसे यों खुला काहे छोड़ रखा है? छुरा घोंपता फिरता है। पागलखाने में जमा क्यों नहीं करवा देता कोई?" लाला लछमीनिवास हाँफे।

"किससे कह रहे हो? 'कोई' कौन ले जाएगा इसे पागलखाने?" चड्ढा ने जानना चाहा।

"सरकार! और कौन?"

"तो जाओ, सरकार को खबर कर दो।"

"कहते हैं, पगले पिछले जन्मों के सन्त होते हैं। तभी इस जन्म में ना-मुराद घूमा करते हैं।" रसिकलाल ने कहा।

"जो भी हो, आज तो पिण्डा बच ही गया। जो यह यमला न मार गिराता, तो गाँ, गोगड़ में सींग गड़ा देती।" भाई दित्तामल ने अपने फेफड़ों पर हाथ दाबे-दाबे कहा।

गुनगुनी-सी धूप फैलकर पसर गयी थी, कुहासे को काटती-छाँटती हुई। लड्डू गोपाल गरमाया-सा, कुनमुनाया, जरा-सा खुला भी, फिर बँधा पड़ा रह गया। मजूरी-दिहाड़ी तो दसियों रोज से खोज रहा है। जब पावेगी, तब पावेगी। अभी तो माँ की गोद-सा निवाच आ रिया है। सो सेंक ले, धूप। भात के माँड-सी सोंधी धूप।

इतने में नाटे से भाजीवाले ने बाँग दे दी।

"आलू हैं पहाड़ी, मैं हूँ अनाड़ी।"

"साला सिंघाड़ा-सा है, पर है पूरा तिकड़मबाज।" चड्ढा अब भी कुछ चिढ़ा-सा था। बूढ़े, भाजीवाले की रेहड़ी की घेरेबन्दी करके खड़े हो गये।

"अरे, ठीक-ठीक बोल, मटर कै पैसे की दी? बटमारों जैसी तो करियो मत कि राह-बाट में लूट-खसोट के मार गेरे हमें।" लछमीनिवास ने मोल-तोल शुरू किया।

"चलो, बीस रुपयों की पक्की किलो तोल दूँगा। बाबू, बोहनी-बट्टा भी ना करी अब तलक। बाट-बटखरे, खाँचा-झाबा ही सम्हाल रिया हूँ। रात के दो बजे तो उठ के मण्डी को भज लूँ। चारपाई की अदवान टूटी पड़ी। उसे जोड़ने-बाँधने का भी टैम ना मिला। यह पेट ही है, जो सबसे भेंट करवा दे है।"

"सेम की फली-सी पिचकी-दबी मटर है तेरी।" लछमीनिवास ठहरे अनुभवी व्यापारी।

"मण्डी में बिजली-बत्ती गयी हुई थी, सो एक पल्ली अव्वल मटरों की मार ली, किसी उठाईगीरे ने।" भाजीवाले ने सफाई दी।

"टिकोरे कब तक लाएगा?" लछमीनिवास ने मटर की फलियाँ चुनते हुए पूछा।

"बाबूजी, होली से पहले टिकोरे कहाँ? अभी तो उतरती सरदी है। बौर ही आयी होगी।"

"टिकोरे?" भाई दित्तामल चकराये।

"नन्ही-नन्ही, कच्ची अमियाँ, भाई जी कल को मिले तो रुचती-सी चटनी पिसवा लूँ। वरना गरमियों में तो पन्ना बनवा के पियो, मजाल है जो लू लग जाए।"

"मैं तो कच्ची लस्सी पी के घर से निकलता हूँ।" भाई दित्तामल बोले।

"खैर, अभी तो गुलाबी सरदी का लुत्फ लो।" चड्ढा अब खुश-मिजाज था। भाजीवाले ने मटर तोल दी और बोहनी में मिले नोट सिर माथे से छुलाते हुए, जपने लगा—

"धन धन सतगुरु तेरा ही आसरा
हाजिर-नाजिर जिन्दाराम तेरा ही आसरा।"

"ला, आधा किलो मेरी भी तोल। साथ में पैकेट खुम्मी का भी डाल दे। मैं आप ही पकाऊँगा। नूँ तो घास जैसा पकाएगी। न मिर्च-मसाला, न चिकनाई। हजम हो तो कैसे? अभी तक रात का खाया पेट में पोटली-सा बँधा है।"

इतने में मन्मथदास भी आ पहुँचे। पहली पत्नी को गुजरे पाँच बरस हो चुके थे। पूत तो पूत, गण्डेरियों से दो पोते भी थे। अचानक सुना क्या कि कचहरी में जाके एक अधेड़ बेवा से शादी रजिस्टर करवा ली।

"क्यों साहब, मझधार में ही दिशा बदल डाली।" चड्ढा गुदगुदाया-सा बोला।

"और क्या? लोहे से ही लोहा काटा जाता है। बेटे-बहू आपस में मस्त-मगन तो हमें भी तो मीठी नजर चाहिए।" मन्मथदास बेझिझक बोले।

"साठा सो पाठा, हयँ? यार तुम लपक-झपक करते रहे और हमें खबर भी ना हुई?" रसिकलाल कुछ ललचाये से बोले।

"बेटे-बहू से अलहदा रहता हूँ! अपनी नींद सोता हूँ, अपनी नींद जागता हूँ। ब्रह्म-वेला में उठके भकाभक चाय तैयार करूँ तो कोई झींकनेवाला तो नहीं होता कि बुड्ढा बेवक्त खटर-पटर लगाता है। नींदें उजाड़ता है, खूसट।" मन्मथदास ठहाका लगाने लगे। बूढ़े फिर सैर करने लगे।

"हाँ जी! बच्चों की अब कोई रोक-टोक नहीं।"

पार्क में एक और पुलिन्दा सरसराया और एक केंकड़ा-सा मानुख उचक के बैठ गया। लकड़ी से हाथ-पैर जनों काठ की गुट्टी से जुड़े पड़े हों। शौच-स्नान ध्यान का कोई सिलसिला वहाँ न था। नित्य कर्म भी रोज का टण्टा कहाँ था। जब गस्सा-दो मिला, तब टूँग लिया। जब हाजत लगी तब अगरले प्लाट में बैठ के फारिग हो लिए। जैसे इनसान घटता-घटता किसी पुरानी जून में वापस चला गया हो।

"अरी नेकबख्त! उठ भी चुक, चल धन्धे पे निकल लें।" केंकड़ा पास पड़ी पोटली को छूकर किचकिचाया। पोटली हिली-डुली और घाघरे-कुरती में एक बन्दरिया निकलकर टेंटुआ खुजाती, जम्हाई लेने लगी। फिर, अनमनी-सी बटर-बटर तकने लगी। पेट से चिमटा, मुरदा बच्चा अब गन्धाने लगा था।

"आज का रोज बिसरा के काम थोड़ई चली। आज ऐतवार है कि नाँही? बालकन का मदरसा बन्द होवे कि नाँही? नान्हरियों को तड़के की नींद टूटने का रबत पड़ा रहा। टाप कूद रहे होईगे, बेफजूल। हम, भोर माँ जा ठाढ़े होईगे तो तमासा देखने को मचलनगे बाद को तो घरेलू बाईस्कोप से चिमट रहवेंगे। चार पैसों का जुगाड़ जुगत से ही तो बैठे।" केंकड़ा, बन्दरिया से राय-बात करने लगा। बन्दरिया अपने मुरदा बच्चे से किंकयाने लगी।

"चल, अब सोग निबटा ले। बच्चा तो आप ही सूख के झर जावेगा, सुण्डी की कटी नाल सा। मैंने देख रक्खी, पटरी पे अपनी अम्मा को बच्चा जनते। अब तो अम्मा भी मर-फुँक गयी।" उसने यों जोड़ा, मानो बन्दरिया ने पूछा हो कि, अब कहाँ गयी तेरी अम्मा?

"पटरी की पगली। पटरी की पगली, पुकारा करें थे, बेचारी को।" केंकड़ा अपना बचपन सुमरने लगा। कालोनी के बच्चे हाथों में गेंद-बल्ला थामे, किलकारियाँ मारते, क्रिकेट खेलने पहुँच गये थे। विकट गाड़ के, हो-हल्ला कर रहे थे।

एकदम से, सारी पोटलियाँ खुल-बिखर गयीं। धन्धे-फन्दे के कोई न कोई ठौर-ठिये तो थे ही। धूप भी सूरजमुखी-सी खिल आयी थी।

पार्क का स्वर ऊँचा उठ गया। डिजाइनर, ट्रैक-सूट, बरमूदा और टी-शर्ट, रंगारंग 'कैजुल्स', रोजमर्रा के कीमती पैरहन में सजे बच्चे, ज्यों पार्क में अनगिनत गुब्बारे छोड़ दिये गये हों। चुलबुल-चुलबुल उमंग। सड़क-छाप, मौंग्रेल कुत्तों ने अपनी गुँजलक खोली और दुम हिलाने लगे। खाये-अघाये बच्चे थे। दूध के साथ मिली कुरकुरी कुकीज, कुतरते-चुभलाते, टुकड़ा कुत्तों की ओर उछाल देते। कुत्ता बिस्कुट तो क्या भूलता, बच्चे की गन्ध तक न भुला पाता।

दिन छिपे तो इन कुत्तों का पार्क के इन्सानी पुलिन्दों के साथ, कम्बख्ती मारों का हम-नसीब रिश्ता था। दिनचढ़े, कुत्तों समेत हर भुख्खड़-फक्कड़ को अपना निवाला तलाशना था।

केंकड़ा आड़ा-तिरछा ठाड़ा, बच्चों को किलकारते देखता रहा। अचानक उसने झोले में से डुगडुगी निकाल ली। वह डिग-डिग, डुगडुगी बजाने लगा। बन्दरिया पर कोई असर न हुआ। वह अपने मरे हुए बच्चे को टटोल-टोहकर दुलराने लगी। बच्चे से कोई प्रतिक्रिया न पा वह सुन्न-सी इधर-उधर तकने लगी।

"जने क्या सूँघ गया तुझे। साथ तज के बैठ गयी। बच्चे, गेंद-बल्ले में लग जावेंगे तो तेरी ओर तकेंगे भी ना। चार पैसे पा जावेंगे तो मैं क्या इकल्ला बैठ के चाटूँगा माया को? तुझे मूँगफली ले दूँगा। नयी घाघरी सीम दूँगा। पर नहीं, बैठ गयी सो बैठ गयी।" केंकड़ा खीजने लगा। बन्दरिया जनों बहरी हो।

डुगडुगी बजाते-बजाते केंकड़े ने किलकारी मारी और कलाबाजी खा गया। अटपटा-सा उठा, एक कूदी मारी और उलटबाँसी खा गया। डिग-डिग, डुग-डुग वो

पुरजोशी से डुगडुगी बजी कि बच्चे हल्ला-बल्ला छोड़ केंकड़े का तमाशा देखने लगे।

हुररे। वे ताली पीटने लगे।

'हुररे।' 'हुररे।' केंकड़े ने अनुगूँज दी और उछलने लगा। बच्चे मौज में आ गये। एक बच्चे ने अपनी जेब टटोली और पाँच का सिक्का, केंकड़े की ओर उछाल दिया। देखा-देखी, कई-एक बच्चों ने अपनी जेबें खाली कर दीं। अचानक पागल नमूदार हो गया। उसके गुस्से पे जनों बाल्टी भर पानी उलट गया हो। वह केंकड़े के समीप चला आया और ठठाके हँसने लगा। जिम का गाइड ठिठक गया और बरबस मुसकराने लगा।

"अब इसे क्या हुआ?"

बन्दरिया सिक्के चुन-चुन के केंकड़े को थमाने लगी जैसे उसका फर्ज निभ गया हो। बच्चे खिलखिला पड़े और सिक्के उस ही की तरफ उछालने लगे। केंकड़ा फिरकी-सा घूम गया।

लड्डू-गोपाल, चीथड़ा फेंककर, उठ बैठा। औचक-भौचक, आँखों के पट-पपोटे सूजे हुए। वह केंकड़े का निराला खेल निहारने लगा। फिर धीमे-धीमे डग भरता वह उसके समीप चला आया और फुसफुसा के पूछने लगा—

"डुग्गी मैं बजाऊँ, होर तू नाचे? रुपईये में चवन्नी मेरी?"

अब तक केंकड़ा अपने फन में माहिर हो गया था। उसने चुपचाप डुगडुगी लड्डू-गोपाल को थमा दी और अपने खाली हाथ को ठुड्डी से छुला-छुला के ख्वासे-खुसरों के से नखरीले हाव-भाव दिखलाने लगा। कुछ बच्चे घरों को भजे और गुल्लक तोड़के अपनी गड़ी जमा उजाड़ लाये। उनके लिए तो बैठे-ठाले पार्क में सर्कस आ गया।

"देख बन्दरिया। देख मदारी।" की मौज भरी किलकारियों से पार्क गूँज उठा। लड्डू-गोपाल के हीया में लहर-सी उठी। डुगडुगी वो गाजे-बाजे, केंकड़ा वो झूमे-झामे।

देख, देख बन्दरिया। देख रे देख, बन्दर।

मदारी से बन्दर बना केंकड़ा मस्त कलन्दर-सा उछलता रहा।

❑

चील के झपट्टे-सी चीख

"ऊब तो अच्छी होती है। ऊब से एक विकलता उपजती है। कुछ कर गुजरने की छटपटाहट। कब वह उत्ताप, उत्तेजना बन सृजनात्मक हो उठे, कौन जाने। समस्त कला इस ऊब से बाहर आने की तड़प है। लेखन चित्रकला, यहाँ तक सन्तति प्रजनन भी।"

मैं खिलखिला पड़ी—"ऐसा, कैसा कह देते हो, उदित?"

पर उदित को तो बोलते रहने की आदत ही थी।

"तुम्हारा ध्यान अपने जिस्म की दुखती रगों पर तभी तो जाता है, जब ऊबी रहती हो?"

"तुम्हें कैसे मालूम? मेरे पाँव की दसों उँगलियाँ, फोड़ों-सी टीसती रहती हैं।"

"पर, चाल फिर भी चुस्त है। क्योंकि, तुम नहीं चाहतीं कि तुम्हारे पाँव बाहर घूम-फिर आने के आड़े आएँ। मन जीत गया न?"

"अब तो दोनों पाँव की उँगलियाँ जकड़ी हुई भी फड़कती रहती हैं। धक-धक धड़कती भी हैं और उनमें शूल-सा भी गड़ता है।"

"चलो फिर तुम्हें डॉक्टर के दिखला ही लाएँ। सुन आयें, कौन-सा मेडिकल लेबल लगा है तुम्हारी तकलीफ पर।"

"डायबेटिक न्यरोपेथी"—डॉक्टर ने ऐलान कर दिया।

"नो, देयर इज नो क्योर। इट इज रादर प्रोग्रेसिव"

"जी, फिर यह दवा जो आपने लिख कर दी है, यह किस मर्ज की दवा है?" मैंने पूछा।

"वाविरान है। दर्दनाशक।"

"जी, दर्द को सह लेना ही क्या बुरा है?"

डॉक्टर ने खीजकर कहा, "जैसे आपकी मरजी।" उदित हँस पड़ा था।

"यह मरजी दुखती रगों को लेकर ही क्यों चलती है?"

मौसम भी तो बीच का सा हो गया। फिजा में, ठहरी-सी चुप टँगी है। सरदी अपने तेवर दिखलाकर चलती बनी। अब समेट रखिए, नरम-गरम कपड़े। रेशम-पश्मीने को।

सवेरों में खुनक बाकी है। पर शाल ओढ़ते ही खुजली-सी मच जाती है। रातों को सोये-सोये उमस लिपट जाती है तन-बदन से।

कम्बल, खुजलाये कुत्ते-सा काटने को दौड़ता है। अभी तो गरमी आयी भी नहीं, और दोपहर की धूप बर्छियाँ ताने खड़ी है। धुले कपड़े खूब कड़क-करारे हो रहते हैं। चलो, सीलन तो सूखी।

मार्च का बौराया-सा महीना चल रहा है। फूलों की बहार जो बनी हुई है। साथ-साथ पीपल झर्र-झर्र, झरे जा रहा है। पीले, खुश्क पत्तों का अम्बार देखकर तबीयत उचट आती है। चुप को तोड़ती, हवा थपेड़ों में चलने लगती है।

धीर धरें तो कच्ची, हरी-जामुनी कोपलें, पीपल पर फूट पड़ेंगी; जैसे बच्चों के नन्हे-मुन्ने हाथ हों। पर, धरे कौन धीर? प्रकृति स्वयं अपने नियमों के विरुद्ध क्यों नहीं जा पड़ती? प्यास यों कण्ठ से लिपट गयी है कि पानी घूँटते रहने पर भी, आवाज में बजरी-सी बजती रहती है। गरम कपड़े अभी बक्सों में बन्द नहीं किये हैं। एक दफा, होली के अगले रोज ही दबा-दफना दिये थे तो शीत-लहर वापस फटकारने आ गयी थी। मैं नारियल के तेल की अधपिघली डली, हथेली में रखकर, बालों की जड़ों में जरा-जरा मलने लगती हूँ। ऊपर के बाल चिकने-चिपटे होकर पट्टियाँ-सी न बन जाएँ इसलिए एहतियात बरतती हूँ। बालों को फुलाकर, भीतर ही भीतर, उँगलियाँ घुमाती हूँ। उदित को तेल चुपड़ी पट्टियों से ऊब होती थी। रचनात्मकता विरुद्ध ऊब।

मैं आँगन तक आ रहती हूँ। बाहर आना न आना बराबर। हरकत के नाम पर वही झरता पीपल। लौटकर चोटी गूँथ लेती हूँ।

कामवाली छुट्टी पर है। चार-पाँच कपड़े फींच लेती हूँ। डण्डे से छेतती नहीं। ब्रुश से रगड़ती भी नहीं। मसलकर, छपक लेती हूँ। कौन समझाये कामवालियों को।

उदित को बेसन की टका-पैसावाली तरकारी पसन्द थी। वही बना लेती हूँ। आम का अचार भी तो पसन्द था। कब का खत्म है। ले आऊँ जाके। मेज पे रखा रहेगा तो अच्छा लगेगा। खाना तो टान्सिल पर भारी पड़ता है।

यही पचास रुपये किलो बिकता है। आम के साथ टींट भी पड़ी रहती है।

"बहनजी, अचार हमारा ऐसा गजब कि चखते ही बस गला जकड़ ले। दोबारा खाए बिना ही याद आता रहेगा।"

बताओ, इस मसखरी की भला क्या जरूरत आ पड़ी थी।

शायद हर शख्स को मखौल-मजाक की जरूरत पेश आती रहती है।

पिछली राखी को एक औरत ने दो रुपये ""ा के तीन राखियाँ खरीदनी चाही थीं।

"भाइयों के लिए राखी खरीदने में भी कोताही, बहनजी?"

दुकानदार ने टोका तो, पर ऐन राखीवाले दिन बहनजी पुकार बैठा। बस यहीं मार खा गया।

"आप भी तो भाई हैं, आप ही आज के दिन दो रुपये कम में दे दीजिए।" तपाक से जवाब आया। दुकानदार मुसकरा ही नहीं दिया, दाम भी कम कर दिये। माहौल हलका हो गया था। अचार तुलवा लिया तो सामने रसभरी का ठेला आ रहा। खट्टी-मीठी खुशबू हवा में तिर रही थी। मनभायी थी। पाँच रुपये के पाव भर थाम लिये।

अब भी दिन बिलकुल घटिया-सा लग रहा था। चौक की तरफ चल दी। कोई साहित्यिक पत्रिका पकड़ लूँगी।

वापस घर-द्वारे पहुँचकर, गेट पर दम ले रही थी कि पड़ोस के छज्जे से चील के झपट्टे-सी चीख, मुँडेर पर आकर पसर गयी।

सामने पीपल की बजाय कोई खोह-खण्डहर होता तो उस चीख की भुतैली अनुगूँज, दोबारा-तिबारा भी गूँजती। सब कुछ फिर से इतना नीरव हो गया कि लगा वह चीख महज वहम थी।

घुघ्घूऽ घूऽ घुघ्घूऽ घू। इसी नाम के पंछी की मनहूस टेर हवाओं में बहुराने लगी। यथा नाम, तथा गुण। फिर वह भी गुम हो गयी।

लैटरबक्स का पल्ला उढ़काया तो महज फोन का बिल था। दो महीने के पाँच सौ रुपये। डेढ़ सौ कॉल ही तो मुफ्त हैं। बाकी की साढ़े तीन सौ कायदे से जानी तो सरकारी खाते ही में चाहिए। राजधानी में किसी एक से बात करनी हो तो पाँच कॉल हो रहती हैं। ठीक नम्बर लगते-लगते वह शख्सियत घर से जा चुकी होती है।

हाल ही का टूटा हुआ।

हरी डाल का छूटा हुआ।

कच्ची अमिया टिकोरेवाले की अपनी मौलिक तुक-तान थी।

अचानक दूर कहीं एक कोयल कूक उठी।

नयी बहू के दहेज में आयी सफेद मारुति एस्टीम पास के खाली प्लाट में निश्चल खड़ी थी। तभी से ऐसे खड़ी है। चौकीदार, श्वसुर की हरी मारुति के साथ-साथ, नयी गाड़ी भी धो-चमका देता है। बेटा अपना स्कूटर खुद धोता है। वे लोग पड़ोस में आकर बसे, इसके साथ ही शहनाई बज उठी थी।

रात के किसी पहर में दुलहिन विदा होकर आ गयी थी। उसके दर्शन आज तलक न हुए। मन पर एक संस्कारगत आघात था, नयी दुलहिन का लाल टेसु बने घर से कहीं न निकलना। श्वसुर साहब सन्ध्या को घर पलटते समय दोनों हाथों में तरकारी-फल लिये रहते हैं। सद्गृहस्थ-संसारी, भली-सी सूरत है। चाल-ढाल शरीफों जैसी। किसी से लेना एक न देना दो। बेटा भी धुला-धुलाया-सा। अपनी खाल की खोल में मस्त। कोई चिल्ल-पौं, ना-नुकुच, उठा-पटक नहीं। पर, शगुनोंवाले घर में कुटुम्बी-सम्बन्धी की कोई आवाज ही नहीं। न सास जीना उतरे न बहू।

कभी-कभार, तीज-त्यौहारी लेकर बहू का भाई आता भी तो मिठाई-मेवा सँगवा

कर उसी दम पलट लेता। उसके चेहरे पर आवभगत की कोई प्रसन्नता नहीं होती। जैसे बस एक कर्तव्य निभा दिया हो।

सुना था दूलहा इकलौती सन्तान था। यों लगता, मानो कोई सोग पूरा होने से पूर्व ही, उस घर में ब्याह रचा देना पड़ा हो।

मैं अपनी पत्रिका और रसभरी लेकर भीतर जा रही। रसभरी चुभलाते हुए मैं पत्रिका उलटने-पलटने लगी। हर तरह की पत्रिका में स्वास्थ्य-सम्बन्धी जानकारी की प्रचुरता रहती है। रसभरी को शंकालु दृष्टि से घूरते हुए मैंने वह स्तम्भ पढ़ डाला।

दिल का दौरा अकसर ब्रह्म-वेला में पड़ता है। इस समय, खून के थक्के जमे रहते हैं। गठिया की जकड़न भी तड़के की ताजगी की मोहताज है। बात, साँझ का, दमा आधी रात का। स्मृति तीक्ष्णतम भोर में। यह नुक्ता, भारत में सर्वविदित है, मोहन प्यारे, स्तम्भ लेखक।

इधर चिकित्सा-शोध और ज्ञान में बढ़ोतरी। उधर मनुष्य वहीं का वहीं बीच अधर में। अन्त भला न पन्त। आयु-अवधि बढ़ी भी तो उलटे सिरे की, बुढ़ापे में। मौत आयी, मशीनों-नलियों के घेरे में। प्रतीक्षारत गलियारों में सम्बन्धों की प्रगाढ़ता, धकेली-सी खड़ी रह जाती। कैसा होता होगा, अन्तिम पल, उदित? क्या यही ठीक हुआ कि तुम अस्पताल तक पहुँच ही नहीं पाये? चील के झपट्टे-सा था, वह अन्त।

तभी एक और चीख शार्क मछली की भाँति, पानी को सीध में, एक धार चीरती चली गयी।

एकरसता ही क्या बुरी थी ऐसी। पत्रिका और रसभरी फेंक, उठने का उपक्रम किया। आधी चप्पल पाँव में अटकाये बाहर पहुँची। पड़ोस की मुँडेर पर चीख की जन्मदात्री-सी दिखलायी पड़ती, एक जनाना मुण्डी टिकी थी। उलझी लटें आपस में लिपटी थीं। जिद्दी, भिंचे हुए होंठ यों प्रतीत हो रहे थे, जैसे चीखना उसी जिद में शुमार रहा हो।

उस चीखती जिद को सहेजने क्या नयी बहू छज्जे पर आएगी? कोई नहीं आया। मन को कोई आशंका कचोटने लगी। मैं अपने घर की सुरक्षा में लौट गयी।

वह कौतूहल नहीं था जिसकी गिरफ्त में आकर मैं उस घर तक पहुँच गयी थी। मन में था, जैसे किसी को बचा ले पाने के लिए मैं वहाँ पहुँची थी। श्वसुर साहब पहली बात यह बोले—

“बेटा तो मेरा देवता है। बस देना जानता है, लेना नहीं।” जैसे उनके मन में कुछ खटक रहा हो।

“और बहू?”

“साँवली है।” यह उत्तर था कि दो टूक तोहमत जो सास ने नव-ब्याहता पर लगाई थी।

"सफेद गाड़ी दे दी, तो उससे क्या?"

अब मेरी दृष्टि पूर्णतया प्रौढ़ा की ओर घूम गयी। दम्भी, गुस्सैल। बिगड़ा-बावला-सा हुलिया। गुमशुदा नक्श। रंगत मैदे-सी भक्क सफेद, जिसमें गन्दुमी चमक की मिलावट कतई नहीं। त्वचा में नमी नहीं। धूप पड़े न चमके। रौशनी पड़े न दमके।

बेटे में आनुवंशिक तत्त्व पिता के ही रहे होंगे।

"आप वही हैं न जो बगल के घर में इकल्ली रहती हैं?" प्रौढ़ा ने सवाल दागा।

"जी।" इतना छोटा-सा सच मेरे कण्ठ में अटकने लगा।

"आप लगती तो नहीं वैसी?" उनका माथा पुर-शिकन था।

"कैसी?" मैंने किंचित रोष से पूछा। इसके साथ ही मुझे अपनी ससुराल की वह नयी बहू याद आ गयी, जिससे एक कुटुम्बी का शुरू दिनों का वार्तालाप कुछ यों चल गया था।

"अच्छा? तो तुम वाकई शाकाहारी हो?"

"जी।"

"शुद्ध शाकाहारी?"

"जी।"

"यानी कि अण्डा भी नहीं खाती?"

"जी नहीं।"

"कैसा भी नहीं? केक वगैरा में भी नहीं।"

"जी नहीं।"

"तुम्हारा चेहरा देखकर ऐसा लगता तो नहीं?"

"जी, मेरा चेहरा कैसा दिखलायी देता है? अण्डे जैसा? मछली जैसा? याकि मुर्गी जैसा?"

आधे घूँघट में से आये इन अटपटे प्रश्नों पर, मौखिक पिंग-पाँग का खेल थम गया। प्रश्नातुर कुपित महिला को प्याज से भी परहेज था।

हमारे यहाँ भोजन पर पधारतीं तो हम इस बात का विशेष ध्यान रखते। तब भी वह हर व्यंजन को नाक से सूँघ-सूँघ कर, उसमें प्याज का छौंक होने की शंका व्यक्त करती रहतीं। उदित ने एक बार पूछ लिया था—"अरे! आपने खीर बिना सूँघे ही खा डाली?"

मन में सन्तोष हुआ था कि परिवार में कोई तो आयी जो उन्हें सबक सिखा ले गयी।

"इनका मतलब है कि, आपकी छवि तो नार्मल गृहिणी जैसी है।"

उन्होंने पत्नी की वकालत की। मैं झटके से वर्तमान में आ रही।

"घर में तो सभी रहते हैं, और घर सम्हालनेवाली हर औरत को गृहिणी तो कहेंगे।" मैंने बचाव की दलील पेश की।

"पर आपकी गृहस्थी में कोई और क्यों नहीं है?" चीखनेवाली औरत ने आक्रामक स्वर में पूछा। ठीक ही फल मिला मुझे। मैं क्यों उस जाहिल औरत की चीख का पीछा करती, दनादन सीढ़ियाँ चढ़ गयी?

"तब तो न टीसे होंगे पाँव?" अतीत में कहीं उदित हँस रहे थे। उस घर की बहू के दर्शन भी न हुए।

मैं उठ ली, इतने तपाक-झपाक से कि वह औरत मुसकाने लगी। एक कुटिल मुसकान, कि देखा, धर पकड़ा न? "आपकी आमदनी का जरिया क्या है?" उसने मुँहफट प्रश्न किया और मुसकरा दी। हे राम! इस फूहड़ औरत की मुसकान तो इसकी चीख से बदतर है। उठते-उठते मुझे लगा था कि दरअसल मुझे चाहिए था कि मैं उन लोगों को अपनी सम्पूर्ण आपबीती सुना डालती। बल्कि यदा-कदा वहाँ जाकर उन तथ्यों की पुष्टि भी करती रहती। अपनी दुखती रगों का रोना भी रो आती। परन्तु मैं तो तैश में आ गयी थी। 'नार्मल' कहलाने का सुख यदि मैं छोड़ पाती तो न जाने क्या कुछ कह बैठती। "बैठिए न, इसमें इतना बुरा मानने की क्या बात है? ऐवरीवन मेक्स मिस्टेक्स, डोण्ट यू?" सद्‌गृहस्थ सज्जन ने पूछा। "नो आई डोण्ट। आई कमिट ब्लण्डर्ज" मैंने कहा। जीना उतरते समय मेरे पाँव की दसों उँगलियाँ, छोटे-छोटे पिल्लों की भाँति किलमिल-किलमिल करतीं, मुझे नोच-खा रही थीं।

एक रोज जालीवाले दरवाजों के पीछे एक सभ्य, युवा आकृति को झाँकते-ठकठकाते पाया। उदित ने घण्टी बिजली के बोर्ड पर ठुकवा रखी थी जो जरा खोजनी पड़ती थी।

मैंने उत्सुकता से ही दरवाजा खोला।

"आण्टी।"

"हाँ, बोलो?" मेरी वाणी में स्नेह छलक आया होगा। उसकी हिचकिचाहट जाती रही।

"मैं पड़ोस के घर में रहती हूँ।" उसने मारुति एस्टीम से सटे घर की ओर संकेत किया।

"ओह! नयी बहू?"

"जी, वैसे नेहा नाम है।" महीन सुसंस्कृत स्वर था।

"आओ नेहा, अन्दर आ जाओ।"

तीखे नयन-नक्श। इकहरा, लड़कपन का मारा जिस्म। साड़ी ढंग-दब से बँधी हुई। आकर्षक, धनुषाकार हँसी। पीछे करीने से, मोटी गुँथी चोटी। बस। इसके बाद सूना माथा। सूना गला। सूने कान-कलाइयाँ। जैसे, समूचे तन में वैराग्य व्याप गया हो।

मुझे अपनी सास की चाव-सरोकार भरी टोक याद आ गयी।

"ये, सुबह-सवेरे, डण्डे से हाथ क्यों कर रखे हैं? और यह हाँडी-सा गला? नंगे-बुच्चे कान, खरगोश के से खड़े हैं? तुझे यों देख के मेरा जी घबरावे, बहू।"

मैं हँस पड़ती और कुछ-कुछ पहन लेती।

पर उदित के नजदीक वह सब किया न किया बराबर। उन्हें तो मुझमें निपट अकेला, एक श्रोता चाहिए था, पाश्चात्य और भारतीय इतिहास के तुलनात्मक तथ्य और तिथियों की, विस्तृत व्याख्या को एकाग्र-तन्मयता से सुनने के लिए।

पर मेरा चित्त इधर-उधर भटक जाता।

"तुम अपना सँजोया-संचित ज्ञान, मुझ अकेली पर काहे न्यौछावर किये देते हो, उदित?"

"क्यों? तुम मेरे तन-मन की साथी नहीं हो क्या? बतियाने-बोलने के लिए, मैं बाहर किसी को खोजने क्यों जाऊँ?" वह जरा-सा खीज जाते।

"मेरी सास को मेरे सिंगार में कतई कोई रुचि नहीं है। वह चाहती ही नहीं कि मैं उन्हें दिखलायी भी पड़ूँ।" नेहा ने कहा।

"ऐसा कैसे सोचती हो, नेहा?"

"साँवली जो हूँ।"

"ऐसे भी सोचता है कोई? तुम्हारे चेहरे पर जो लावण्य है, इत्ती ढेर-सी लुनाई, सो कुछ नहीं?"

नेहा लजा गयी। अगले ही पल, वह फिर से उदास हो गयी।

"पर मेरी सास तो मुझे परे-परे करती रहती हैं। रसोई में घुसूँ तो कोहनी से धकेल देंगी। जा तू। निकल बाहर। मैं सल्टाती नहीं आयी क्या सब काम? घर मेरा, रसोई मेरी, अब यह आयी है, मालकिन बनने। मुझे सिखलाने। लड़के पर तो फेर ही रखी है, जादू की छड़ी। अब और किसे दिखलाने रह गये अपने कमाल?"

दरअसल, सास-बहू की ही पत्री पहले मिलवानी चाहिए। मैं मन-ही-मन सोच रही थी।

"तुम्हारे पति का क्या नाम है?"

"रजत।"

"वह तो तुम्हें खूब चाहते होंगे?"

"हाँ...मगर... वह भी उदास रहते हैं।"

"क्यों?"

"मालूम नहीं आण्टी, मुझे कोई कुछ नहीं बतलाता। पिता-पुत्र, आपस में खुस-पुस करते रहते हैं। मेरी सास को छिपा-बहलाकर कोई दवा भी पिलाते हैं। कभी दाल में मिलाकर, कभी चाय में। नहीं तो वह, हाथ झटक के चिल्लाने लगती हैं।"

"हो सकता है किसी मनोचिकित्सक को दिखलाया हो। दवा लेते रहने से

शान्त रह सकेंगी। हर व्यक्ति एक तार नहीं होता। उन्हें समझना और क्षमा करते चलना होता है नेहा, अपना ही मानसिक सन्तुलन बनाये रखने को।"

"रजत को भी तो मुझसे शिकायत रहती है।" नेहा ने उदासी से कहा।

"क्या?"

"यही कि, मैं बन-सँवर कर नहीं रहती। खुश-खुश नहीं दिखती।"

"तो उस दिशा में थोड़ा-सा प्रयास कर देखो।"

"जब मैं खुश हूँ ही नहीं, तो खुश कैसे दिखलायी पड़ सकती हूँ?"

मेरी आँखें अपने मन की गहराइयों में उतर गयीं। वहाँ, जहाँ नरम-सी धूप छिटकी रहती। अगर मेरे कोई बहू होती तो मैं उसे अपनी रत्न-मंजूषा, स्मृतियों की समस्त धरोहर सौंप दे सकती। मन और मुग्ध कल्पना के भीतर का आकाश ही वह स्पेस है, जिसके होने से हम घुट-घुट के मर जाने से रुके रह जाते हैं।

"अच्छा चलो, देखें तुम जेवर पहनकर कैसी दिखती हो?"

नेहा, सकुचायी सी, न...न...करती मेरे पीछे चली आयी। अलमारी खोलकर मैंने कुछ हलके, सुरुचिपूर्ण जेवरात निकाल लिये। एक-एक कर उसे पहना भी दिये। उसके साथ ही उसका गला-कलाइयाँ भरे-भरे दिखलायी पड़ने लगे।

शुद्ध रत्न और स्वर्ण धातु का स्पर्श उसकी रगों की धड़कन पर पड़ा हो, सम्भवतः इसी से उसका चेहरा कुछ अधिक दीप्त हो उठा। मैंने रंग की हलकी परत भी उसके होठों पर फिरा दी। एक चुल्लू उल्लास उसके चेहरे पर बिछल आया।

लगा जीवन में कुछ भी इतना तुच्छ नहीं कि उसे सर्वथा नकार दिया जाए। कोई भी कर्म नगण्य नहीं। उस स्नेह-व्यापार से मेरा मन भी प्रसन्न हो आया था।

"मैं तो आण्टी दिन भर अपने कमरे में भीतर से कुण्डी चढ़ाकर बैठी रहती हूँ। ऊब के मारे पथरा जाती हूँ।"

वह एक-एक करके सब कुछ उतारने लगी।

"गहने हैं मेरे पास।" उसने अनमने भाव से कहा।

मैंने अपनी पूँजी सहेज ली।

"तुम कितना पढ़ी हो?"

"एम.ए. हिस्ट्री।"

"नेहा, जिन्दगी बहुत लम्बी होती है।"

"वह बहुत छोटी होती है, आण्टी।"

"चलो छोटी ही सही। स्थितियाँ बदलती रहती हैं। तुम्हें अवसर मिलेंगे अपने गुणों को उपयोग में लाने के।"

"और मेरा आज?"

"आज की माँग तो यह है कि तुम अपने साथी के साथ आनन्दित होना न चूको। रजत को विषादग्रस्त न होने दो। अगर घर में दो-दो मरीज हो गये तब?"

नेहा समझ रही थी।

"कोशिश करूँगी, आण्टी। पर कुछ करने-कराने को मेरा जी नहीं चाहता।" "डिप्रेशन कैन बी पैरालाइजिंग जानती हो?" मैंने पूछा।

"हूँ।" नेहा के सामने ही मैंने उदित और अपनी किताबों से अटी अलमारी का ताला खोला था। "किताबें पढ़ने-पढ़वाने के लिए होती हैं। अलमारी में बन्द, धूल चाटने के लिए नहीं।" उदित कहा करते। मैंने नेहा के लिए एक चुपचाप साथी चुन लिया। ऐमिल लुडविग की 'नैपोलियन'।

"कुछ लोगी? ठण्डा-गरम?" मैंने नेहा से पूछा।

"आज मन नहीं है।"

"तो लो यह किताब पढ़कर देख लेना।"

किताब दबोचकर वह चली गयी।

कहते हैं, जीवन-साथी का संग-साथ कितने अरसे तक मिल पाया यह उतना महत्त्वपूर्ण नहीं, जितना कि, वह सम्बन्ध और समय कितना प्रगाढ़ और अन्तरंग बन सका। उदित, शायद मुझे एक पूरी जिन्दगी ही जिला गये।

कितनी शक्ति होती है, जिये हुए पलों में। बीत कर भी नहीं रीतते। उदित तो पल-पल मेरे साथ हैं। कदम-दर-कदम। मैंने अलमारी से निकालकर हर किताब दोबारा पढ़नी शुरू कर दी। एक जखीरा ही हाथ लग गया। एक पूरी, भरी दुनिया में प्रवेश।

और मेरे स्वप्न शिशु? गुड्डल से। गदबद-गदबद। जब चाहा, उनकी कोई सी उम्र के साथ खेल लिया। कुछ बच्चे ऐसे होते हैं, जो जन्मते ही नहीं। बस दिन-रात अपने माँ-बाप के सपनों में कौंधते रहते हैं।

अगली बार नेहा आयी तो पत्रिका का नया अंक भी लेती गयी। फिर पत्रिका, और ऐतिहासिक उपन्यास को लौटाने आयी, तो अनमनी ही थी। उसके बाद उसके आने में एक अन्तराल आ गया।

एक रोज, अचानक आकर उसने मुझे चौंका दिया। स्वेच्छा से वह कानों में, गले में, कलाइयों में कुछ-कुछ पहने थी। मैंने देखा कि वह कुछ निखर आयी थी। उसकी रंगत वैसी थी जो जरा-सी लिपस्टिक लगा लेने पर खिल आती है। उसने ताँबई रंग, होठों पर सजा रखा था।

बाहर, गयी रात से बादल बने हुए थे। अब बेमौसम की झिरी पड़ने लगी।

"आज तो चाय के साथ पकौड़ियाँ तली जाएँगी।" मैंने कहा।

"बढ़िया। मगर आप मुझे अपने साथ किचन में काम तो करने देंगी?" उसने हिचकते हुए पूछा।

"क्यों नहीं, नेहा? मुझे तो खूब ही अच्छा लगेगा।"

उदित भी तो रसोई में घुसकर मेरे साथ छौंका-छौंकी करने लगते थे। कुछ

था उनके हाथों में। छुकी-छुकायी दाल में मक्खन की डली, फालतू टमाटर, हरी मिर्च, खूब बारीक़ कतरी हुई, और हरा धनिया चला-घोट कर कुछ ऐसा सौंधा बना डालते कि मेरी समझ में न आता कि पहले कौन-सी कमी रह गयी थी। "यह डबल तड़का है, मैडम।"

"पर तुमने रसोई तो मैदाने-जंग की शाम बना डाली।"

"वह भी सँगवा देंगे।" उदित कहते। फिर हर निवाले के साथ अपनी हार और उनकी दाद।

नेहा पर उत्सव का सा उछाह छा गया। वह प्याज-आलू की महीन कतलियाँ काटने लगी।

"बड़े सलीके से सब्जी बिनारती हो।"

तभी मेरी निगाह, नेहा के पेट के उस नन्हे उभार पर फिसल गयी और चोर पकड़ा गया।

"तो यह बात है? कोई नन्हा-सा दुष्ट वहाँ छिपा है?"

"दिखलायी भी पड़ने लगा?" उसने पल्लू पेट पर ढाँपते हुए कहा।

"तब क्या हुआ। जानती हो मेरे पति को एक एस्कीमों ने भेंट में क्या दिया था?"

"क्या, आण्टी?"

"अपनी नौ-माह गर्भवती पत्नी का, लकड़ी पर तराशा हुआ एक न्यूड। बोला—दिस इज द मोस्ट ब्यूटीफुल वुमन इन द वर्ल्ड।"

नेहा खिलखिलाने लगी। उसका उत्साह मुझे भी पकड़ने लगा। मैं बेसन में दही-नमक मिलाकर अच्छे से फेंटने लगी। रसोई में उस जैसी साथिन पाकर जैसे कोई सपना साकार हुआ हो। मेरे सपनों की एक गुड्डल-सी बच्ची बडी होते-होते नेहा बन गयी हो।

"चाट-मसाला है आण्टी?"

"है। साइड बोर्ड की उपरली दायींवाली डोली खोलो। शीशी पर लेबल चिपका है।" वह गयी और दो मिनट में शीशी लिये चली आयी। मैं पकौड़ियाँ तलती गयी और वह मसाला बुरकाती गयी। चाय लेकर हम लोग बैठक में आ रहे।

"तुम कुछ गुनगुना-गा लेती हो?"

"नहीं।" उसने छोटा-सा उत्तर दिया और बड़ी मेज पर से अचार की शीशी भी उठाती लायी।

अचानक वह मुझे नूरजहाँ की कहानी के अनछुए प्रसंग सुनाने लगी। नूरजहाँ जो परदे के पीछे से जहाँगीर की डोर पकड़े, राज-काज सम्भाले थी। जो जहाँगीर को सोते-जागते, नशे में मदमस्त रखती।

मेहरून्निसा की भोलेपन से दूसरा कबूतर उड़ा देनेवाली अल्हड़ शख्सियत कोई

और ही थी और बेगम नूरजहाँ का चतुर-तिकड़मी दौर, कुछ दूसरा ही। चाय-पकौड़ी के अधबीच नेहा आम के अचार की फाँकड़ी चिंचोड़ना न भूलती।

"अरे! तुम तो उदित की बेटी निकली?"

"क्या?" नेहा की आँखें घोर अचरज से फैल गयीं।

"पापा तो...।"

"नहीं, नहीं। कुछ नहीं।"

"आपने उदित कहा न?"

"मेरे पति हैं।"

"कहाँ हैं?"

"नहीं हैं, अब। उनकी अकस्मात मृत्यु हो गयी थी। चील की तरह झपट ले गयी थी कोई चीज उन्हें।"

"ओह! मगर नेहा उदास नहीं हो पायी। मैंने नूरजहाँ की दास्तान को ठीक वहीं से उठा लिया था, जहाँ पर उसने उसे छोड़ा था। उदित कहाँ होंगे? यदि, पुनर्जन्म की अभिकल्पना सत्य है तो किसी की आँखों का तारा बने कहीं चल-कूद रहे होंगे। डगमग-डगमग। जाने किसकी साध पूरी हुई होगी? कहीं किसी का स्वप्न-शिशु साकार हो गया होगा। उनका वह सब अध्ययन-पाठ व्यर्थ नहीं जा सकता। पूर्वजन्म का हासिल लेकर ही इनसान अगले जन्म में जाता होगा।"

"कहीं कुछ नहीं मरता नेहा।"

"क्या मतलब?"

"अच्छा बतलाओ, व्हाई आर सम पीपल मोर इनवाल्व्ड देन अदर्ज?"

"दे जस्ट आर।"

"नहीं। क्योंकि वे पूर्वजन्म का हासिल लेकर, इस जन्म में आते हैं, इसलिए। समझीं?"

नेहा, जरूर कुछ समझी थी। वह रसोई में जाकर, फिर से उम्दा चाय बना लायी। मैंने उठकर टी.वी. चला दिया, एक मुद्दत के बाद। जी.टी.वी. पर 'द ग्रेट डेज ऑफ द सेंचुरी' सीरियल की कड़ी आ रही थी। नेहा, उससे बँधी, चाय की चुस्कियाँ ले रही थी। वास्तविक दृश्य थे वे, इतिहास के बनते-बिगड़ते। बाहर आकाश, निर्मल-उजला-सा हो आया था। कोई चील वहाँ मँडराती न दिखलायी पड़ी।

❑

ठग लिया नौशा हमारा

ताजा फूलों की महक और विदेशी इत्रों में होड़ थी। शराब और शबाब का दौर-दौरा था। पानी से पान तक उम्दा इन्तजाम था। बेसमेण्ट का खूब बड़ा-सा हॉल सुसज्जित था, फर्शी सजावट से। अनगिनत गुद-गुदे गद्दों पर बेशिकन चाँदनियाँ कसी-बिछी हुई थीं। तोशक, गाव-तकियों के गिलाफ भी झक्क सफेद। इधर-उधर लाल गलीचों की पगडण्डियाँ। बीचोंबीच संगमरमरी नंगे फर्श पर रोशनी का दायरा। सामने साज-साजिन्दे।

नौशा कमख्वाब के किशमिशी अँगरखे और तंग चूड़ीदार पायजामे में रौनक-अफरोज थे। अकेली आस-औलाद। माँ-बाप का शौक चुके न चुकता। कुल बाईस बहारें देखे हुए बेटे के कमसिन चेहरे की बलैयाँ लेते, नजर-टोक उतारते। बारात तो कल लेकर जानी थी। कल का सरंजाम तो हाथी-घोड़ों समेत था। कल माने आनेवाला कल, जी। बीते हुए कल की कौन कहे। ढोलकी पर ब्याह के गीत-बन्ने गाये जा रहे थे। टीका-सोइगा भी उसी रोज था। टेहले खत्म होने पे ही नहीं आते। पहली लन्तरानी तो नौशे की ठसकेदार माँ को लेकर थी। होनेवाली समधिन साथ बैठी थी। इसरार करने पर गा उठीं :

"सासू, दुबली कैसे हो गयीं बहुओं के आने से।"

होनेवाली सास सँभले कि सँभले, समधिन ने दूसरी तान खींच मारी–

"सासू क्या खाया था ननदी के होने में?
बहू मिर्चें बहुत खायी थीं ननदी के होने में।
हाय! ऐसी तीखी हो गयीं मिर्चों के खाने से।"

ननदी तो नौशे के चाचा की बेटी थी। सगी तो थी ही नहीं। रसगुल्ले सी थी, और तीखी करार कर दी गयी। सब खिलखिला पड़े। "लो अभी आयी है नहीं बहू। और सासू माँ का सिंघासन लगा डोलने। दुबला गयी बेचारी।" इतने में समधी धर लिये गये। नाइन ने ही गीत उठाया था :

"ठग लिया नौशा हमारा
समधी बेईमान है।"

छेड़खानियाँ खत्म होते ही, बुआ ने नौशे की बाँकी चाची को घेर कर उठा दिया–"ऐ आज दिन तो नाच लो।"

चाची घुँघरू बाँध के उठ खड़ी हुई तो बोल-थाप सब बदल गये।

"बड़ी धूम गजर से आया बन्ना अमीरों का
नौशा नवाबों का।"

फिर क्या था, चाची के पाँव के घुँघरू मामी के टखने पे जा बँधे। मामी तो खड़े होकर, एक ही घुँघरू बजा के सैन करने लगी :

"बन्ने धीरे चलो ससुराल गलियाँ
नवाबी गलियाँ।"

बन्ना, कच्चे रेशम के कड़क-करारे धोती-कुरते में, कच्ची कोपल-सी बन्नी को याद करके लरज-लरज गया। यौवन से अभी, खट्टा-मीठा, चौंका-चौंका-सा सामना था। कोई राज अभी पूरा खुला न था। यों सकुचायी-सिमटी-सी मुलाकातें तो कई-एक हो चुकी थीं।

पर आज दिन भी तो दुलहिन को यहाँ आने की मनाही थी। उसके संग-साथ के लिए मन मचल रहा था।

मेहमानों की आवाजाही शुरू हो गयी थी। सेठ मुसद्दीलाल के, दिन में दो बार हजामत बने, गोरे-चिट्टे चेहरे पे इतनी-सी मूँछ, मक्खी की मानिन्द चिपकी थी कि अब उड़ी कि तब उड़ी। वह मन्द-मन्द मुसकाते हुए अभी से नाच के खाली दायरे को ताक रहे थे। घाघ नजर में तजुर्बी हसरत लिये।

लाला हौंसलाप्रसाद के उपरले होंठ पर मूँछ की पूरी महीन रेख थी।

परन्तु निचले होंठ के नीचे, फिर वही मक्खी, पैर मलती हुई सी। सम्भवतः इस मक्खी मूँछ का अस्तित्व किसी सुमुखी के गाल के तिल जैसा था। वह अपने कुरते पर के सोने के बटन को बार-बार छेड़ रहे थे। सफेद शेरवानीवाले साहब की ठुड्डी पर तो बाकायदा गदगदा था। गदगदा। ठुड्डी पर कयामत ढाता वह गड्ढा जो हजारों दिल समेट ले। यह काली अचकनवाले साहब के हुक्का बने हुए उनके पीछे-पीछे चले आ रहे थे। कोई खास करम या इनायत चाहिए होगी। ज्यों-ज्यों, हॉल भरता गया और गद्दों पे रुपहली-सुनहली, मर्दाना-जनाना पोशाकें सजती चली गयीं, उनका वह पहले जैसा दूधिया वैभव लुक-छिप गया। सुरा-सन्ध्या और संगीत का कार्ड, अलहदा से विवाह के निमन्त्रणवाले लिफाफे में डाला गया था, केवल विशिष्ट अतिथियों के लिए। पर, कानो-कान सभी को खबर हो चुकी थी कि यह मुजरेवाला रतजगा है। किसी की साली-सलहज तो किसी के ननद-ननदोई बिना आमन्त्रण के ही साथ चले आये थे। कुछ चिट्टी चमड़ीवाले विदेशी भी साथ लाये गये थे, नज्जारे का लुत्फ उठाने को।

अचानक फर्श पर रोशनी के दायरे में जोधपुरवाली काले लहंगे-ओढ़नी में सर से पाँव तक ढपीं-ढकी, तैरती हुई सी आ रही। साजिन्दों के घेरे से एक ठुमकती हुई धुन घुँघरुओं को छेड़ने लगी, और अदायें कद्रदानों को।

"निकल आओ परदे से ओ दिलदारा
हमें तेरा परदा गवारा नहीं है।"

मुसद्दीलाल जाम थामे आगे बढ़ आये। जोधपुरवाली की आँखों में एक अनोखी-सी चमक के साथ खुफिया पहचान कौंधी। सलाम को हाथ उठा और एहतियात बरत गया। वह सिर के पीछे जाके, एक मोहक मुद्रा में बँध चुका था। मुसद्दीलाल ने लहक के गिलास अपने अध-गंजे सिर पर टिका लिया और नाचने लगा। फिर गिलास सिर पर से उतार उसे घूँटता-गटकता, लाला हौंसला प्रसाद को कोहनी से थाम, उठाने लगा। "आज तो जनाब, जोधपुरवाली का नाच यादें छोड़ जाएगा और आप हैं कि बैठे के बैठे ही हैं?"

अब कुछ तो छलकना ही था, सो जाम छलक गया। छलका भी कहाँ, रिंकल-टिशु के उस दुपट्टे पर जो लम्बा कुरता और लाचा पहने एक महिला की गोद पर बिछा था।

"ओफ्फोह।" वह टूट के कराही

"फ्रेंच परफ्यूम की ताजा शीशी खोली थी, आज। कहाँ ये कड़वा भभका और कहाँ वह महक। सड़े-गले फलों की सड़ाँध बसा दी मेरे दुपट्टे में।"

मुसद्दीलाल इस समय दूसरे असर में थे। नसों में खिंचाव-सा कसने लगा था। लपलपाये से बोले–

"मोहतरिमा, आप इस तरफ मरदों की जमात में काहे बैठ गयीं? वो, उस तरफ देखिए, औरतें सब वहाँ बैठी हैं।"

भद्र महिला ने मुसद्दीलाल को कतई नजरअन्दाज किया और अपनी सहेली से मुखातिब हो, भुनभुनाने लगी।

"ये लोग भी तो फकत मरदों की तरफ होकर, सारे हाव-भाव दिखला रही हैं। तोड़ों की झमक इस तरफ और घरेलू-सी थपक उस तरफ।"

"अरे! नखरों के सिवा इनकी सूरतों में धरा ही क्या है।" सहेली ने जोड़ा और जरा इठलाकर अपनी काली जानलेवा चोली के बल खींच के सीधे किये। समूची पीठ उघारे, चोली पीछे केवल पतली तन्नियों से कसी बँधी थी। तनने के बाद वह सुनाने लगी :

"पर शुक्र करो यहाँ पर, औरतें, मरदों के साथ इकट्ठा तो बैठी हैं। मेरी दादस बतलाती हैं कि एक शादी में 'ये' बुलाई गयी थीं। औरतें, चिकों के पीछे, जनाने में बैठी थीं। उन्हें, सिवा 'इनकी' पीठ के कुछ सुझाई नहीं दे रहा था। उन्होंने, इन्हें, अपनी तरफ तलब किया। तो, मालूम है? 'इन्होंने' उस तरफ जाके कोई भला सा भजन गा दिया। औरतें तो हद की निराश हो गयीं। एक ही तो मौका मिला था। बोलीं, 'हमें भी वही सुना दो जो वहाँ बाहर गाया था।' तो 'ये' बोलीं, 'क्यों? हमारी कोई आबरू-इज्जत नहीं है क्या? अपने आप तो घर-घूँघट में महफूज बैठी हो, और हमें घर के भीतर बुलाके यों बेपर्द करना चाहती हो?' "

"तो फिर वहाँ मरदों में क्यों गाया, ऐसा-वैसा?" एक जवान बहू रूठी-सी बोली।

"दिलरुबाई पेशा है हमारा। मरद रीझते हैं, और लुटाते हैं तो हमें भी लुत्फ आता है अपने फन का।"

"हम भी तो देखें, कैसी अदाओं पे लुटाते हैं हमारे मरद?"

"ऐसा है बीबी, वो सब रात को बिस्तर पर अपने शौहर से पूछ देखना।" और 'वो' उठ के फिर से मरदाने में चली गयीं। अरे, 'ये' लोग तो आँख का काजल चुरा लें और पता भी न चले। काली चोली तन पर नागपाश-सी कसी, पहननेवाली का दम लिये डाल रही थी। वह चुप हो, गहरी साँस लेने लगी। हौंसलाप्रसाद की रगों का खून भी गरमा गया था। मौज में जो आया तो वह भी व्हिस्की का गिलास अपनी टाँड पे टिका के थिरकने लगा। मुसद्दीलाल तो खासी तरंग में थे। एक अन्य बूढ़ा भी अपनी बकरा कट सफेद दाढ़ी की लाज न रख सका। पीकर एकदम टुन्न हो गया। लटपटाता-सा उठे फिर धम्म से बैठ जाए। उसने जेब से पचास का नोट निकाला और जोधपुरवाली पर फेंक दिया। फिर क्या था, पचास-पचास के नोटों की बरसात हो गयी, फर्श पर। फिर, मोगरों के गजरों से भरा थाल आ गया। जोधपुरवाली एक-एक गजरा उठा के, खास-उल-खास, शौकीन रईस को भेंटने लगी। तभी लाल दरबारी पोशाक में आगरावाली नाचती-नाचती फर्श पर उतर आयी।

एक मनचले ने पचास का एक नोट बीड़ी की तरह बँटकर अपने होठों में दबा लिया। नाच की द्रुत लय के बीच नाचते हुए भी लाल लिबासवाली की गिद्ध-दृष्टि नोट पर पड़ गयी। उसने पाँव की थिरकन जरा भी धीमी किये बगैर इस सफाई से बढ़कर नोट उचक लिया कि मनचला आँख झपकाता बैठा रह गया। आगरावाली ने ठुमकते-ठुमकते, नोट उस्तादजी को थमा दिया।

उस्तादजी गा उठे थे :

"ओ, मेरे साँवरे-सलोने पिया
तेरा जलवा कहाँ पे नहीं है।"

लाल लिबासवाली अपने होंठ पूरे गोलाई में खोले, नाचने लगी। एक और मनचले ने पचास के नोट की बीड़ी बना के अपने नये-ब्याहे दोस्त के होठों के बीच खोंस दी। आसमाँ पे उड़ती चील ने लुक्मा पहचान लिया। लालवाली अपना पूरा मुँह खोले, खतरनाक हद तक, नोटवाले के नजदीक चली आयी। हे राम! ये कम से कम अपना मुँह तो बन्द रखे। मारे घबराहट के, नवयुवक की ठुड्डी थरथराने लगी। उसने झट से नोट उगल दिया। आगरावाली ने झूम के नोट उठा लिया। दूसरी तरफ से युवक की ब्याहता उचक-उचक के पूरा मंजर लील रही थी। अब वह इस ओर लपकी चली आयी और अपने मियाँ की कोहनी थामकर, सट के बैठ गयी। दोस्त दबी-दबी-सी खी-खी करने लगा।

धुन रुकी तो उस्ताद साहब ने ऐलान किया।

"दूलहे साहब के माताजी और पिताजी मेहरबानी करके यहाँ फर्श पर तशरीफ ले आयें। आर्टिस्ट लौट आये अब।"

नृत्य बालाओं ने फौरन मैदान छोड़ दिया और साजिन्दों की बगल में यों जाकर बैठ गयीं, ज्यों पर-कटी बुलबुलें हों, जो चहकना भूल चुकी हों।

माता-पिता चकराये से रोशनी के दायरे में आ रहे। उस्तादजी ने अब टेप लगा दिया।

"ऐ मेरी जोहरा जबीं
तू अभी तक है हसीं और मैं जवाँ।"

फिल्मी धुन के बोल बड़े माकूल ठहरे। दूलहे के माँ-बाप, एक-दूसरे से मुखातिब हो नाचने लगे। एक गर्वीली मुसकान उनके होठों पे खेल गयी। प्यारा-न्यारा-सा समा बँध गया। कुछ अन्य परिजन भी नाचने लगे। धुन रोक के उस्तादजी ने दूलहे के माँ-बाप को बधाई दी। वे फिर से मेहमाननवाजी में जुट गये। खिला-खिला-सा हो गया सब कुछ।

एक बाँकी, छुई-मुई-सी धुन फिजा में उतर गयी। अचानक एक बेहद मोटी औरत अपने से ड्योढ़ी हमजोली के साथ, फर्श पर मटकने-ठुमकने लगी। दोनों दूलहे के पिता की रिश्तेदार थीं। दोनों भड़कीली चोलियों में से फटी पड़ रही थीं। पेट पूर्णतया विद्रोही हुआ पड़ा था। आगे-आगे, भागा जाए।

पेशेवर तन्वंगियों के पश्चात् घरेलू मोटापा यों हाँफता-मटकता किसी से झेला न गया। उन लड़कियों की पेशानी पर तो इतना नाच लेने पर पसीना तक न झलका था। ऊबे-झेंपे से लोग इधर-उधर होने लगे। आखिर उस्ताद साहब को रास सँभालनी ही पड़ी। घोषणा हुई—

"मुअजिज मेहमानों से गुजारिश है कि वे तशरीफ रखें और हमारी तरफ से रक्स का लुत्फ उठाएँ।"

दूलहे के पिता कुछ घबराये से उधर लपके और दोनों मोटी औरतों को समझा-बुझा के लौटा लाने लगे, "देखिए घर की औरतों को आज कतई नहीं नाचना है। वह सब, कल ढोलकी पर हो ही चुका।"

आखिर फर्श खाली हो गया। उस्तादजी ने घोषणा की—

"बड़ी खुशी की बात है कि, मुम्बई से जो आर्टिस्ट आनेवाली थीं, वह हमारे बीच मौजूद हैं और अब मैं उन्हें आपके सामने पेश कर रहा हूँ।"

मेहमानों में उत्सुकता की लहर दौड़ गयी। मसनदें आगे-आगे खिसक आयीं। बेयरे ट्रे हाथ में लिये ठहर गये।

फर्श पर, पीली साड़ी में एक लड़की आ चुकी थी। सादा साड़ी पर फकत काली गोट टँकी थी। पीछे से संगीत अचानक तेज होने लगा। मुम्बईवाली ने पल्लू

कमर में खोंस लिया, मानो फेंटा कसके कोई गृहस्थिन चौंका समेटने को तत्पर हो। कमर का हिस्सा बालिश्त भर ही खुला था। संगीत ने उत्कट, तीव्र गति पकड़ ली। साड़ीवाली की मुट्ठी भर कमर वक्र होकर एक खास अन्दाज से दाहिने नितम्ब को दर्शकों की ओर ठेल के लचकने लगी।

पेट की सपाट उतरायी चुम्बकीय हो उठी। नाच ने भी गति पकड़ ली। उस जरा से खुले अंग प्रदर्शन ने बला की कामोत्तेजक कमनीयता ग्रहण कर ली थी। नितम्ब की उभरी रेखा कमर की गहरायी के साथ मिलकर धनुषाकार हो गयी थी। तिस पर नृत्य की लयात्मकता। दर्शकों ने दम साध लिया। सुरा से सुर और सुन्दरी जीत गये। कमर के लोच का ऐसा कटाव कभी देखा न था। साड़ीवाली ने अब पल्लू कमर पर से निकाल उसका घूँघट बना लिया। सामने एक बा-हैसियत कद्रदाँ आके ठहर गये। कामनी भी ठहर गयी। उसने घूँघट जरा-सा उठाया और नैनों से सैन करने लगी कि, सैयां... तुम चलो हमारे साथ। माथा देख के ही तिलक लगाया जाता है। बेयरे ने ऐन मौके पे साहब के हाथ से डोलता गिलास थाम लिया। मुम्बईवाली अब बैठ गयी और एक पाँव से ताल देने लगी। तबला नन्हे-मुन्ने सुरों में ठुमकने लगा। पीछे से बोल बन-बन के लहराने लगे।

"मैं न बोलूँगी
मेरा रख दिया कातिल नाम।"

घूँघटवाली ने चिलमनी चितवन साधी और गरदन को जुम्बिश दे दी। अब घूँघट सुग्गा-सी नाक पर यों टिक गया कि फकत एक घनघोर काली आँख दिखलायी पड़ने लगी। वह नखरा करने लगी :

"सब से कह दूँगी
मोहे सनम करे बदनाम।"

पचास-पचास के नोटों में नहाकर जब मुम्बईवाली उठी तो संगीत की धुन एकाएक फिर से जोर पकड़ गयी। वह झमाझम नाचती-थिरकती, दर्शकों के बीच से राह बनाती नौशा के सम्मुख जा खड़ी हुई। दूलहे ने नजरें झुका लीं तो मुम्बई वाली उसे बाँह से घेर इसरार करने लगी कि आओ नाचो हमारे साथ।

"नाच ले न यार। कल से तो तेरे पाँव में बेड़ियाँ पड़ ही जाएँगी।"

उसे घेरे बैठे यार-दोस्त उकसाने लगे। पर दूलहे पर तो कोई दूसरा ही रंग चढ़ा था। मंगेतर का सलोना, कमसिन चेहरा उसे कुछ और देखने-परखने नहीं दे रहा था। न जाने कब वह घड़ी आएगी जब वह उस चेहरे को फिर से देख पाएगा। इतनी ढेर भीड़ इकट्ठा कर ली और उस प्यारी सी लड़की पर पहरे बिठला दिये। पर, चाहों ने राहें बनायी हैं। उठ के भाग लूँ? बुआ कहती थी, कल वे लोग उसे जरदोजी के बेहद भारी लहंगे-ओढ़ने में सजायेंगे। जगर-मगर, सुनहले काम से लाल जमीन बस झलक-झलक ही दिखेगी। कैसे उठाएगी भला इतना भार। वह तो उसे यूँ ही ब्याह लाता।

मुम्बईवाली उसके करीब से खिसक ली थी। इसी समय पारिवारिक पण्डितजी का आगमन हुआ। कल तो भाँवरें वह ही पड़वाएँगे। पर आज की यह आमद? दूलहे का परिवार स्तम्भित था। हो ना हो, संगीत-सन्ध्या का कार्ड भी विवाह-निमन्त्रणवाले लिफाफे में गलती से चला गया होगा पण्डितजी के यहाँ।

पण्डितजी वायल की शुभ्र धोती की भली-चोखी, लाँग लगाये, रेशमी कुरते के नीचे जनेऊ और ललाट पर त्रिपुण्डी तिलक धारण किये इस उमर खय्यामी शाम के बीचोंबीच खड़े थे। वर-वधू के लिए दोहा-बद्ध आशीर्वचन लिख के लाये थे। चन्दन-केसर से अंकित, स्वस्तिक और ओम से सुशोभित पत्र हाथ में थामे, वह अभिव्यक्ति के लिए छटपटाने लगे। मुम्बईवाली को निरखते उनके हाथ-पाँव फूलने लगे। उन्होंने पन्ना मोड़ के जेब में खोंस लिया। भली हुई जो पण्डिताइन साथ चलने से मुकर गयी। असली घूँघट में भागवान कहीं यहीं न रोना शुरू कर देती।

आखिर नृत्य में अन्तराल आया।

पण्डितजी स्तब्ध से दो शब्द कहने को प्रस्तुत हुए। ठमके-ठिठके से शब्द सुनाई पड़े।

"मैं वर-वधू को शुभाशीर्वाद देता हूँ कि वे दीर्घायु हों, सम्पन्न-सुखी रहें। हमारे चिरंजीव शीघ्र ही साहबे-औलाद हों।"

पण्डितजी के श्रीमुख से 'साहबे-औलाद' जैसे शब्द सुनके, सुननेवाले जरा चौंके। कमसिन दूलहे ने सिर उठा के पण्डितजी की ओर ताका और गौर से सुनने लगा। पण्डितजी को वाक्‌सिद्धि प्राप्त थी। उन्होंने अपना अंगवस्त्र सँभाला और उच्चारा, "आजकल हम जानते सब कुछ हैं पर मानते कुछ भी नहीं। संजोग या संभोग से सन्तान नहीं होती। वह तो जारज होती है। सन्तान मानी जाती है जो योग से हो। मैं आशीर्वाद देता हूँ कि वर-वधू का यह मंगलमय योग हर प्रकार से कल्याणकारी सिद्ध हो।"

इसके पश्चात् पण्डितजी ने स्वच्छ-सादे जल की माँग की। दो घूँट भर उन्होंने कण्ठ तरल किया और स्टील का गिलास थामे वह पुष्प-सुसज्जित बन्दनवार बँधे द्वार से बाहर हो लिए। कमसिन दूलहे के मन-मस्तिष्क ने उनका हर शब्द ग्रहण किया था।

वह फिर से दुलहिन के विचारों में खो गया। बुआ बतला रही थीं, वे लोग कल उसे बसरे के मोतियों का सतलड़ा पहनाएँगे, जिसके बीच-बीच में पन्ने और लाल की टुकड़ियाँ होंगी और हीरों के पख होंगे। वह तो बुंदकीवाले सलवार-कुरते में ही इतनी अच्छी लगती है। माथे पर बूँद भर काली बिन्दी, आँखों की काली पुतलियों की चमक कैसे तो दोहराती है। सुबह-सवेरे, बगीची में ओस भीगा मोगरा जैसा लगता है, वैसा ही ताजा-ताजा चेहरा है उसका।

हॉल अब खचाखच भर गया था। दिलदार शौकीनों को देखकर, उस्ताद ने अपने तरकश का आखिरी तीर साधा। गाहक देख के ही पुड़िया बाँधी जाती है।

औकात मुश्क-सी रईस के इर्द-गिर्द मँडराया करती है। सतरंगी, इन्द्रधनुषी लहंगे-चोली में खरामा-खरामा फर्श पर पहुँच गयी। हाथ में चाँदी का नाथवाड़ा पिटारा था। हिना में रची-बसी उँगलियों से उसने पिटारदान की कुण्डी उढ़का दी। दो लाल के बीच एक सच्चे मोतीवाली नथनी निकाल ली तो फरमाबरदार ने आन के पिटारदान ले लिया।

उस्तादजी बिना साज के गुनगुना उठे—

"ओ कजरारी रे, नजरिया तो पे लागी।"

सतरंगी, अपनी कुँआरी नाक में नजाकत से नथनी पिरोने लगी। नथनी छेक में पुरे ही नहीं जैसे। उधर हाल में हलकी सुगबुगाहट सरसराने लगी—"बिलकुल अछूता अन्दाज है।"

आखिर दाहिने पाँव की हलकी थिरकन के साथ नथ पहन ली गयी। नथनी के मोती के नीचे होंठ मतवाले से थरथराने लगे। नथ उतारने को कई दिल मचले होंगे। बादलों की गड़गड़ाहट हुई हो जैसे, ऐसे तबला पिटने लगा। साज मचल उठे।

लड़की घूम-घूम के कहर तोड़ने लगी। उस्तादजी ने सुर बदल दिये :

"भरतपुर लुट गया,
हाय मेरी अम्मा।"

घाघरा छतरी-सा खुल गया। घेर-घुमेर मच गयी। सतरंगी ने तो कील दिया चाहनेवालों को।

दूलहा अचानक बेहद घबरा उठा। उसका दिल कुलाँचे भरने लगा। हे भगवान! कहीं कल, उतने सारे जेवरात और बेशकीमती पोशाक में दुलहिन को बदमाश उठा के ले गये तो? अखबार तो लदफद रहते हैं ऐसी खबरों से। सिनेमा में भी तो यही कुछ दिखलाते हैं। कहीं उसे भी इन लड़कियों की तरह...?

दूलहा और आगे न सोच सका। उसका सिर चकरा गया। वह लटपटाता-सा उठा और सीढ़ियाँ फलाँगता अपने शयन-कक्ष की ओर भागा। हॉल में उसकी ओर देखने की किसी को फुरसत न थी। वहाँ तो भरतपुर लुट रहा था।

सकते की-सी हालत में दूलहे ने नम्बर घुमा दिये। फोन जानदार हो उठा। परली तरफ दुलहिन की शबनमी आवाज थी। दूलहे के बदन में झुनझुनी-सी उठी। वह अब और खड़ा न रह सका। काँपता-सा दोहरे पलंग पर बैठ गया।

बहकावट-लगावट की बातें हुईं। एक सुनी-सुनी सी दास्ताँ की फुसफुसाहटें। थका-सा वह लेट ही गया। फोन का चोंगा उसके गाल से सटा था। वह जीवन की धड़कन को महसूसने लगा। उत्ताल तरंगें गालों पर दौड़ने लगीं। निन्दास से पलक झपकने लगी। जाने कब मीठी-सी खुमारी ने उसे दबोच लिया।

❑

पटरी की पगली

उसे सब औरत कहते। एक चलता-फिरता मादा-बिजूका। चेहरे का चाम धूप में सुखाई हुई बड़ियों का सा हो गया था। सख्त, बेरंग और बेउम्र। उसकी रूखी लटे-लटूरियाँ, उलझ-उलझकर आप ही मींगनियों में बँट गयी थीं। ये मींगनियाँ, उसकी टॉड पर हर दिशा में खुबी थीं। जैसे किसी पिनकुशन की सारी पिनें बाहर उचक आयी हों। लटें तो यों भी झर-झर के फूसड़े-सी ही रह गयी थीं। उसे जो भी पोचे-पोचारे-सा चीथड़ा पा जाता, वह उसे उठा लेती और अपने बदन पर गाँठ बाँध के लपेट लेती। फिर कोई अधफटा कुरता पा जाता तो उसे भी लाद लेती। कुछ बण्डीनुमा पा जाता, तो उसे भी अटका लेती। एक के ऊपर एक बदरंग, कालिख पुते से नीम जामे चढ़ाये चली जाती जैसे वह एक चलती-फिरती खूँटी हो। एक कीट-खायी-सी घुटन्ना पतलून में से उसकी दोनों टाँगें यो झाँकतीं जैसे वे उसके समूचे वजूद से अलहदा हों। थोड़ी कुछ मजबूत जैसी। उस आधी पतलून का रंग भी काला ही रहा होगा। यह काला रंग भी कुछ अजब तरह से फिड्डा होता है। और रंग तो हलके-फीके पड़ते जाते हैं पर काला तो कतई मलगुजा-कुचैला हो रहता है। उसके कपड़ों पर टाँकियाँ-थिगलियाँ कहीं नहीं थीं। जहाँ से फटा वहाँ एक गिरह बँध जाती। सूई-डोरे की गृहस्थी जोड़े वह थोड़ई बैठी थी। भीख माँगते उसे कभी देखा नहीं। इसी से उसे कोई भीख न देता, तो दुतकारता-लतियाता भी नहीं।

पीठ पर उसके एक गठरी का लदान लटका रहता। जैसे, हिप्पी लोग पिट्ठू-सा लटकाये घूमते हैं। घुमन्तु साधु-सा वह यहाँ से वहाँ फिरती रहती। साधु चलता भला, कहावत को साकार करती हुई। और भूख? उसकी भूख का क्या बना? जिस पटरी पर वह सुस्ताती-सोती, वहीं एक जन फल की रेहड़ी लगाये था। क्वार्टरों से चाय चुस्क के कटोरदान साइकिल की पिछाड़ी अटकाये खल्लासी-बाबू लोग बोहनी-बरकत के समय इस रेहड़ी के समीप ठिठककर केले-सन्तरे खाकर हरिया लेते। छिलके पीठ पीछे उछाल देते। इन्हीं छिलकों को वह औरत चुपचाप बीन लेती और किचल-किचल के सटक लेती। मसाला-बुर्का अमरूद भी किसी से पूरा न चबाया जाता। वह बीजा हिस्सा भी पीछे को उछाल देता। सोंधी-सी अमरूदी गिटक भी उसका भोजन बन जाती। अपने देश में देखा जाए तो व्यर्थ कुछ भी नहीं जाता। सब बन्दोबस्त बराबर

है। क्योंकि उस औरत को भूख से बिलबिलाकर मिमियाते-गिड़गिड़ाते न देखा गया तो किसी दयालु माई-बाप को उसकी ओर चवन्नी-अठन्नी उछालते भी नहीं देखा। वह कौन-सा फूटहा कटोरा लिये बैठी थी। बरमे से या सरकारी नल-टोंटे से उसे भर-भर अंजुरी पानी गटकते कइयों ने देखा है।

भिखारिन उसे कह सकते नहीं। पगली भी किस बिना पर कहें? गुस्से के भभके में भँभोड़ खाए किसी को तो उठवा के पागलखाने में फिंकवा दें। राह चलते फिर भी उससे दीठ मिलाते ही नहीं। जैसे उससे दीठ मिलते ही कोई बला उनके सिर सवार हो जाएगी और उनकी माली हालत भी गुरबत जलालत में बदल जाएगी। वह तो अगराके हँसती भी नहीं। बोले-झींके बदन पर कोई अँचरा-पिछौरा हो तो कहें कि वह अमुक प्रान्त-प्रदेश की है। जिसका बाहरी हुलिया इतना कम में बखाना जाए उसके भीतर उतना ही जटिल तन-तन्त्र होगा, इसका विश्वास ही न होता। कि, उसका दिल अपनी तमाम धमनियों समेत धुकधुकाता होगा। दिमाग में कोई फितूर या सोच उठता होगा। आँतें कुलबुलाती होंगी। गुरदे-जिगर, डग-डग करते होंगे। कद उसका लाँबा-ऊँचा था। रीढ़-पीठ, सीधी, तनी हुई। लग सकता था कि वह मंच की कोई सधी कलाकार है, जिसने रैन बसेरे में जाके भिखमंगों के चेहरे-मोहरे पढ़ रखे हैं।

कोई इनसान घटता-बिगड़ता इस दशा तक पहुँच जाए कि उसे न तो ठीक से पागल ही कह सकें, न ही भिखमंगा, तो यह चौक-बाजार के लिए एक अजीब-सी स्थिति थी।

पैदा तो हुई होगी कभी। किसी ने पाला-दुलराया भी होगा। पुचकारा-पुकारा भी होगा किसी नाम से। ऐसी की ऐसी धींगड़ी जैसी थोड़ई टपक पड़ी होगी आसमान से। गूँगी भी नहीं है। गूँगा आदमी गूँ गाँ कुछ तो करे है। यह तो बोलती ही नहीं। मुख में जबान तो है। केले के छिलके को तो भतेरी लम्बी जीभ निकाल के यों चाटे है, जनो मलाई चाट रही हो।

उसकी गठरी-मुठरी में बज़ता-घनता कुछ नहीं था। गोल-मटोल-सी गठरी थी जिसे वह दयालु मौसम में सिर तले दबोचे पड़ी रहती। कहते हैं बीमारियाँ उन बन्दों के पास भी नहीं फटकतीं जो जीना ही नहीं चाहते। पर पता नहीं वह मरना चाहती भी थी कि नहीं। रास्ते के कंकड़-काँटे उसके पाँव में खुबते क्यों नहीं? आह भी नहीं करती कभी।

लोगों ने तय किया कि यह औरत पगली ही है। "सड़क किनारे बैठी छिलके-गिटक जो सटके हैं तो मन-चीता कुछ माँग न सके रेहड़ीवाले से? चार बार दुतकारेगा तो एक बार पिण्ड छुड़ाने को ही कुछ दे-दिला भी देगा। नहीं तो जबरदस्ती ही छीन ले। पलटन गुण्डे ने नहीं जलेबी झपट ली थी? यही कौन ऐसी मरी-गिरी, मरगिल्ली है। फिर, ऐसी बदहाल औरत झपट्टा मारे भी तो, दहशत के मारे ही कोई

कुछ ना बोले।" चाय की गुमटीवाले ने ऊँचे-खीजे सुर में कहा।

"अरे पलटन गुण्डे का बात अऊर है। ऊ तो ससुर, हिस्ट्रीशीटर रहा। परके बरस, तमंचा-छर्रा समेत धर न लिया गया?" पनवाड़ी ने पान पत्ता फेरते और सड़ा-गला कैंची से कतरते हुए कहा।

"हाँ, जलेबीवाला से ओ की पटक-पछाड़ तो हुई रही। पलटन गुण्डा को तो अड़तीस सैकण्ड में चालीस शाट दे दिये। गब्बरसिंह माफिक।"

चायवाला ग्राहक की चाय औटाते-छानते, ठी-ठी कर हँसने लगा।

"ई अरुरत ते ऊ बेला भी, अडोल बुत बनी, पटरी से लगी रही।" पनवाड़ी भी हँसने लगा। सब दुःख-दरदी से परे वह औरत फिरती फिरकी सी थी, दिन छिपे तलक।

फिर एक खलबली लोगों के दिमाग में मची कि उन गन्धाते चीथड़ों के भीतर जिस्म अगर औरत का ही था तो उसे मरदों या नामरदों तक ने छोड़ कैसे दिया। अब सड़क इतनी भी भोली नहीं होती। इतनी बेसरोकार भी नहीं रह जाती, रात पड़े। कुछ खोकर घरौंदों को पलटनेवाले मरद भी हैं। मरद का चक्कर और घोड़े की मक्कर का कौन भरोसा।

इसकी जवानी भी कभी उठान पे रही होगी।

"पर, किसी भी भोर यह ऐसी ना लगी ज्यों रात-बिरात, मर-खप के चुकी हो।" हलवाई ने सुनहरी जलेबियाँ चाशनी में छोड़ते हुए आँख मारी।

"य्रों ठेठ देसी नज्जारों के बीच गाँव-गाँव, गली-गली कोई मीठा आदमी होवे ही है जो बालेपन जैसा रोवे-गावे है। यह तो अपनी फुटही जुबान से कुछ बोलती ही ना।"

"अरे धुर पगली है।" हलवाई ने निर्णय दे दिया।

जरूर इसमें शैतान की बदरूह उतरकर इसे भटका रही है।

पगली को केन्द्र में रखकर शोशेबाजियाँ चला कीं।

पनवाड़ी के पास एक किस्सा था—

"हमरे हियाँ एको हमरे मऊसा आये रहे। ऊमिर उनकी उतरायी पे रही। तुम तो जानो बूढ़-पुरनियाँ का पूस-पाला से बैर। आये तो दनादन जीना चढ़ गये। काठी पसीना में नहाये गयी, जाड़ा में भी। ठार मारे बिन तीन लोटा पानी गटगटा गये मऊसा।"

इसके बाद पनवाड़ी चुपाय गया। एक भेद भरी नाटकीय चुप।

"फिर?" चायवाले ने टहोका दिया।

"फेर का? फेर ओकी जीभ बाहिर आये लटक गयी।"

"राम! राम! और यह पगली पाले-पानी में भी पटरी पे पसरी रहवे। तड़के उठके ताको तो जस की तस हण्ड फिर रही है। अरे हम तो चुक्कड़ दो, गरमागरम चाह की दे भी दें, पर ससुरी माँगे तब न।"

"अरे इसका भीतर जिन्नात की तागत घुसी पड़ी है।"

इतने में एक डण्डाधारी, वर्दीवाला फोकट की चाय सुड़कने पहुँच गया। आधी-पौनी बात उसने सुन ही ली थी।

"पटरीवाली पगली की सुना रहे हो? इसकी भली कही। पिछले पार्क में अम्बालेवाले बरातियों की ज्योनार न हुई थी? सारे मँगते जूठन बटोरने वहाँ जा पहुँचे। पोलीस तो तैनात थी ही। मँगतों ने तो लाठी भी खा ली बेड़मी-कद्दू खातिर। पर यह पगली गयी थोड़ई वहाँ।"

फलों की रेहड़ीवाला भी गरम पानी के चार घूँट भरने गुमटी से आन लगा।

"अरे, चौक की परलीतरफो, पेशावर दी हट्टीवालों ने फूलारानी-महामाया का जगराता करवाया था। यह पगली तो वहाँ भी पूरी-आलू के प्रसाद खातिर हाथ पसारने न गयी।"

"अच्छा यह तो बता कि इतवार को तो मण्डी बन्द रहवे, फेर तू फलों की खरीद कहाँ से कर लावे है?" डण्डेधारी ने सोटा भू पे ठोंक के पूछा।

"हवलदारजी, काहे गरीब के सौदे की रोक-टोक करो हो? बन्द मण्डी के बाहर माँसाखोर न बैठे रहते? उनते मोल ले लेवे।"

"माँसाखोर? फल बिक्री करें वे?" कांस्टेबल, हवलदार कहलवा के खुश हो गया था।

"हवलदार साब, वे एक रोज पहले ही कमती दामों पे पेटियाँ मोल ले राखे हैं। फेर, एतवार को हमें, अपनी ही बिरादरीवालों को दाम चढ़ाके बेच दें।"

"कमान दे, अरे कमान दे उनने भी।"

कांस्टेबल ने चाय की चुस्की लेकर आला कचहरी के से सुर में फैसला सुना दिया। जहाँ उसके हफ्ता बँधने का आसरा न हो, वहाँ के सही गलत से उसे क्या लेना। रेहड़ीवाला चाय घूँटते हुए बात फेंट के फिर से उसी औरत पर आ गया।

"अरे हमन ने का पगले-बौराये देखे ही ना? पिछवाड़े की गली में है ना वो जोर-जबर धुर पगला? अरे वही जो दिन देखे ना रात, बस बड़-पीपल के तले बैठा बकत-किल्लात है जनों उसकी वहाँ नाल गड़ी हो। वो भी चार-छह सूखी बालन तोड़के फूँक ले है होर दो रोटड़े सेंक ले है, अपने पेट खातिर।"

"होर आटा-ज्वार का जुगाड़?" चायवाले ने जानना चाहा।

"बस दन्द-फन्द से, माँग-ताँग के ले आत होई। इत्ता होस तो राखे है।"

इतने में पुराने सचिवालय से ओवर-टाइम करके एक अधेड़-सी महिला जूस-स्टाल पे आ रही। यह जूस स्टाल भी पान और चाय की गुमटी से सटा था। अंग्रेजी हरूफ में लिखा था—'आई एम योर्स, आर यू माईन? स्टूडेण्ड जूस कार्नर।'

"रे छोकरे, मैडम के लिए पहले मसीन धो, फिर गिलास। फेर, खालिस मुसम्बी का बड़ा गिलास बना के दे। भूला तो ना रे छोकरे! नीमक ना परेगा, काली मिर्चा भी ना गेरिये। होर ये रेड़ुआ बन्द कर साले, मैडम को सोर परसन्द ना है।"

उसने बड़े बेमन से ट्रांजिस्टर बन्द किया। बड़ा मस्त-माल गाना आ रहा था। 'चिक-चिक चिकलेट'। गयी रात को नौ बजे के शो में देखी थी यह पिक्चर।

"क्यों मैडम आप इस पगली का कुछ कर सको?" जूसवाले ने अपनी खास नित की गाहक से सवाल किया।

"कौन-सी पगली भई?"

"यही पटरीवाली घुन्नी।"

"घुन्नी क्यों?"

"भला यह हो सके कि पटरी-रस्ते पे जनाना सोती रहे होर कच्चा पूरा कैसा भी बच्चा न जने?"

महिला ने जूस का गिलास थाम लिया और घूँट भरने से पहले दस का नोट पकड़ा दिया। गला तर करके बोली—

"अब इसका क्या करना है भई? यह कमनसीब तो कभी खाँसती भी नहीं। जाने किस धुरी पे अटका है इसका जीवन।"

"इतने बड़े-बड़े काले साँड, सींग पैने किये चौक पर मँडराया करते हैं उनका कर रहा है कोई कुछ? जरा देर में कोई भी उत्पात खड़ा कर दें। यह स्टाल ही उलट दें। अच्छा-भला पाँव-पियादा अपने रस्ते चला जा रहा है, इतने में मालूम हुआ कि साँड ने उसे अपने मन-बहलाव के लिए, धुआँधार ट्रैफिक के बीचोबीच पटकनी दे दी। उनसे डर नहीं लगता?"

"तो उन्हीं का करवा दो कुछ, मैडम?"

"अब मैं क्या कर-करवा दूँ? वह देखो उस तरफ दूधवाले की डिपो के किनारे नोटिस 'हरिहर पशु चारा, बहाए दूध की धारा।' पर इन्हें चारा खरीदने की जरूरत तो तब पेश आये जब मवेशी को खटाले में बाँध के रखे। ये तो बस पगहा खोल के खुला छोड़ देते हैं कि आप चर आएँगी। सो गाय-भैंसों के पीछे-पीछे साँड भी तो हैं।"

जनता की दिलचस्पी अब पगली को छोड़ के साँडों पे आ रही।

"अरे मक्खी-मच्छर तो बहुत हो रहे हैं।" महिला भिनभिनायी।

"जी, मैडम। इत-इत्ती धूप जलावें दिन भर, तब भी। इन मच्छरों का कुछ करवा सको आप मैडम?"

"हाँ, मच्छरों को मारने के लिए, अलबत्ता मैं विभाग से एण्टी-मलेरिया फैगिंग टैंकर भिजवा दूँगी।"

"पक्का मैडम?"

"पक्का माने? अरे! यह औरत की जबान है भई। कोई मरद की थोड़ेई।"

गाहकों समेत सभी दुकानदार झेंपे से हँस पड़े। मैडम भी कोई गुलछड़ी-सी थोड़ी थी। बिस्तरबन्द सा कसा-बँधा जिस्म और उस्तरे-सी जबान।

"मरद की जबान कैसी हो है, मैडम?" वरदीवाले ने मखौलिया सुर में पूछा।

"मरद की जबान तो लारा-लप्पा, लारा-लप्पा, बस।"

इस बार सारे मरद ठठाके हँस पड़े।

चाय की चुस्कियाँ और जूस के घूँट भरे जाते रहे।

गिल्लौरियाँ बँधती रहीं। चेमेंगोईया चलती रही। पटरीवाली पगली को जैसे नियति के नियम भी बिसरा बैठे थे।

पनवाड़ी लम्बी साँस खींच के कहता—

"अरे बारह बरस बाद तो घूरे के दिन भी पलट जावें।"

चायवाला भी अपनी सोच को उच्चारता—

"हे रामजी, जिस औरत का जीना ऐसा है, उसका मरना कैसा होवेगा?"

रेहड़ीवाला भी दर्शन बघारता—

"हाँ जी, ऐसे ही तो लोथ ना हो रहवेगी, बैठी की बैठी। कि, दीया झपक गया और लौ अधबीच टूट गयी।"

भोर-भिनसारे सून पटरी थी, और सून ही रास्ता। वह दलिद्दर पोटली बिना हिले-डुले ठस्स-सी पड़ी रह गयी। चायवाले ने गुमटी खोली। अँगीठी बाल के दूध की बटलोई भर लाया। पहला पतीला, पानी-पत्ती का खौलाने रख दिया। 'दो-एक, दो-एक करके गाहक आने लगेंगे जिनके घर-द्वार हीयाँ, शहर में ना हैं।' दीठ अनायास ही पटरी के उस कोने पे चली गयी। पगली की गठरी खुलके उसके तन पे ढपीं थी। चीथड़े पे गुदड़ी—गुदड़ी पे कथरी—कथरी पे तो जाड़े की मार थी ही। पर वह अस्वाभाविक तौर से निस्पन्द थी। चायवाला आगे को बढ़ लिया। जान-जिसम का मामला तो था ही।

"अरे, धागा तो टूट लिया दिक्खे। हे रे! गुज्जर भाई। इधर को अइयो जरा।" उसने दूधवाले को धीमे से पुकारा। दूधवाला बैठा दूध में की माल-मलाई माप-नली से परख रहा था। ग्वालों-चाकरों का कौन भरोसा। जरा देर बाद वह उठ आया।

"देख तो भइया, इसे जरा।"

दूधवाले ने पास पड़ी टहनी से पगली के मुख पे से कथरी उढ़का दी। शान्त, अलबेली-सी मुसकान उस चेहरे पर चिपकी देख वह घबरा गया। सारे नक्श बड़ी सफाई से दिखलायी पड़ रहे थे। उठंग नाक। बिन सलवट का माथा, तपा-ताँबई-सा। जीते जी तो उसकी सूरत पे उचटी-सी दीठ पड़े थी। यह मुसकान? यह तो बिलकुल निराला भाव था। धोया-धोया-सा कैसे हो गया उसका चेहरा?

नन्हे बच्चे की हँसी का झीना-सा उजास छिटक आया था।

दूधवाला धीमे से बुदबुदाया—

"हरे, हरे! ब्राह्म मुहूर्त में चोला तजा। पहुँची हुई आत्मा थी कोई!"

❑

छुरी-काँटे

आज चौबीस दिसम्बर है, यानी बड़े दिन की पूर्व सन्ध्या। यूटा ने काली गद्दियों को थपककर फुल्कों-सा फुला दिया है। वे सोफों पर तिकोने समोसों से टिके हैं। सोफों पद मढ़े कपड़े की छपाई में भी धुएँ-राख के से रंगों की परछाईं है। यूटा की हर पसन्द काले ही रंग में अभिव्यक्ति पाती है। कमरे में स्याह प्रभाव तोड़ने की खातिर उसने मौलिक सूझ-बूझ से काम लिया है। बैठक से सीढ़ियाँ, कलात्मक ढंग से गोल-गोल घूमती उपरले हिस्से में चढ़ती हैं। उसने ऊपर बन्नी से खूब लाल रंग का कपड़े का थान बाँधकर नीचे की ओर झरने की मानिन्द लुढ़काकर बहा दिया है। यह बंगाली-सिन्दूरी बहाव अद्भुत रूप से चित्ताकर्षक है।

यूटा का कद ऊँचा-लम्बा है। उस पर चाँदनी का डिजाइन किया हुआ लम्बा-सा रेशमी काला कुरता और काला लाचा खूब फब रहा है। यह यूटा के बेटे, औटो की भारत में पहली क्रिसमस है। यूटा, तन-मन-धन लगाकर उसे एक अविस्मरणीय त्यौहार बना देना चाहती है। कितना आनन्दित-उद्वेलित हो आया था, औटो। वह जरूर अपने पिता को भुला पाया होगा। यूटा ही नहीं भूल पायी। उसका खूबसूरत तुर्की-तिजारती पति। दिमागदार-समझदार, घनघोर काली पुतलियोंवाला। रंग-रूप में औटो अपने पिता पर ही पड़ा है। आठ साल का बच्चा ही तो है। माँ के प्रयत्न-प्रयास का बदला उसका माथा चूमकर दे देता। उसका पिता मुस्तफा तो, जिस-तिस औरत से नजरबन्दी के खेल खेलता रहता कि, उस स्त्री को कुछ का कुछ दिखलायी पड़ने लगता। यूटा ने खूब ही बड़ी-बड़ी, पीतली परांतों में, काजू और अखरोट भर दिये थे। वहाँ जर्मनी में तो चैस्टनट भून कर खाते हैं।

आज रात के खाने के लिए यूटा, पिछली रात भर, खाना पकाती रही और रोती रही। मालूम ही नहीं चला, कब चाकू जाकर बायें अँगूठे में तीर-सा जा खुबा। दर्द की तीखी लहर के साथ वह चीख पड़ी। चाँदनी और बिरगिट भी रसोई में ही लगी थी, उस समय। बिरगिट ने यूटा का लहूलुहान अँगूठा, फौरन पानी की धार के नीचे कर दिया। चाँदनी, दनादन कई सीढ़ियाँ फलाँगते हुए, मकान के अपने हिस्से में पहुँच गयी और रुई, टिंकचर, पट्टी लिये लपकी आयी। अँगूठे की मरहम-पट्टी के साथ यूटा को डाँट भी करारी पड़ी। चाँदनी ही खीज पड़ी थी।

"क्या जरूरत है, कल ही दो-दो दावतें करने की?"

यूटा सारे बाँध तोड़कर बुक्का फाड़कर रोने लगी, "मैं अपने बच्चे को एक अच्छा-सा क्रिसमस भी नहीं दे सकती? इतनी ही गयी-गुजरी माँ हूँ मैं?"

"तो, खाली बच्चों के लिए दावत कर लेतीं?"

"चार से सात बजे तक ही तो है, बच्चों की दावत। बड़ों की तो रात दस बजे से शुरू है। बीच के तीन घण्टे क्या काफी नहीं हैं, फैला पड़ा, सँवारने को? लेकिन अब, यह अँगूठा जख्मी होकर धरा गया।"

यूटा और जोर से रोने लगी। रोना तो पहले से ही आ रहा था, अब उसके निकास का बहाना हो गया।

"वहाँ जर्मनी में क्रिसमस पर अकेला कोई नहीं होता। सब मिलजुलकर परिवार के साथ क्रिसमस ट्री सजाते हैं। टर्की-पक्षी का डिनर भी साथ-साथ खाते हैं।" यूटा ने रोते-रोते कहा।

उसका रोना सुनकर शैली दौड़ा आया, और भौचक्क-सा दुम हिलाने लगा।

"यूटा! अब भोंकड़े देना बन्द भी करो, यहाँ खुश कोई भी नहीं है। मैंने नहीं दिवाली अकेले मनायी थी, इस साल? तलाक मेरा हुआ और दिल का दौरा पड़ गया ममी को। पिछले साल तो मैंने दिवाली पर पूजा-साड़ी पहनकर इतनी सुन्दर पूजा की थी नमन के साथ, उस घर में।"

यूटा ने अपना हाथ छुड़ाकर फौरन एपरन से नाक-मुँह पोंछ डाले, बोली–

"नाम मत लो उस पाजी का। वह इनसान नहीं नाग है, फनवाला नाग। और इस साल, तुम्हारी दीवाली, बहुत-बेहद सजीली हुई थी। कितनी तरह के दीप जलाये थे हमने। कितने पटाखे छोड़े थे! और तुम अपने देवताओं की कितनी प्यारी मूर्तियाँ लायी थीं?"

"हाँ, लक्ष्मी और गणेश।" बिरगिट ने हुलसकर जोड़ा।

चाँदनी के मुख पर खीज के बदले उदासी पुत गयी। यूटा वापस काम में लग गयी और बोलती गयी–

"और, माँ को क्यों दोष देती हो? सारे संसार की माँएँ एक-सी होती हैं। अपनी सन्तान को लेकर बेहद कमजोर और बेहद शक्तिशालिनी भी। अभी जरा भी ठीक नहीं हुई थीं कि तुम्हारे लिए ढेरों मेवे, साड़ी और ओहो! कितना प्यारा-सा चाँदी के कट वर्क का एग-कप लायी थीं।"

चाँदनी हँसने लगी। तसवीर में देखी जानी, अपनी नन्ही-मुन्नी जान को याद करके और बोली–

"हाँ, ममी मुझे बहला-फुसलाकर आधा उबला अण्डा उस जालीदार-कटाई वाली चाँदी की प्याली में ही टिकाकर खिलाती थी। ममी वहीवाली, चाँदी की गज-हस्ती चम्मच भी लायी थीं। मगर तुम भी तो बिसूर रही हो अपने उस जालिम

शौहर के लिए, जो खाना खाते-खाते तुम्हारे बदन पर छुरी घोंप देता था। शुक्र है खाने के लिए छुरियाँ तेज-धार नहीं होतीं।"

"पर हमारी लड़ाई तेज-तर्रार होती थी। छुरी-काँटों की लड़ाई। हमारे युद्ध तो सवेरे नाश्ते के साथ ही शुरू हो जाते।"

"तभी तुमने ब्रेकफास्ट खाना ही बन्द कर दिया है?"

बिरगिट ने कुछ झिड़की और कुछ छेड़खानी से कहा।

"मैंने उस शख्स के लिए सौ से ऊपर डिशज बनानी सीख ली थीं, तुर्की खाना। पर वह कभी मेरे पकाये-बनाये की तारीफ नहीं करता, बस नुक्स ही निकालता रहता।"

"कितनी मुश्किल से तुम वहाँ से जान बचाकर भागी थीं? और उसने तो तुम्हारा बेटा भी रख लिया था। कितनी कोशिशों से उसे पाया है, तुमने?" बिरगिट ने याद दिलाया।

"अब तुम्हें खुश रहना चाहिए यूटा।"

लेकिन यूटा सुबह तक सिसकती रही थी। चाँदनी जाकर सो गयी थी। बिरगिट भी। सवेरे काम करनेवाली लड़की माया ने आकर देखा मेम साहब एक पैर पर खड़ी काम समेट रही थीं और पकायी हुई चीज़ें भगोनों-पतीलों में उलटकर फ्रिज में रखे जा रही थीं। उनका अँगूठा सूजकर नीला कुप्पा हो गया था। माया को बिखरी-फैली रसोई और बरते हुए बर्तन सौंपकर यूटा दो घण्टे सो ली थी।

उठने के साथ ही वह क्रिसमस के पेड़ पर रंगीन लट्टुओं की रौशन झालर टाँकने और रंग-बिरंगे कागज की लहराती पन्नियाँ, पेड़ से दीवार तक टाँगने लगी। नीले-सूजे अँगूठे से दीवार पर कील ठोंकने लगी तो हथोड़ी जख्मी हाथ पर जा लगी। वह कोई चीख-सी चीख थी, जिसे सुनकर सारा घर दौड़ा आया। कोहनी तक दर्द चीस रहा था। कुछ वक्त लगा यूटा की साँस वापस बाहर आने में।

"मुझे बतलाओ, यूटा कहाँ कैसे सजाना चाहती हो, क्रिसमस ट्री को? तुम बैठकर बतलाती जाओ, मैं करती जाऊँगी। ठीक है?"

"ठीक है?"

बिरगिट ने यों पूछा मानो कोई माँ अपने बच्चे को बहला रही हो। उन्नीस वर्षीय बिरगिट, यूटा की रिश्तेदार है और भारत दर्शन व यूटा के साथ उसका काम सीखने आयी है। छह माह का वीजा बना है उसका। उसके पश्चात उसे जर्मनी लौट जाना है। अपने और यूटा के देश।

"यूटा, मैंने तुम्हारे लिए डॉक्टर से वक्त ले लिया है। शाम को आठ बजे का। तब तक एक दावत बच्चोंवाली निबट चुकी होगी। तब तक कुछ खा-पीकर ब्रूफेन 400 की एक और गोली खा लो।" चाँदनी ने कहा।

"अब तो पश्चिम में भी टरमरिक को ऐण्टीसैप्टिक दवा मानने लगे हैं।" उसने

जोड़ा तो यूटा गर्म दूध में हल्दी डालकर पीने को तैयार हो गयी। वह कुछ स्वस्थ हुई तो घर के अन्य सदस्य भी सामान्य होने लगे। दोपहर, तीन बजे तक, चाँदनी मुख्य द्वार की बाहरली दीवार पर तरह-तरह की सजावट करती रही।

किसी दुकान से गत्ते-पन्नी की सजावटी आकृतियाँ खरीदकर लायी थी। हँसता हुआ कुत्ता, रोता हुआ जोकर, आँख मटकाती बिल्ली—सब दीवार पर चिपके थे।

चार बजे एक विशालकाय सर्कसी हाथी, सूँड़ बढ़ाता, सलाम करता दरवाजे पर खड़ा था। महावत हौदी पर तैनात था। बच्चे जाने कब से चार बजने की प्रतीक्षा कर रहे थे। सवेरे आँख मलते उठे तो दरियाफ्त करने लगे, "आज पक्का चौबीस दिसम्बर है न? पेपर में देखकर और पक्का कर लेते हैं।"

"अभी शाम होने में कितनी देर है? चार बजने में कितने घण्टे बाकी हैं?"

तीन बजे से दावती लिबास डाटे बच्चे ऐन चार बजे, जेल से छूटे कैदियों की भाँति, एक सम्मिलित किलकारी के साथ औटो के घर में घुसने को ही थे कि हाथी ने सूँड़ आगे बढ़ा दी। बच्चे उसकी सूँड़ को गच्चा देते, दायें-बायें होकर, और भी आनन्दित हिलोर के साथ किलकते हुए भीतर पहुँच रहे। भीतर खूब भारी-भरकम सैण्टा क्लौस बैठा था। फिर तो, बस, हुड़दंग-हड़कम्प मच गया। बच्चे उलटी धारा में बहते हुए चाँदनी के घर की सीढ़ियाँ चढ़कर बन्नी पर से नीचे फिसलने लगे। चाँदनी के डिजाइनर पलंग पर से उछल-कूद शुरू हो गयी। शैली की तो मौज बन गयी। उसने यह खेल इतनी जल्दी सीख लिया कि पूछो ही मत। सबसे अव्वल उछलकर पलंग पर जा चढ़े फिर औरों को ताके। फिर सबको मात देकर, एक ही साँस में नीचे और उसी साँस में फिर ऊपर।

चाँदनी स्तब्ध रह गयी। यह सब खेल बखेड़ा रात की दूसरी दावत तक समेटा कैसे जाएगा? उसकी बौखलाहट देखकर यूटा जोरों से हँस पड़ी। फिर झल्लाकर बोली, "चाँदनी, तुम्हारे कोई बच्चा होता तो क्या तुम उसे पिंजरे में बन्द करके रखतीं?" इस कल्पना पर दोनों ही खिलखिलाकर हँस पड़ीं जैसे कोई जोरावर चश्मा फूट पड़ा हो।

आखिर वह दावत निबट ही गयी। यूटा ने, बिल्ली के सा चाटा चेहरा लेकर दावत में शिरकत की थी। औटो और उसके मित्रों के साथ हाथी की सैर भी करी, कालोनी के एक सिरे से लेकर दूसरे सिरे तक। हाथी अपने बड़े-बड़े कानों से पंखा झलता तो औटो उत्तेजना से खिलखिलाने लगता।

माया, चौकीदार और जमादार मिलकर बुहारने-सँगवाने में लगे थे।

यूटा दोबारा क्रिसमस के पेड़ से जा उलझी थी। उसकी उलझन भरी सुगबुगाहट औटो को स्पष्ट सुनाई दे रही थी। उस समय उसे अपनी धाकड़ माँ कितनी निरीह लगी थी। वह उदास-सा, शीशों के दरवाजों के पास खड़ा हो गया और बाहर देखने लगा। उसे बहुत जल्दी-जल्दी बड़ा होना पड़ेगा, अपने पिता की

जगह लेने के लिए। पर वह माँ से लड़े-भिड़ेगा नहीं। पर कैसे? आठ साल से बढ़कर, एकदम अड़तीस का कैसे हो जाए?

शैरी यों भी औटो के संग-साथ से एकदम खिलन्दड़ा हो गया था। इस समय भी वह खेलने की ही मनःस्थिति में बना हुआ था। वह कूदकर औटो का पूरा का पूरा सीना नापे उससे लिपट गया और शिद्दत से उसका गला और ठुड्डी चाटने लगा। औटो मारे गुदगुदी के बेहाल हो गया।

'शैरी। शैरी। स्टाप इट।"

शैरी को यह झिड़की ऐसी मीठी लगी कि वह दोगुने जोश से उसके गाल-बाल माथा-वाथा चाटने लगा। औटो हँसते-हँसते कालीन पर लहालोट हो गया। शैरी उसके पेट पर पसरकर बैठ गया और पूरे आनन्द से उसे चाटने लगा। उस अनूठे परिवार के सभी सदस्य उमगे से खिलखिलाने लगे।

"यूटा। मैंने तुम्हारे लिए डॉक्टर से वक्त लिया है।" चाँदनी ने चौंककर याद दिलाया।

"ठहरो जरा। यह पेड़ तो बच्चों ने नोच-खसोट डाला। इसको जरा सँवार लेने दो।"

अचानक चाँदनी फाख्ता-सी चीख पड़ी।

"यूटा! हम कहीं मौज-मजा करने नहीं जा रहे हैं और डॉक्टर मेरा सगा नहीं लगता जो हमारे लिए बैठा रहेगा।"

यूटा की रुलाई फूट गयी। वह बेबस-सी, दनादन सीढ़ियाँ चढ़ गयी और धड़ाम से अपने कमरे का दरवाजा बन्द करके बिस्तर पर औंधी पड़ रही।

"लौट कर नहीं हो सकती थी, बाकी की सजावट?" चाँदनी खीजती-झींकती अपने बैठक में चली गयी।

दोनों घरों का बिचला दरवाजा हरदम खुला ही रहता। इस समय भी खुला था। चाँदनी की बैठक से यूटा की बैठक साफ दिखलायी पड़ रही थी। साथ लगे कमरे में यूटा का कारोबारी दफ्तर था। वह भारतीय चमड़े से बने जैकेट, कोट, दस्ताने आदि जर्मनी व फ्रांस निर्यात करती थी। रात भर विदेशों से फैक्स-फोन आते रहते। औटो, शैरी को झटककर फिर से उदास-सा खड़ा हो गया। दरवाजों के काँच के आर-पार निहारता वह सोचने लगा।

तब उसके माँ-बाप इकट्ठा रहते थे। उनकी कितनी सुन्दर, प्यारी-सी काटेज थी, वहाँ हिल्डेसहाईम में। उन्हें स्कूल में पढ़ाया-बतलाया गया था कैसे दूसरे विश्व युद्ध की बमबारी में हिल्डेसहाईम नब्बे प्रतिशत नष्ट हो गया था। उनका न्यारा प्यारा-सा मध्यकालीन नगर। जर्मन देशवासियों ने फिर कैसे उसे, हूबहू वैसा ही खड़ा कर दिया। बची-खुची, ईंट से ईंट मिलाकर। संसार भर के सैलानी उनकी सोलहवीं शताब्दी की विश्व प्रख्यात इमारत, 'क्रोखनहांउवारअमत्जहोज' देखने के लिए आते।

किसी से इमारत का इतना लम्बा नाम पुकारा ही नहीं जाता, तोड़-तोड़कर हिज्जों में उच्चारते...क्रो...खन...हाउ...वार...अमत्ज होज।

औटो हँसने लगा, टुकड़ों में, जैसे बच्चे ही हँस सकते हैं। टीचर ने बतलाया था, उस तरह की सभी इमारतें केवल ईंट और लकड़ी की बनी हैं। वह अपनी नानी के संग सेण्ट माइकल गिरजाघर भी जाता था। नानी फख़्र से अपना सीना चौड़ा करके हर बार दोहराया करतीं—

"मालूम है, औटो, दूसरे विश्वयुद्ध के दौरान, बमबारी से बचाने के लिए, हमारे जर्मन नागरिकों ने मिलजुलकर ये मनोमन भारी, नक्काशीदार लौह दरवाजा, स्तम्भ और छत को रातोंरात उखाड़कर जमींदोज कर दिया था। तभी तो ये बचे रह गये। देखो तो, बाइबिल की कथाओं के सभी नायक कितनी खूबसूरती से इन पर उभारे-उकेरे गये हैं।"

औटो घण्टों उन आकृतियों के सम्मुख मुग्ध-भाव से खड़ा रहता। नानी को जर्मन कौम पर बहुत नाज है। पर औटो तो अपने तुर्की पिता के साथ, इस्तानबुल भी हो आया है। एक बार अंकारा भी गया था। दादी के भरे-पूरे खानदानी घर।

उसे अपने पिता खूब याद आते हैं, जब ममा रोती है, तब तो और भी। नानी कहती थी, मेरे पिता को औरतों की लत है। हरदम हरम सजा के रखने की। कितना रोती-झगड़ती थी, ममा उनसे। एक बार मुझे छोड़कर नानी के घर चली गयी थी। मैं रात भर अकेला बिस्तर पर पड़ा-पड़ा सुबकता रहा। रोते-रोते निन्दासा हो आया था। इतने में मुझे किसी का नरम-सा जिस्म अपने से सटा हुआ महसूस हुआ। ममा? मैं चौंक गया। पर वह ममा के जिस्म की खुशबू नहीं थी। उस औरत के दहकते हाथों ने मुझे धीमे-धीमे थपकना शुरू कर दिया। मैं इस तेजी से उठ बैठा कि वह औरत हकबका गयी। मैं उस पर भरपूर दुलत्तियाँ झाड़ने लगा और चिंघाड़ने लगा।

"गैट आउट। गैट आउट ऑफ माई मदर्स बेड।"

वह धड़ाम से फर्श पर जा गिरी।

औटो फिर हँसने लगा।

वह औरत कैसे हिचकियाँ लेते, हिड़कते हुए पापा के कमरे में जाकर शिकायत करने लगी थी।

"मुस्तफा! मैं अब तुम्हारे पास कभी नहीं आऊँगी। हमारी शर्तों में यह जंगली भालू का बच्चा कतई नहीं आता।"

पापा हो-हो करके ठठाने लगे, बोले—

"औटो, मर्द-बच्चा है, समझीं?"

वह अपना आसन सहलाते हुए रुखसत हो ली।

मैं तमाम रात राहत-भरी हँसी हँसता रहा था। चलो एक बला तो टली।

अगले रोज पापा मुझे अपनी प्रोशे स्पोर्ट्स-कार में सैर कराने ले गये। कितना मजा आता ऑटोवाहन पर दो सौ किलोमीटर फी घण्टा की रफ्तार से जाने में। मैं तेज रफ्तार गाड़ी में से नींबुई हरी घासवाले मैदानों का नज्जारा लेता। लाल मिट्टी की ढरकती पगडण्डियाँ और घास चरती लाल-सफेद गाय।

"पापा मेरा मन भी हरी, नर्म दूब चरने को करता है।" मैं किलककर कहता। पापा हँस पड़ते और जोर-जोर से कोई तुर्की गाना गाने लगते।

"गाओ, औटो, गाओ, खूब जोरों से।" वह उकसाते। बाहर, पूरा दृश्य किसी रेलगाड़ी की मानिन्द लुभावना-सा मोड़ लेने लगा।

"हम ममा को साथ क्यों नहीं लाये?" मैं हुलस के पूछता।

"वह घर पर हमारे लिए खाने की मेज सजा रही होगी। काले स्याह मेजपोश पर चमकते हुए चाँदी के छुरी-काँटों की कतारें सजा रही होगी। सारे काँटों-प्लेटों की बायीं तरफ..."

"सिवाय कॉकटेल-काँटे के, वह दायीं तरफ।" औटो चहका।

"और सारी छुरियाँ दायीं तरफ, सिवाय मक्खन की छुरी के।"

"जो साइड-प्लेट में रखी होगी।" औटो ने उत्सुकता से जोड़ा।

"पहले कोर्स के लिए, सबसे पहले, सबसे बाहरले काँटे और छुरी को उठाना है।" पापा ने व्यंग्य से गुनगुनाते हुए कहा। औटो इस व्यंग्य का औचित्य नहीं समझ पाया।

"सुन रहे हो न औटो, यूरोप में खाना खत्म करने तक छुरी-काँटों का इस्तेमाल चलता रहता है। अमरीकियों की तरह खाने के छोटे-छोटे लुक्में कर लेने के बाद बायें हाथ से छुरी, दायें में पकड़कर, चुभलाने मत लगना।" बस, पापा का स्वर खीजने लगता, न जाने क्यों?

औटो को यूरोप का पतझड़ याद आने लगा। पेड़ों पर ताम्बई पत्ते। यहाँ के पके आम से पीले पत्ते। गहरे गुलाबी पत्ते, जैसे वे पत्ते न होकर स्ट्राबेरी फल के गुच्छे हों। तभी माया ने आकर बतलाया—

"शैरी यूटा मेमसाहब के दफ्तर में लगे विनीश्यन ब्लाइण्ड के सिरे हड्डी की तरह कुचल-कुचलकर चबा रहा है। टुकड़े-टुकड़े कर दिये हैं प्लास्टिक के परदों के। मना किया तो मुझे भँभोड़ खाने को आया।"

"ओ गॉड! मुसीबत पर मुसीबत।" कहकर औटो भागा, शैरी को दबोचने-सम्हालने।

"कल चाँदनी मैडम का नयावाला अफगानी गलीचा कुतर लिया। मैडम मेरे को लताड़ने को लगी। शैरी को तो कोई दुतकारता नहीं।" माया अकेली ही बड़बड़ाती रही।

"इधर, कुत्ता आदमी है और आदमी कुत्ता।" माया ने अपने-आपको समझाया।

चाँदनी अपनीवाली बैठक में थी। बड़े आकर्षक आकार की कुर्सी थी फिरोजी कपड़े से मढ़ी हुई। खान मार्केट में महा पुराना-पुरातन फर्नीचर बिकता है। वहीं से बेंत की आरामकुरसियाँ, मेज, शीशे-दर्पण खरीद के लायी थी। यूटा साथ थी। उन्हीं के कील-काँटे दुरुस्त करवाकर, काट-छाँटकर पेण्ट-पालिश जो करवायी तो दाम तो चोखे लग गये, पर एक अनोखा-सा प्रभाव बैठक पर छा गया। आज रात की दावत के लिए यह बैठक बीचोबीच से खाली कर दी गयी थी, नृत्य के लिए। सोफे-कुरसी सब परे-परे सरका दिये गये थे। दरवाजों पर महीन चिकें पड़ी थीं, जिनके किनारों पर काली छींटवाली निवाड़ी गोट टँकी थी। ऐसा ही ब्लाक-प्रिण्ट चाँदनी के बनाये दुपट्टों पर भी होता है। उसने इधर-उधर, कोने-ओने के सारे लैम्प जला दिये। यहाँ-वहाँ चाँदनी-सी छिटक गयी। फिर आकर, उसी फिरोजी कुर्सी पर बैठ गयी। सामने छोटी गोल मेज पर फिरोजी काँच का गुलदान अनोखी आभा लिये दमक रहा था। मेज के इर्द-गिर्द कुल चार कुरसियाँ लगी थीं। पीठ पर वैसा ही फिरोजी कपड़ा मढ़ा था। पर चाँदनी अब दूसरे ही लोक में थी, उदासी से भरपूर। बिरगिट दो पल के लिए पालतू बिल्ली-सी चाँदनी के समीप चली आयी। बैठकर उसने एक भरपूर अँगड़ाई तोड़ी, फिर एक छूतही उबासी ली। अनचाहे चाँदनी को भी उबासी आ गयी। दोनों बेमतलब हँस पड़ीं। बिरगिट बोली–

"कहते हैं, खुशी का स्तर और खुश हो सकने की क्षमता हमारे शरीर के भीतर पूर्व-निश्चित होती है, सम्भवतः अनुवांशिक तत्त्व के रूप में। यूटा ने आज तुम्हारे ममी-पापा को भी बुलाया है। तुम्हारी ममी भी तुम पर गयी हैं, हँसमुख और खुशदिल।"

"क्या?" चाँदनी खिलखिलाती, यदि उदास न होती। अब वह होंठ सिले हुए ही गुन-गुन-सी हँस दी।

"आज रात की पार्टी निबट ले, फिर कल तमाम दिन सोएँगे हम लोग। रात के टर्की-डिनर पर तो बस हम घर के ही लोग होंगे। तुम, यूटा, मैं और औटो। और हाँ, यूटा तो अब कल ही डॉक्टर के जा सकेगी। मैं ऊपर जाकर उसे ब्रूफेन खिलाती हूँ। उसे तो अब नहा-धोकर तैयार होकर ही नीचे उतरना चाहिए, जब मेहमान आना शुरू हो जाएँ तब। ठीक है?"

बिरगिट अँगरेजी ठीक-ठाक बोल लेती है पर उसका चिड़िया-सा चिंहुक-चहक उच्चारण मासूम बच्ची का सा लगता है।

"ठीक है?" तो बहुत ही मधुरता से पूछती।

बिरगिट कब ऊपर जाकर यूटा की मिजाजपुर्सी कर आयी और कब नीचे लौट आयी किसी को पता भी नहीं चला।

चाँदनी फिर स्मृतियों में खो गयी थी। खा जानेवाली आदमखोर यादें। तीस हजारी कचहरी, जैसे सातों नर्क साकार हो गये हों। माँ की पसीजी हथेली में अपनी बर्फ-सी ठण्डी मुट्ठी भींचे हुए, वह। एक कसती चली जाती मुट्ठी, मानो तमाम जद्दोजहद उसी में समा गयी हो। एक नजर नमन के चेहरे पर डाली थी उसने, याचना भरी, असमंजस की नजर! नमन! हम दस वर्ष शादी-शुदा रहे हैं। एक ही छत के नीचे, तुम्हारे माँ-बाप के साथ। उनकी सेवा मैंने तुमसे अधिक की है। तुम्हारा पूरा का पूरा खानदान मेरी तवज्जोह और खातिर का ममनून है। कुछ तो सोचो? तुम उस चिट्टी-चमड़ीवाली फीकी-सी जर्मन छोकरी के पाश में इतना कैसे जकड़ गये? नमन का चेहरा निर्विकार था। उसी बैंच के परले सिरे पर बैठा जैसे एक अजनबी हो। पापा तक को उसने नहीं पहचाना। झेंपे, पापा ही। किधर ताकें, समझ नहीं पा रहे थे। अब तक तो ममी-पापा एक निश्चित आचार संहिता से संचालित थे। अब? नमन के मुख पर दस साला पहचान के सभी चिह्न बगल में बैठे उसके चतुर-सयाने वकील ने धो-पोंछ डाले थे।

ममी-पापा तो वक्त से आधा घण्टा पहले पहुँच चुके थे। लिफ्ट नाकाम पड़ी थी, शौचालय में ताला जड़ा था। नीचे, हॉल में उनके नाम की चिट के सम्मुख पाँचवीं मंजिल लिखा था। हाँफते-कराहते ऊपर पहुँचे तो उस कमरे पर नोटिस जड़ा था कि 'चाँदनी और नमन गुप्ता का तलाक। यह केस अब आज ही तीसरी मंजिल पर तय होगा।' वे दोबारा नीचे उतरकर अपनी साँस सँभाल ही रहे थे कि यूटा चाँदनी को लिये पहुँच गयी। यूटा चाँदनी के कानों में फुसफुसाती चली आ रही थी—

"तुम्हें उस पागल कशमकश से मुक्ति मिल रही है, यही बड़ी बात है। अब तुम डूबोगी नहीं, तैरोगी। मेरेवाला भी समझता था कि उससे अलहदा होकर मैं तबाह हो जाऊँगी। पर ऐसा नहीं हुआ। मैं हर धरातल पर जीवित ही नहीं, कामयाब भी हूँ। विलायत में हर पत्रिका-पुस्तक में पहले नुक्ते प्रकाशित होते थे कि अपने आदमी को आकर्षित-मोहित कैसे करते रहो। उसे वश में किस-किस तरीकीब से रखो। अब किताबें छप रही हैं—'गैट रिड आव हिम।' यानी 'उससे छुटकारा पा लो अगर वह तुम्हें केवल दुःख ही दे पाया है, तो।' "

चाँदनी को कानूनी दाँव-पेंच पहले ही समझा दिये गये थे। वर पक्ष का वकील दलील पेश कर देगा कि लड़की बदचलन है। सैकड़ों मुकदमों में वह इस झूठी दलील को सच साबित कर चुका होगा। केस दस-बारह वर्ष तक खिंचता चलेगा। उसके पश्चात् यदि गुजारे के लिए उसे पाँच सौ रुपये प्रति माह भी मिल जाएँ तो बहुत समझो। "वर पक्ष!" यही शब्द उच्चारे थे, चेतन, चाँदनी के पिता ने।

दोनों पक्षों की ओर से, आपसी सहमति-सद्भाव से सम्बन्ध-विच्छेद वांछित हैं। वही तो हो रहा था। ममी ने अपनी हथेली, बर्फ के ढेले सी जमी उसकी मुट्ठी पर और भी कस ली थी। उन्हें ही तो दम-दिलासा देना था अपनी इस

काबिल-होनहार बेटी को। ममी एक सादा-सी, मरियल रंग-छींट की साड़ी लपेटे थीं। दस वर्ष पूर्व तो ऐन विवाह के दो दिन पहले अपने लिए नयी बनारसी साड़ी खरीद के लायी थीं। देखती रही थीं कि पहले और आवश्यक खर्चे निबट लें।

कचहरी में उस रोज पहली बार ही ममी, बेटी-जमाई से मिलने खाली हाथ आयी थीं। तीज-त्योहारी, उपहार-भेंट का सिलसिला यकायक बन्द हो गया था।

कैसे घट गया, इतना कुछ। नमन और उसके सम्बन्धों पर, गाँठ पर गाँठ कैसे लगती चली गयी? चाँदनी के दिल की रगें, मछलियों-सी तड़प उठीं। उसकी झील-सी आँखों पर दर्द की जो परत ठहर गयी थी, दो कतारों में पिघलकर गालों पर बहने लगी। 'मेरी काबिलियत के लिए ही तुमने मुझे सजा दी है, नमन।' ममी फिर, उसके दर्जियों-चपरासियों के लिए तीज-त्योहारी लाने लगी थीं। कभी समोसे, कभी मट्ठियाँ। अब, केक-पेस्ट्री लाती हैं।

चाँदनी अभी अपने आँसू पोंछ ही रही थी कि ममी पापा को लेकर पहुँच भी गयीं। हाथों में चाँदनी के परिवार के लिए तोहफे थे, खूब अच्छे से सजे-बँधे।

"अरे! तू अभी तक तैयार नहीं हुई?"

वक्त से आधा घण्टा पूर्व तैयार हो जानेवाली शिप्रा ने व्यग्रता से पूछा

"मेहमान आने लगेंगे, भई?" शिप्रा ने चिन्ता प्रकट की।

"औटोऽऽ!" चाँदनी चौककर वर्तमान में आ रहीं, ऐन मंच पर। परदे के पीछे की गड़बड़, दुविधा-द्वन्द्व अब भुला देने का समय आ गया था। औटो के बदले, शैरी तीर की सी तेजी से हाजिर हो गया। पुकार पड़ने पर दुम हिलाना उसका एकमात्र उत्तर था। शिप्रा की खुशबू सूँघ-पहचानकर वह उसके सीने पर हावी होने ही वाला था कि—

"सिट। शैरी सिट।" का फरमान चाँदनी से मिल गया, और वह अपना खेल मुल्तवी कर बैठ तो गया, मगर सतर्क मुद्रा में।

"यह कुत्ता कितनी जबानें समझता है?" चाँदनी के पिता के पूछते ही शैरी समस्त आदेश भूलकर उनके घुटनों पर लद गया। वह उसे सहलाने लगे।

"पापा, फिलहाल तो यह जर्मन, तुर्की, अँगरेजी और हिन्दी ही सीख पाया है। यहाँ तक कि यह अपनी बिरादरी की ज़बान भूलता जा रहा है। इसका भौंकने का शौक दिन-ब-दिन कम होता जा रहा है।"

सब हँसने लगे। औटो आ गया था। शिप्रा ने तोहफे का डिब्बा उसे पकड़ा दिया।

"हैपी क्रिसमस औटो।"

"सेम टू यू। मेरी नानी भी मेरे लिए क्रिसमस का तोहफा भेजनेवाली है।" उसने बाल-सुलभ उत्सुकता से कहा और रंगीन कागज फाड़कर, खेल बाहर निकाल लिया।

"आपको कैसे मालूम पड़ा कि मैं शतरंज खेलने का शौकीन हूँ?" वह खिल उठा।

शिप्रा हँसने लगी। अगर हुआ होता तो चाँदनी का बेटा इतना ही बड़ा होता।

"मैं ममा को दिखलाकर आता हूँ, यह।" औटो सीढ़ियाँ फलाँगता ऊपर जा रहा। उसकी पदचाप सुनते ही शैरी चाँदनी के पापा के घुटनों का लोभ छोड़कर तूफान की गति से औटो के पीछे हो लिया। "ऐसे भगा जैसे, दौड़ती बिल्ली देख ली हो।" शिप्रा के पति बोले।

"चाँदनी, तेरा यह फर्शी दर्पण तो अपने हाथीदाँत के चौखटे में जड़ा यूँ टिका है मानो कोई रीतिकालीन रूपगर्विता शृंगार-पिटार गोद में धरे उसके सम्मुख बैठी प्रियदर्शनी बनने में तल्लीन हो।" उन्होंने जोड़ा।

"वाह! वाह! पापा को तो देखो, अब तक कैसे रसिक हैं।" चाँदनी ने कहा और सिंगापुरी बेंत से बनी आरामकुरसी पर लापरवाह अन्दाज में फैली पड़ीं, काली और फिरोजी गद्दियों को पीटकर हमसार करने लगी।

"जा, चाँदनी तू भी ऊपर जाकर तरोताजा हो ले। मैं रसोई में कोई काम देखती हूँ जाकर।"

चाँदनी अपने शयन-कक्ष की ओर चली गयी। सबका खाना एक साथ यूटा की रसोई में ही बनता है, शिप्रा जानती थी। सब मिलजुलकर रसद-पानी ले आती हैं। यूटा की रसोई में कतार-दर-कतार साठ-सत्तर मसालों से भरपूर शीशियाँ काँच की पट्टियों पर तरतीबवार सजी हैं। बिरगिट यूटा की बैठक में मेज पर बूफे खाने के लिए प्लेटें और काँटे-चम्मच सजा रही थी।

"इन्हें क्या हुआ? घर में सोता-सा क्यों पड़ा है?" शिप्रा ने उससे पूछा।

बिरगिट एक खुशमिजाज हँसी हँसने लगी। उसने अभी दिल पर कोई चोट नहीं खायी थी। उसे अभी मीठे सपने आते थे, खौफजदा ख्वाब नहीं।

"दरअसल, आप पहली दावत के लिए बहुत लेट हो गयीं और दूसरी के लिए बहुत जल्द पहुँच गयी हैं। यह मंच का दो दृश्यों के बीच का अन्तराल है, जब मंच पर अँधेरा कर दिया जाता है, या परदा गिरा दिया जाता है।"

शिप्रा भी एक नरम-सी हँसी हँस दी।

"पर यूटा है कहाँ? और चाँदनी रो क्यों रही थी? दोनों लड़ी थीं क्या?"

"जब कोई भी दो जन, चाहे वे बहनें हों, सहेलियाँ हों या फिर माँ-बेटी ही क्यों न हों, रात-दिन इकट्ठा रहने लगती हैं, तब उनका सम्बन्ध पति-पत्नी का सा हो जाता है। उनके रूठने-मनाने के बीच तीसरा कुछ हद तक ही काम आता है।" सुनकर शिप्रा और खुलकर हँस दी।

"एक बार यूटा और चाँदनी दोनों एक-दूसरे से रूठी थीं। चाँदनी ने ऐलान कर दिया कि रात का खाना उसके घर पर लगेगा, नहीं तो वह नहीं खाएगी। यूटा

बोली, नहीं उसकी बैठक की मेज पर लगेगा। जैसे हरदम लगता है। मैंने यूटा की लम्बी मेज खिसकाकर दोनों बैठकों के दरवाजों के बीचोबीच कर दी। कि, लो अब बैठो। चाँदनी तुम अपनेवाले हिस्से में और यूटा तुम अपनेवाले में।" औटो ताली बजाके बोला–

"अहा! व्हाट फन!"

वे दोनों भी बरबस हँस पड़ीं।

"जानती हो उस रोज खाना फिर वैसे ही लगा और खाया भी गया। मैं बीच में बैठी और औटो फट से वेटर बन गया। एक डिश भी अपनी मरजी की पका लाया। बोला, इस डिश की कीमत कुल सत्तर रुपये है और झट से बिल पेश कर दिया। हम सबको फिर उसे सत्तर रुपये भी देने पड़े। ऐसा अनूठा परिवार है हमारा। जब औटो से उन दोनों की रंजिश नहीं सँभलती तब वह "दीज आर फनी टाइम्ज।" कहता, समझदारी से सिर हिलाता हुआ अपने कमरे में चला जाता है।"

"अच्छा। लो, बिरगिट यह एक छोटा-सा तोहफा तुम्हारे लिए लायी थी।" शिप्रा ने हँसते हुए डिब्बी उसे सौंप दी। बिरगिट ने झटपट कागज फाड़कर छोटा-सा पैण्डेण्ट निकाल लिया। चौदह कैरेट सोने के पैण्डेण्ट पर अद्‌भुत मीनाकारी से एक नन्ही, नीली तितली अंकित थी।

"ओऽ होऽ!" बिरगिट किंचित आश्चर्य से उसे निहारती रह गयी।

"यह पैण्डेण्ट मुझे एक अमरीकी महिला श्रीमती डेविस ने ठीक मेरे उन्नीसवें जन्मदिवस पर इतना कहकर भेंटा था कि वे मुझे विदेशी परिपाटी के विपरीत, खून का सम्बन्ध न होते हुए भी, अपनी 'नीस' समझकर दे रही हैं। मैं भी तुम्हें यह अपनी बेटी समान जानकर दे रही हूँ।"

बिरगिट की आँखें और भी नरम और ऊष्म हो आयीं। एक नीला-सा उजाला उनमें भर गया। उसने शिप्रा के गाल से अपना गाल सटाकर आभार और प्यार प्रदर्शित किया।

"मैं यूटा को दिखलाकर आती हूँ, यह। अब मैं उसे दावत के लिए सजा-बनाकर ही नीचे लाऊँगी।"

"और तुम खुद भी नहा-धो लो अब।" शिप्रा ने कहा।

तभी, माया ऊपर से उतरी।

"अरे! ममीजीऽ!" उस घर में माया ही इस समय अभिवादन-आवभगत के लिए पूर्णतया तत्पर दिखलायी दी।

"आप पहुँच गयीं? चाय बनाऊँ?" उसने उत्साह से पूछा।

"हाँ, और ला, भाजी-तरकारी भी बिनार दूँ।"

"वो, तो ममीजी, जैसे-तैसे निबट ही गया। यूटा मैडम का काम लेने का ढब ही निराला है। रात-भर की जागी थीं कि रोयी, सो वही जानें, पर सवेरे सूजी-सूजी आँखें थीं।" मुझे देखते ही बोलीं–

"माया...हैल्प।"

मैंने कहा, "यस मैडम।" तो उन्होंने कई तरह की भाजी मेरे आगे पसार दी, बोलीं, 'कट'। मैं बिनारने लगी। मैडम मग में बियर ढालकर सैटी पर पाँव पसारकर घूँट-घूँट पीने लगीं। तभी फोन टनटना गया। वह उछलकर जो खड़ी हुईं तो आधी बियर गाउन पर छलक गयी। वह फोन का चोंगा थामे अपनी बोली में झल्लाने-चिल्लाने लगीं।

"मुस्तफा?" "औटो...नाहिन।" "औटो...नाहिन"—दर्जनों बार कह रही थीं। उनकी सुर तान से लगा कि उधर औटो का पाजी बाप था। फोन पटककर मुझे हुक्म दिया—"सैफरान"।

मेरे पल्ले खाक नहीं पड़ा तो, वो वाली, बड़ी-सी पोथी लेकर हिन्दी बाँचने बैठ गयीं। फिर उछलकर बोलीं, "कायसर"। मैंने अन्दाज किया कि हो न हो, मैडम को खाने में केसर डालनी है। खोज-खाज के डिब्बी पकड़ायी तो वह फिर बियर पीने बैठ गयीं। साथ-साथ फोन पर बात करती जातीं। तो यों होता है काम यहाँ। "अच्छा, अच्छा! ला चाय मुझे पकड़ा दे।"

चाय के दो प्याले लेकर शिप्रा पति के पास जा बैठी। कहने लगी—

"यूटा, फिर परेशान है। मन ही तो है, लरज जाता है, अब भी।"

"इस समय तो, यूटा नहाने-धोने में समय लेगी ही। वहाँ विदेश में तो, हाजत-फरागत का भी कोई नियत समय नहीं है। सवेरे तो सभी कुछ शार्ट-कट में निबटाकर काम पर भागते हैं, ये लोग।" चेतन ने चाय की भली-सी चुस्की लेकर कहा।

"उसका पति तो वहाँ जर्मनी में बैठा अपने सामन्ती पिता की सम्पत्ति का अतिभोग कर रहा है और इतनी कर्मशीला, श्रमशीला यूटा से बेटा माँगता रहता है। उस माहौल में भला क्या पलेगा वह।"

पहले भी जब शिप्रा दो रोज के लिए यहाँ ठहरी थी तो एक शाम वह ऊपर-नीचे चढ़ते-उतरते बेहद थकी थी। चाँदनी ने प्लेट में दो चपाती और सब्जी-दाल परोसकर ऊपर ला दिया था। औटो, सोने जा चुका था। इतने में नीचे बैठक से हिन्दी गाने की धुन, हम्मा...हम्मा...एक हो जाएँ हम और तुम, लहराती आने लगी। इसके साथ ही चाँदनी की खुश सी पुकार आयी—

"ममीऽऽ! देखो, यूटा नाच रही है। सीढ़ियों की लैण्डिंग पर आकर बैठ जाओ।"

बड़ा आनन्द आ रहा था शिप्रा को यूटा को यूँ हलके होकर भाँगड़ा शैली में थिरकते-मटकते देखकर। चाँदनी और बिरगिट की भी दिन भर की थकान जैसे हवा हो गयी। वे भी संग-संग नाचने लगीं। इतने में मानो बड़ी व्यग्रता से फोन की

घण्टी बजी। औटो के पिता का वकील था। डरा-धमकाकर औटो को माँग रहा था। चाँदनी ने संगीत बन्द कर दिया था।

यूटा उसे बुरा-भला बक रही थी। वह कह रहा था कि औटो को छुट्टियों में उसकी दादी के पास अंकारा भेज दिया जाए। शिप्रा हाथ में कौर लिये स्तब्ध-सी बैठी रह गयी। फोन पटककर यूटा भय और आशंका से रोने लगी थी, मानो उसका वजूद ही हिला जा रहा हो।

"तुम, खाना खत्म करके सो जाओ ममी। हम दोनों हैं न नीचे, हम यूटा को सम्हाल लेंगे। उससे औटो को कोई नहीं छीन सकता, उसका बाप भी नहीं।"

शिप्रा अपने कमरे में चली गयी। यूटा सम्हली तो अपनी दफ्तरी कुरसी में जा धँसी। औटो का वफादार उसके साथ ही चिपट के सोता था, सो वह भी वहाँ न था। बिरगिट और चाँदनी भी आकर सो गयीं।

जाने कब एक अजब-सी कड़वी-कसैली गन्ध और घुटन घर में भरने लगी। शिप्रा हड़बड़ाकर उठी। पौ फट चुकी थी। औटो आँख मलता हुआ नीचे आने लगा। उसे बिना किसी सहायता के तैयार होकर स्कूल जाने की आदत पड़ी हुई थी। देखा तो उसकी माँ की बैठक के सोफे और परदे धू-धू करके जल रहे थे। धुएँ के सर्प लहरा-गहराकर परली बैठक पर कब्जा करे ले रहे थे। औटो चीखने लगा। उसके पीछे खड़े शैरी की भौंक निकल ही नहीं रही थी। वह धुएँ को देख गुर्राता हुआ दीवार से सटकर बैठ गया, डरा-सहमा-सा। बिरगिट आँखें मलती हुई आयी और आँखें फाड़े चीखने लगी। चाँदनी भी बाहर आ रही। यूटा का कहीं पता नहीं था। वे लोग बालटी, डोलची भर-भरकर पानी उलीचने लगीं। शिप्रा ने एक बार सौ नम्बर घुमाया। मिला नहीं तो फोन छोड़कर पानी फेंकने लगी।

औटो घबराकर गुसलखाने में बन्द हो गया। कुत्ता साथ लेता गया। धुएँ से रुँधकर सब खाँसने लगे तो शिप्रा ने यूटा की बैठक का प्रमुख दरवाजा धकेलकर खोल दिया। पल भर को आकाश की तरबूजी छटा ने चौंधा दिया। मधुमालती की लता से लदी-फदी दीवार से सटी कुरसी पर बैठी यूटा नींद में डूबी थी मानो बलुआ पत्थर की कोई मूरत हो। चाँद बराबर पीले डेलिये उसके करीब ही हलके-हलके झूम रहे थे।

"यूटा! यूटा!" शिप्रा ने पुकारा, फिर उसे हिलाया-डुलाया भी। पर वह जाने कैसी अनासक्त तन्द्रा में लीन थी। बिना पलक खोले झपट के बोली—

"जाओ, भागो! मुझे कोई नहीं चाहिए। चले जाओ सब।"

मूर्च्छनाओं के बीच की सुध-बुध हो जैसे। उसे हरकत में लाने के लिए समय नष्ट करना व्यर्थ था। मन की पीड़ा पर जरूर बियर का कड़वा-कसैला धुआँ छाया था। पिछली रात, अकेली बैठी पीती रही होगी।

पानी पर पानी उँड़ेलते, खाँसते-हाँफते, आखिर स्थिति नियन्त्रण में आ गयी। सब लोग लस्त-पस्त से अधजले, गन्धाते-गीले सोफों पर पसरे ही थे कि औटो का खयाल आया। शैरी, कूँ...कूँ...करता, मार दरवाजा खरोंचे डाल रहा था।

तीनों एक छलाँग में उठ गयीं और लपककर स्नानघर खोल दिया। औटो साँस रोके दीवार से चिपका खड़ा था।

"ममा?" उसने रुलाई घोंटकर पूछा।

शैरी जवाब सुनने से पहले ही यूटा की गन्ध से बिंधा तरकश से छूटे तीर की मानिन्द उस ठौर पहुँच रहा। वह उछलकर यूटा की गोद में चढ़ गया। यूटा का एक हाथ नरमायी से उसके जिस्म पर जा पड़ा।

"ममा हैं। बगीचे में बैठी नींद ले रही हैं। सो लेने दो। स्कूल के लिए तो अब तुम लेट हो ही गये। आओ, हमारे पास बैठो।"

शिप्रा औटो को घेरकर चाँदनी की बैठक में ले आयी। यूटा की बैठक दोपहर तक सीली लकड़ी-सी धुआँती रही थी। काले-जले टुकड़े पर कोई चिनगारी, जुगनू-सी चमक जाती।

अगले रोज औटो के स्कूल में वार्षिक समारोह था। तीनों लड़कियों ने पहले औटो को बनाया-सँवारा, फिर स्वयं तैयार होकर उसके साथ हो लीं। शिप्रा अपने घर लौट गयी थी। सहपाठी औटो को फिर से छेड़ने लगे थे, "औटो, तुम्हारे सिवा हमने दूसरा कोई लड़का नहीं देखा, जिसकी तीन-तीन ममियाँ, उसके हर फंक्शन में आती हों।..." औटो कुछ गर्व से हँस पड़ता। जब माँ के पास भारत आया ही आया था, तब तो हर दूसरी-तीसरी औरत को घर में घुसते देख उसके सीने में जलन की तीखी लपट सुलग उठती।

'ये औरतें हैं कि बलाएँ! सब की सब, माँ की सौतें!' वह सोचता।

"औटो, तुम्हारे बाल काले-घने इसलिए हैं कि तुम मेरे बेटे हो।" चाँदनी उसे छेड़ देती तो वह मुँह घुमाकर फिक्क से हँस देता।

"और तुम्हारी आँखें भी घनघोर, काली-कजरारी इसीलिए हैं।" चाँदनी फिर से जड़ देती।

औटो तकिये में चेहरा धँसाकर हँसता रह जाता। खरगोश के से उठे उसके कान लाल पड़ जाते। क्योंकि इन सम्बन्धों में उसके तुर्की तिजारती पिता कहीं नहीं थे, जलन-कुढ़न बिलाती चली गयी। यूटा, चाँदनी और बिरगिट, उन तीनों के बीच एक ही तो बच्चा था, लाड़ लड़ाने के लिए। बिना हिरस-होड़ के। सो, सब उसी की रजा में राजी थे।

चाँदनी तैयार होकर आ ली थी। बड़ा आकर्षक सलवार-कुरते का सूट था। मोतिया जमीन पर आड़ा-तिरछा, इधर-उधर छितराया ब्लाक प्रिण्ट था। ओढ़नी पर छींट और

भी चित्ताकर्षक थी। जो सब तरफ से ओढ़-फैलाकर ली जाती। चाँदनी का बुनियादी अन्दाज मुगलिया और राजस्थानी है। जनाना, पूरी आस्तीन के जामे-अँगरखे, तंग या जोधपुरी पायजामे के साथ। बटी हुई चुन्नी गले में पड़ी रहती। पाटों में तहाया सादा वायल का दुपट्टा एक ओर कन्धे पर लटका रहता। शिप्रा ने बेटी को गले से लगाकर उसका माथा चूम लिया। "ले यह छोटा-सा, तेरे लिए।" शिप्रा ने उसे एक नन्हा-सा, चाँदी का फोटो-फ्रेम पकड़ा दिया।

"अरे!" चाँदनी के चेहरे पर एक सरल-सहज प्रसन्नता फैल गयी।

"पर मुझे तो तुम, ममी...।"

"दिवाली पर दे चुकी हूँ। माँ को, बेटी को भेंट देने के लिए अवसर नहीं खोजने पड़ते।"

"पर यह खाली क्यों है? अपनी और पापा की फोटो ही इसमें लगा देतीं?"

"तू जिसकी चाहे, इसमें...।"

"ममी, मैंने आज नमन को भी बुलाया है।"

शिप्रा अवाक्-अवसन्न रह गयी।

"पर क्यों?"

"मैं साबित कर देना चाहती हूँ कि किसी के धक्का दे देने से जरूरी नहीं कि कोई मुँह के बल ही गिरा पड़ा रहे। देख जाए आकर मैं अपने पाँव पर खड़ी हूँ, और उतनी ही जिन्दा हूँ, जितना कि वह खुद।"

"मगर यह तो यूटा की पार्टी है?" चाँदनी के पिता बोले।

"मैंने उसे बतला दिया है और मनवा भी लिया है, कि नमन न सही दोस्त या पति, पर दुश्मन भी नहीं है।"

"कैसे, दुश्मन नहीं है वह? क्या वह तेरी जवानी के वे सुनहरे दस वर्ष लौटा दे सकता है?" शिप्रा ने तलब किया।

"कभी नहीं।"

"फिर? और, वहाँ विदेश में जो वह चिट्टी चमड़ीवाली मेम रख छोड़ी है, वह?"

"आज हम उसकी चर्चा नहीं छेड़ेंगे, ममी। तुम निश्चिन्त रहो, मैं नमन को खूब पहचान गयी हूँ। मैं दोबारा उससे जुड़नेवाली नहीं हूँ।"

"हाँ, बेटी, जिस डाल से एक बार गिर पड़े, उस डाल पर फिर से चढ़ना ही क्यों?" चाँदनी के पिता ने कहा।

"यह सब देखकर उसे तुझसे ईर्ष्या हो आये, तब?" शिप्रा ने धड़कते दिल से पूछा।

"कहीं इसे भी तो नजर नहीं लग जाएगी?"

"ईर्ष्या तो थी ही नमन को मुझसे! मगर पुरुष को यह समझना होगा कि

हर स्त्री के स्वभाव में बँधना होता है, पर एक सीमा तक ही। आज की स्त्री को नमन ही क्यों, क्या कोई भी मरद स्वीकार कर पाया है?"

"पर बेटी, तू तो अपना काम, अपना परिवार, अपनी अस्मिता, सब कुछ उस पर न्योछावर करने के लिए तत्पर हो गयी थी, यदि नमन उस फिरंग औरत को छोड़ देता तो?" शिप्रा ने याद दिलाया।

"हाँ! मगर वह अपने-आपको मार देना ही होता। उस समय उसका अहम् सहलाना आवश्यक हो गया था। आज मैं नमन की तुच्छता-शुद्रता को स्वीकार करती हूँ। मेरी उसे सुधार लेने की, उसे गढ़ने-सँवारने की कामना ही गलत थी। मैं क्यों अपने हुनर को कुन्द पड़े चाकू-सा भोंथरा हो जाने दे रही थी?"

"कौन किसे सुधार पाया है, बेटी? हम केवल अपने-आपको ही थोड़ा-घना बदल सकते हैं या फिर प्रतिक्रिया ही न करें, गलत आचरण पर?" शिप्रा ने किंचित उदासी से कहा।

"तब फिर, हम लोग तो लौट चलें? मेरा जी नहीं चाहता नमन का सामना करने को।" चाँदनी के पिता ने कुछ झेंपते हुए कहा।

"नहीं, हम लोग भागकर कहीं नहीं जा रहे हैं, चेतन। दोषी वह है।" शिप्रा ने दृढ़ता से कहा।

"बेटी! स्त्री, शक्ति है। उस शक्ति को कोई पुरुष यदि सहार न सके तो?" चाँदनी के पिता ने अचकचाते हुए पूछा।

"तब भी वह उसे धकेलेगी जब तक वह संचालित न हो जाए।" चाँदनी ने कहा।

"नहीं, बेटी प्रेरित हो सकने की भी क्षमता होती है।" शिप्रा ने कहा।

"कैटेलिस्ट का काम भी कोई तभी कर सकता है।" उसने जोड़ा।

"और नियति? आनुवांशिक तत्त्व?" चेतन ने पूछा।

"कर्म के सामने वे भी फीके पड़ जाते हैं, पापा। जानते हो पापा, एक जर्मन चिन्तक-दार्शनिक, टामन्स मन ने दूसरे विश्व युद्ध के विनाश के बाद एक नयी उक्ति जर्मनवासियों को दी थी 'यू हैव नाउ द एडवाण्टेज आव द डिफीटड।' सो अब मेरे पास दूसरा कोई चारा ही नहीं। सिवाय दोबारा उठ खड़े होने के पूरी शान से। सिर ऊँचा उठाकर।"

यूटा और बिरगिट भी तैयार होकर चाँदनी की बैठक में आ ली थीं। पलकों पर कजरारा, मस्कारा और कंजी, आई शैडो। होठों पर लुभावनी गहरी लिपस्टिक। क्रन्दन चिह्नों पर यों प्रलेप हुआ था कि उसके नक्श और भी मांसल और शादाब हो उठे थे।

"ओ हो! तुम तो एकदम से खिल आयी हो।" कहकर शिप्रा ने जल्दी से उसे, उसका उपहार थमा दिया कि प्रसन्नता के ये पल चूक न जाएँ। गत्ते के काले डिब्बे

में करीने से खोंसे गये परोसने के लिए काले बेकलाइट दस्तेवाले बड़े-बड़े उम्दा स्टील के चम्मच। दो गोल कलछी-नुमा और दो काँटे-नुमा।

यूटा ने डिब्बा खोलते ही जो किलकारी मारी तो शिप्रा का किया-धरा सब वसूल हो गया।

"मेरी तमाम कटलरी-कैसरोल से कितना मेल खाते हैं। मैं अगर खरीदने जाती तो अपने लिए यही खरीदती।"

उसने शिप्रा के गाल से अपना गाल सटा दिया और एक हलका-सा चुम्बन दिया।

"मैं आपका शुक्रिया, पाँच सौ बार करना चाहती हूँ।"

शिप्रा गुदगुदायी-सी मन्द-मन्द मुसकरा दी, "तुम्हें पसन्द आया, मुझे खुशी है।"

यूटा शिप्रा के समीप ही बैठ गयी और धीरे से उसके कन्धे पर अपना सिर टिका लिया। शिप्रा की हथेली में उसका हाथ आ गया। बिलकुल निस्पन्द-सा। अचानक एक दर्दीली सिसकी यूटा के सीने से उठकर शिप्रा के कन्धे को छू गयी। शिप्रा की हथेली, अनजाने ही यूटा की हथेली पर भिंच आयी तो वह चीख पड़ी—

"आउच! मेरा जख्मी अँगूठा, बेचारा।" शिप्रा ने घबराकर उसका हाथ छोड़ दिया। फिर उसे परखा-जाँचा तो नीला-सूजा पड़ा था।

"मवाद न पड़ गयी हो कहीं?"

"पड़ ही गयी है।"

"चलो, अभी के अभी, डॉक्टर के पास। चाँदनी कब से कह रही है।"

"नहीं, नहीं! आज नहीं। अभी जरा देर और। फिर लोगों से खचाखच भर जाएँगे ये कमरे! रौनक से खिल उठेंगे। सोहबत की गरमाहट से गुनगुना जाएँगे। मैं क्रिसमस पर तन्हा नहीं हूँगी। औटो का बाप मुझसे मेरा बेटा छीन लेना चाहता है। मुस्तफा का आज सवेरे फिर से फोन आया था। मुझे धमकाकर कह रहा था कि मैं औटो को छुट्टियों में अंकारा उसकी दादी के वहाँ भेज दूँ। सुनकर गोला-सा उतर गया सीने में। मैं जानती हूँ। एक बार वह टर्की पहुँच गया तो लौटकर कभी नहीं आएगा।" यूटा जल्दी-जल्दी बोल रही थी।

चाँदनी ने म्यूजिक-सिस्टम पर 'हम्मा! हम्मा! एक हो जाएँ हम और तुम' लगा दिया था। यूटा एकदम से उठी और बड़े मनमोहक ढंग से हाथ-पाँव फेंक-फेंककर थिरकने लगी।

"आ जाओ। चाँदनी! बिरगिट।" वे सब मिलजुलकर नाचने लगीं, जैसे कुछ हुआ ही न हो।

बिरगिट अपना जिस्म आधा पश्चिमी शैली और आधा भारतीय शैली में तोड़-मरोड़ रही थी।

यूटा ने फिर शिप्रा को भी फर्श पर खींच लिया। चाँदनी का आग्रह उसके पापा भी नहीं टाल पाये।

"कौन कहता है अधेड़ मौज मनाने से कतराते हैं। युवा उन्हें अपने में शामिल करके तो देखें।" शिप्रा के चेहरे पर एक जवान-सी मुसकान बंकिम होकर खिलने लगी थी।

"अरे! बिरगिट, तुमने तो पैण्डेण्ट पहन भी लिया?" उसने चौंककर कहा।

"हाँ। यूटा के पास एक बारीक चेन निकल जो आयी।"

बिरगिट छलकी-सी हँसने लगी। उसकी गोरी, लम्बी ग्रीवा से झूलता वह पैण्डेण्ट सुन्दर लग रहा था। नीली तितली पहननेवाली के लचकते-थिरकते बदन की हरकत से उड़ती दिखलायी पड़ रही थी। औटो पल भर को दरवाजों की ओट से झाँक गया था। उसके मुख पर एक तृप्त आभा छा गयी थी। अपनी माँ की उमंग-तरंग निरखकर प्रदीप्त हो उठा चेहरा। उसके पीछे से उसका वफादार शैरी मुँह घुमा-घुमाकर ताक-झाँक कर रहा था।

"आ जाओ न तुम भी, औटो।" शिप्रा ने उसे पुकार लिया।

"नहीं, मेरी पार्टी हो चुकी है। मैं अब ऊपर ले जाकर अपने तोहफे खोलूँगा और उनसे खेलूँगा।"

औटो उत्साह से भरपूर एक ही छलाँग में कई सीढ़ियाँ एक ही साथ फलाँगने को हुआ तो शैरी भी उसी फुर्ती से उसकी टाँगों में उलझ गया। औटो उसे फँसाये हुए घिसटने लगा। शिप्रा पुरजोश हँस पड़ी।

"क्या हुआ?" शिप्रा के पति ने पूछा।

"शैरी ने अड़ंगी देकर औटो की टाप-गियर रफ्तार को एकदम से फिसड्डी कर दिया।"

शैरी अब औटो के टखनों को अपने जबड़ों में भींचे था। औटो उसी तरह अटके-अटके उसे खींच रहा था। शुक्र है, वह पूरी पतलून पहने था। शिप्रा के पति चेतन भी एक तनाव रहित, सहज-सी हँसी हँसने लगे।

लड़कियाँ भी अपना दुःख-दर्द पीछे धकेलकर नाच रही थीं। मुसकरा रही थीं। चहकने लगी थीं। उनके अच्छे लिबास महक रहे थे। "मैंने आज डिनर के लिए खास चिकन भी पकाया है...पक...पक...पक पकपक।" यूटा ने मुरगी की आवाज निकालते हुए, अपनी दोनों बाँहें ऐसे फड़फड़ायीं कि सब उसकी मसखरी नकल पर जी तोड़कर हँसने लगे।

"मेरी बच्ची! इतना भर ही सही।" शिप्रा ने भगवान को नमन करते हुए सोचा। तभी उसका बेटा अभिषेक भी आ गया।

उसे सर्वप्रथम बिरगिट ही दिखलायी पड़ी। बिरगिट का सामना हो जाने पर, एक हलकी हिलोर उसके मन में उठा करती। वह अधिक मुखरित हो जाता। सजग और चेतन।

किसी से भी विवाह के लिए प्रस्तुत न होनेवाले बेटे के सीने में हुई उस हलचल को ही समर्पित था, वह पैण्डेण्ट।

"हैलो, बिरगिट।"

"ओ, हैलो अभि।" बिरगिट नाचना स्थगित कर उसके निकट चली आयी थी।

अभिषेक नयी पाश्चात्य धुनों के टेप उसके लिए लाया था।

"यह लो।"

बिरगिट ताजातरीन कैसेट देखकर खिल उठी थी।

"आज, इन ही धुनों पर नाचेंगे।" उसने उत्साह से कहा था।

शिप्रा और उसके पति कोने में लगी गोल मेज के इर्द-गिर्द लगी, कुरसियों पर बैठ गये थे। कुरसियों की काली आबनूस लकड़ी और मेज पर फिरोजी काँच का गुलदान। जैसे भीगी अँधियारी सड़क पर नियोन लाइट आँख मार रही हो। बिरगिट ने म्यूजिक सिस्टम पर अभिषेक की लायी विदेशी धुन लगा दी थी। सारा कमरा झिक-झिक की धुन से भर गया था। छेड़ता-उकसाता संगीत। माया उन लोगों के लिए ठण्डे पेय और छिटपुट नाश्ते के कटोरे मेज पर रख गयी थी।

एकाएक शिप्रा, नमन के स्वागत के लिए दो-तिहाई उठी, फिर बैठ गयी।

"इसे आज यहाँ नहीं आना चाहिए था। जिसे इतना मान-प्यार दिया, उसे अब कैसे अवमानना-अवहेलना से देखा जाएगा?" उसने झल्लाकर पति से कहा। पति, पीछे मुड़कर ताकने से एकदम से कतरा गये।

"आओ नमन। हमेशा की तरह देर से ही आये।" चाँदनी ने आते ही उलाहना दे दिया।

नमन ने झेंपते हुए उसे चाकलेट का डिब्बा पकड़ा दिया। बोला, "तुम्हारी पसन्द के हैं। जर्मनी से लेता आया।"

एक साथ कई दम्पती-अतिथि पहुँच गये। उनमें से कई नमन को वहाँ देखकर विस्मित हो गये थे।

नाच की हरकत-शिरकत बढ़ गयी।

"हाँ, नमन। दस बरस बहुत होते हैं, पसन्द-नापसन्द, खूबियाँ और खामियाँ जान लेने के लिए। और कुल एक बरस, बहुत ही कम, उन्हें भूल जाने के लिए।" चाँदनी ने कुछ तलखी से कहा।

"तुम कैसी हो चाँद?"

चाँद! ठीक ही तो है, सम्बन्धों के साथ सम्बोधन भी तो बदल जाते हैं। पहले नाम के अतिरिक्त दूसरे कितने सारे लाड़ के नाम थे उसके, नमन के शब्द-कोश में। प्रगट में चाँदनी ने कहा।

"देख ही रहे हो। खूब अच्छी हूँ। केट कैसी है?"

सकपका गया नमन।

"हाँ, नमन मुझे अब उससे जलन नहीं होती। तुम, कब उसके साथ क्या कर रहे हो, उस सबको लेकर, मेरी कल्पना अब मुझे नहीं तड़पाती। उतना, तमाम रोना-धोना, कलप-तड़प। कितना वक्त बर्बाद हुआ, उस सबमें। छूटते को छोड़ देना ही भला है। मैंने तो यूँ ही पूछने के लिए पूछ लिया था।"

नाचते-नाचते चाँदनी ने अचानक फिर पूछा, "केट से शादी कब कर रहे हो?"

"मेरा ऐसा कोई इरादा नहीं है।" नमन ने झुँझलाकर कहा।

"फिर उतनी सब हाय-हत्या? बेकार ही गयी न?"

नमन ने सिर झुका लिया।

"सोचती हूँ, मेरे उस रोने-गिड़गिड़ाने, हताशा-निराशा ने कहीं तुम्हारे अहम् को खूब पोसा होगा।" चाँदनी ने उदासी से कहा। नमन सिर झुकाये सुनता गया।

"तुम्हें क्या हो गया था नमन?" चाँदनी ने पीछे लौटते हुए पूछा।

"मालूम नहीं, चाँद। मुझे, अब...तुम फर्क लगती हो...तब से बहुत ज्यादा अच्छी, दोस्त।"

"क्योंकि, अब मैं किन्हीं और लड़कियों में से एक हूँ? जब चाहा तब मिल लिए, न चाहा तो न सही।"

"तुम्हें, मैंने कभी दूसरी लड़कियों जैसा मामूली नहीं समझा।"

पर अब चाँदनी के शिकवे तोहमतों में बदलकर भी चुनौती नहीं बन सके, नमन के लिए। वह स्वतन्त्र था। मन-तन-धन से। उदार हो सकता था, स्मृतियों के प्रति। गम्भीर-धीर भी।

फिर भी चाँदनी को लगा, उसके उच्चारे-कहे शब्द आज नमन के अन्तस् में अपनी छाप छोड़ रहे हैं, कम-से-कम अंकित हो रहे हैं। गरज बावली होती है। चाँदनी की आज की जरूरत थी, नमन से कह लेना, सुना देना। पहले तो केट का नाम लेते ही बावेला मच जाता। आक्रामक, प्रतिहिंसक शोर-शराबा, जिसमें शब्द, अर्थ, भावना, प्रतिष्ठा, सब ऊब-डूब करती रह जाती।

"चाँद। मुझे अवकाश चाहिए था। स्पेस।"

"तो यह पश्चिम का चालू जुमला, तुम्हारी तालू से भी जा चिपका, नमन? हम भारतीय तो, स्पेस को अपने मन के आकाश में ही खोज लेते हैं। दस जन, एक ही घर में, एक के ऊपर एक लदे हुए भी अपना निजी एकान्त रच लेते हैं। शून्य में अर्थ पा जाते हैं। योग-ध्यान तक कर लेते हैं। अपनी अन्तरात्मा से साक्षात्कार कर लेते हैं।" चाँदनी ने पूरी तरह झुँझलाकर कहा। संगीत अब मद्धिम-मदिर हो चला था।

"केट से शादी न करने का असली सबब क्या है? मैं जान लेना चाहती हूँ, नमन।" चाँदनी ने होंठ भींचकर पूछा।

"सबब कई हैं। पहला तो, उसके माँ-बाप राजी नहीं हैं, वे बेहद रेसिस्ट हैं।"

"और दूसरा?"

"मैं...अब...उससे इतना नहीं मिलता। चाँद मैं तुम्हारे पसन्दीदा कुछ शैम्पू और बाडी-लोशन लाया हूँ। बाहर गाड़ी में रक्खे हैं। चलकर देख लो, ब्रैण्ड वगैरा सब वही हैं।" नमन ने आग्रह से कहा। जैसे, चाँदनी यदि वे सब उपहार स्वीकार ले तो नमन का मन कुछ हलका हो जाए।

"यहाँ, भीतर लेकर आते हुए लाज आ रही होगी तुम्हें? वियुक्ता पर, शास्त्रानुसार विवाहिता पत्नी से लाड़-लड़ाना बड़ी शरम की बात है, है न? वहाँ, विदेश में उस मेम की बाँह में बाँह डाले, घूमते-सोते फिरते थे, तब तो शरम नहीं आयी होगी?"

"प्लीज, चाँद। मुझसे लड़ो मत।" नमन ने विनती की।

"ठीक है। कुछ खाओगे? अभी कि, बाद में? तुम्हारी पसन्दीदा चीजें मैंने भी पकायी हैं।" चाँदनी ने मिठास से कहा तो नमन मुसकराने लगा। भर दाँत, खुश-सा।

पल भर को शिप्रा की नजर भूतपूर्व दामाद से मिली फिर कतरा गयी। मन में कोई फाँस-सी गड़ गयी। तलाक से पूर्व, शिप्रा जाकर, अपने इस दामाद से चार बार अकेले में मिली थी। लम्बी गुफ्तगू हुई थी। नमन ने बहुत सारी बातें की थीं। आत्मीयता से ही। परन्तु बातों का समस्त प्रवाह बाढ़ की तरह उस विदेशी लड़की की ओर बहा चला गया था जैसे, नमन नहीं कोई और ही बोल रहा हो। कितना चाहा था, शिप्रा ने कि वह बेटी की पैरवी न करते हुए फकत दामाद का विश्वास जीतकर उसे ऊँच-नीच समझा-बुझा सके। नमन की जिद के सामने वह हार गयी थी। उसका जिस्म जर्रा-जर्रा दरकने-ढहने लगा था। जिसे जीवन और उम्र तोड़ नहीं पाये थे, उसे इस लड़के ने आमूल-चूल हिलाकर उखाड़ दिया।

"क्या, चाँदनी के बच्चे नहीं हुए, इसीलिए तुम उस लड़की से...।" उसने पूछा था। दिल पर एक सिल-सी रखी थी।

"नहीं, नहीं, नहीं, ममी। इतना कमीना नहीं हूँ, मैं।"

"क्या हम तुमसे ज्यादा अमीर नहीं हैं, इसीलिए तुम हमारी बच्ची को सताये चले जा रहे हो?"

"नहीं, नहीं, नहीं, ममी। इतना कमीना नहीं हूँ कि पैसे के लिए...।"

"वह तुमसे ज्यादा कामयाब है क्या इसलिए?"

"इतना कमीना नहीं हूँ, ममी मैं।"

"फिर आखिर कितने कमीने हो तुम!!" शिप्रा का मन चीख उठा था।

"ओह! मैं मर जाऊँ तो अच्छा। ऊपर आकाश में उड़ते-उड़ते प्लेन पर ही," अचानक नमन ने एक अजब लाचारी से कहा। पल-भर को शिप्रा द्रवित हो आयी। इसके साथ ही एक गहन निराशा उसके मन में उतर गयी।

"क्यों नमन?"

"जिससे मैं न जर्मनी में होऊँ, न भारत में।"

"और तुम कोई भी निर्णय लेने से बच जाओ?"

"कुछ हो जाना चाहिए ममी, अपने-आप।" उसने हताशा से कहा।

"तो अपने-आप ही निर्णय हो जाना चाहिए? जिससे तुम्हें कोई भी कदम न उठाना पड़े?" शिप्रा भी हारी-सी बोली। परन्तु फिर अचानक वह पीली पड़ गयी, "कुछ हो जाना चाहिए! कहीं चाँदनी को ही तो नहीं?"

"क्या, अब भी तुम केट को सारी-सारी रात फोन करते हो, जब यहाँ होते हो, तब?" चाँदनी ने अगले ही पल पूछ लिया।

"नहीं।"

"क्यों?"

"................।"

"अब क्यों नहीं, नमन? तब क्या मुझे तड़पाने के लिए ही नीचे हमारे कमरे से स्विच ऑफ करके ऊपर बैठे एक्सटेंशन पर घण्टों उससे बात किया करते थे?"

".................।"

"बोलो न नमन? नीचे, बिस्तर पर पड़ो-पड़ी मैं रोती रहती थी, पर ऊपर जाकर तुम्हें झिंझोड़ देने की हिम्मत मैं एक ही बार जुटा पायी थी। रात के दो बजे थे। मैं तुम्हारे दफ्तर का भिड़ा दरवाजा ठेलकर भीतर घुस आयी थी, और फोन छीन लिया था, तुम्हारे हाथों से। तुम चिल्ला पड़े थे, मुझ पर शायद तुम्हारी चिल्लाहट सुनकर ही उसने फोन रख दिया होगा?"

"..............।"

"तुम्हें मैं उस समय इनसान भी नहीं लगी?"

"..............।"

संगीत अचानक जोश में आ गया। परन्तु इतना सब सुन लेने पर भी नमन दामन झटककर वहाँ से चला नहीं गया। बोला, "चलो, पहले बाहर। गाड़ी से अपनी चीजें निकाल लो, प्लीज, चाँद।"

"तो चलो। वैसे, यूटा जर्मनी जाती रहती है और मैं उससे जो चाहे मँगवा लेती हूँ।" चाँदनी ने सरलता से कहा तो नमन कुछ हतप्रभ हो रहा। परन्तु वह दरवाजे से बाहर निकल चुकी थी, नाचते हुए अन्य जोड़ों में से कुछेक ने चोर नजर उस पर डाली, और होठों ही होठों में मुसकरा भी दिये। शिप्रा की नजर ने भी उनका पीछा किया था। याद आ गया, एक शाम हाँफती हुई वह नमन के दफ्तर की सीढ़ियाँ चढ़ गयी थी, बिना किसी पूर्व सूचना के। स्टाफ जा चुका था। नमन नितान्त अकेला बैठा, सिगरेट पर सिगरेट फूँक रहा था। शिप्रा दरवाजे पर ठिठकी थी। श्वास सम पे लाने का उपक्रम करती वह सोच रही थी, 'यही मेरा दामाद है, वही नमन?'

नमन ने उधर देखा तो चौंक गया।

"आइए, ममी, बैठिए।"

"शुक्रिया।"

शिप्रा उसके सम्मुख बैठ गयी। कॉलेज के जमाने में अँगरेज कवि कॉलरिज की कविता 'द ऐंशेण्ट मैरीनर' पढ़ी थी। समूचा जहाज खारे समुद्र में डूब गया था। अपनी दुःख-गाथा सुनाने को बस वही एक सैलानी बच गया था। तूफानों का मारा, भूखा-प्यासा, बौखलाया-बौराया सा। वैसा ही लग रहा था, नमन। नीचे सारा परिवार जमा था। उसकी कैंसर-ग्रस्त माँ की पूछ करने को। जानलेवा बीमारी के सुस्त वातावरण में भी, नीचे ही, गुंजान बसाहट थी। चाँदनी सास की सेवा में दिन-रात की ड्यूटी पर तैनात थी।

किन्तु इस समय शिप्रा का मन अपने इस अपनाये हुए बेटे के लिए मरोड़ खा गया। उसने गरमागरम पैटी का डिब्बा उसके सम्मुख रख दिया।

"कुछ खाया तुमने, दोपहर को?"

"नहीं, आज फैक्टरी से अभी पाँच बजे ही लौटा। पिछले गेट से सीधा ऊपर आ गया था।" पर उसकी दृष्टि पैटी के सुगन्ध उड़ाते डिब्बे पर गयी अवश्य। तभी, बिन माँगे-पूछे नीचे से लगकर चाय की ट्रे थामे किसना आ गया।

"चाँदनी भाभीजी ने भिजवायी है।" कह उसने ट्रे मेज पर रख दी।

भकाभक गरम चाय और तीन-चार किस्म के उम्दा बिस्कुट थे। किसना ने पैटी का डिब्बा देखकर परले कमरे से दो प्लेटें और टमाटर की चटनी की बोतल भी लाकर रख दी। नमन ने सिगरेट राखदानी में मसल दी।

शिप्रा ने पैटी निकालकर प्लेट में रखकर नमन के सम्मुख खिसका दी और चाय ढालने लगी। अच्छा लगा, नमन को व्यग्रता से खाते देखकर। पर फिर भी, उसके चेहरे पर खाद्य पदार्थ को लेकर निर्लिप्त भाव ही था, मानो वह केवल पेट की क्षुधा बुझाने को ही खा रहा था। दोनों चाय पीने लगे।

"चाँदनी ठीक ही कहती है, नमन, कि तुम खाने-पीने को लेकर कभी हुज्जत नहीं करते।"

"बोर्डिंग में जो रहा हूँ। वहाँ की सख्ती अनुशासन माँगती है। किसके पास वक्त है, वहाँ इतने ढेरों बच्चों के नखरे उठाने को?"

"तुम्हारा तो बहुत उम्दा स्कूल था। बोर्डिंग हाउस भी...।"

"नहीं, मैं वहाँ नहीं रहना चाहता था।"

"तुम्हारे पिता ने अच्छा समझकर, तुम्हारी भलाई के लिए ही तुम्हें वहाँ भेजा होगा।"

"नहीं।"

"..............।"

"नहीं। वह एक सफल पुरुष थे और बहुत ही व्यस्त। प्रतिष्ठित भी। ममी को उनके कदम के साथ कदम मिलाकर चलना होता। उन दोनों के पास मेरे लिए वक्त ही नहीं था। इसीलिए, उन्हें मुझे अपने से अलहदा रखना पड़ा। वैसे भी, बड़े वटवृक्ष के नीचे छोटे पौधे कैसे पनपते? शायद इसलिए भी।"

"पर अब तो उनका निधन हो चुका। अब कैसी शिकायत है तुम्हें?"

"उन्होंने जीते जी, मुझे कभी दुलार-प्यार नहीं दिया।"

"पर, इसकी सजा तुम अपनी पत्नी को नहीं दे सकते?" शिप्रा झल्ला गयी थी, पर अपने को भरसक संयत रखे रही।

"ममी, जहाँ तक केट का सवाल है, यह मेरी निजी जिन्दगी है।"

"क्या?" शिप्रा इस मुँहफट, सपाट उत्तर पर अवसन्न रह गयी।

"नमन। तुमने फिर हमारी बेटी को अपनी जिन्दगी में शामिल ही क्यों किया?" शिप्रा गाढ़े-पिघले से स्वर में बुदबुदायी।

"वह मेरी जिन्दगी का एक फेज था। आज की माँग कुछ और है।"

"पत्नी क्या सिर्फ, लाइफ-फेज-पार्टनर होती है? नहीं, नमन, वह लाइफ-पार्टनर होती है। जीवन-साथी। उसी सम्बन्ध से, नीचे बैठी वह तुम्हारी माँ की सेवा कर रही है।"

शिप्रा का स्वर आक्रामक से अचानक याचक-प्रार्थी हो आया था।

"मेरी बीवी होने के नाते उसे नीचे कुछ करने की जरूरत नहीं। फिर नर्स और आया तो हैं।" नमन ने चिढ़कर कहा।

"तुम चाँदनी की व्यक्तिगत सेवा और देख-रेख की कीमत नर्स और आया की तनख्वाह जितनी लगा रहे हो?" शिप्रा ने जरा सख्ती से पूछा।

".............।"

तभी, शिप्रा के बैठे ही बैठे, यूरोप से फोन आ गया। उसी लड़की का। नमन के मुख पर प्रसन्नता की लाली फैल गयी थी।

"केट।" अनायास ही उसके मुख से अनचाहे निकल गया। वह सकुचा गया पर फोन का चोंगा थामे रहा। शिप्रा एकदम से उठ गयी। उसके मुख पर लज्जा व अपमान की लाली दौड़ गयी थी। तभी दूसरे फोन पर, नीचे से चाँदनी बावली-सी चीख पड़ी थी—

"ममी, तुम नीचे आ जाओ। तुम्हें वहाँ बैठकर मेरी पैरवी करने की कोई जरूरत नहीं। वैसे भी दो घण्टे हो चुके तुम्हें वहाँ बैठे-बैठे। तुम्हारी तबीयत भी ठीक नहीं है।"

शिप्रा झटपट जीना उतर गयी। नीचे कई रिश्तेदार ओने-कोने में खड़े रो-धोकर चाँदनी से अपनी हमदर्दी जतला रहे थे। जाने उसकी सास के लिए कि, नमन के बर्ताव के लिए। चाँदनी ने अपनी बड़ी-बड़ी आँखों से माँ की ओर ताका था। उनमें

कितने ही प्रश्न कुलबुला रहे थे। फिर भी आज उसकी बच्ची का यह नया घर विदा और तलाक के बाद का यह घर, इतना अकेला, इतना उदास भी नहीं। पहली बार जब शिप्रा पूजा का सामान थामे सुबह-सवेरे आ पहुँची थी, तो चाँदनी फर्श पर गद्दा डाले ऊपर के कमरे में सो रही थी। पास ही उसने पूजा का सामान जँचा दिया, और सीढ़ियों से नीचे भाँय-भाँय करते फर्नीचर विहीन खाली निचाट हॉल को देखते हुए उसे दहशत हो आयी थी, जाने कब, जम्हाई लेती आँखें डब-डब करती चाँदनी भी उसकी बगल में आ खड़ी हुई थी। वीराने में तन्हा मोमबत्ती-सी।

"कहाँ खो जाती हो, शिप्रा?" चेतन ने पूछा।

"कहीं भी नहीं। लो, वे लोग आ गये।"

"कौन लोग, भई?"

"नमन और चाँदनी, गाड़ी तक गये होंगे, नमन कुछ चीजें-वीजें लाया होगा, उसके लिए। वही थामे आ रही है।" चाँदनी ने सपाट सुर में कहा। चेतन ने दृष्टि अब भी पीछे नहीं घुमायी। नमन ही उनकी मेज तक चला आया।

"हैलो ममी।"

"हैलो" वह बुदबुदा दी।

"हैलो पापा।" चेतन खिसियाया-सा मुसकरा दिया, "हैलो।"

"कैसे हैं आप लोग?"

"ठीक ही हैं।" शिप्रा ने बहुत धीमे से कहा और दूसरी ओर ताकने लगी। तभी उस बलिष्ठ देहवाले, गुलाबी कमीजवाले नौजवान ने प्रवेश किया। शिप्रा की दृष्टि उसके चेहरे पर गयी तो एक सहमी-सी चीख उसके कण्ठ में अवरुद्ध होकर रह गयी। उसने चेतन की बाँह पर अपनी पसीज आयी हथेली रख दी। उसने अचकचाकर पत्नी की दृष्टि का पीछा किया तो साँस रोके रह गया। नमन खिसक चुका था। उस पुरुष का चेहरा इस हद तक झुलसा हुआ था मानो प्रचण्ड अग्निशिखाओं ने, लप-लपकर उसे समूचा चाट लिया हो। सूई-सूई चाम उधड़ी हुई। रोयाँ-रोयाँ, फूली पड़ी लोथसी, लटकी-चिपटी सी। एक वीभत्स चेहरा। वह शख्स, मन्थर गति से शिप्रा की मेज की ओर ही बढ़ने लगा। शिप्रा की श्वास अटकने लगी। वह रुक गया, पस्त कदम-सा। शिप्रा ने श्वास बाहर फेंकते हुए सोचा। जलने के पश्चात् लेटे-लेटे पूरा शरीर जकड़-अकड़ गया होगा। फिजियोथेरेपिस्ट ने मालिश-वर्जिश से धीरे-धीरे जोड़ खोले होंगे। दोबारा चलना सिखलाया होगा। अद्भुत मनोबल है इस आदमी में। अनोखी जिजीविषा। कैसा आत्मविश्वास। ऐसी झकाझक, गुलजार शाम। बने-सँवरे लोग।

वह आदमी एकदम से शिप्रा की बगल में आकर बैठ गया। हे भगवान! इस साहसिक युवक को जरा भी यह आभास नहीं होना चाहिए कि इसे देखकर उसके भीतर विरक्ति-वितृष्णा के भाव उठ रहे हैं। शिप्रा ने भरसक अपने चेहरे के भाव

निर्विकार रखे। बाकी अतिथिगण संगीत-नृत्य में मस्त-मगन दिखलायी पड़े। उनसे मिलता-जुलता रहता होगा न, यह व्यक्ति। इतने में एक सुन्दर युवती, आकर्षक सलवार-कुरते में ढली हुई, जले हुए पुरुष की बगल में आकर बैठ गयी। सलवार-सूट, चाँदनी का डिजाइन किया हुआ सा लगा। ओस-भीगे गुलाब-सी तरोताजा सूरत थी।

"क्यों, तुम नाचोगी नहीं?" जले हुए पुरुष से घनिष्ठता से पूछा।

"अभी नहीं।" युवती ने मधुरता से उत्तर दिया।

"हैलो आण्टी।" जला हुआ शख्स अब पूरी तौर से शिप्रा से मुखातिब था।

"हैलो।" शिप्रा निष्कम्प स्वर में बोली और पूरी उसी को ओर घूम गयी।

झुलसे हुए चेहरे पर दो चमकदार आँखें जैसे चेप दी हों। पलकों पर का माँस झूल रहा था। पपोटे गूलर से फूले थे। शिप्रा के तन में एक अदृश्य झुरझुरी लहरा गयी।

"आण्टी, आपने मुझे पहचाना नहीं?"

"हे राम! तो यह कोई परिचित है? कौन है यह? इसकी ऐसी दुर्दशा कब हुई होगी? इसकी आवाज भी तो पकड़ायी में नहीं आ रही। पर इसे यह आभास बिलकुल नहीं होना चाहिए कि इसे पहचान पाना अब असम्भव है।"

"यह मेरी बीवी, मीना है। मगर आण्टी आप इनसे पहली बार ही मिल रही हैं। विदेश अपने माँ-बाप के पास तीन-एक महीने गुजारकर आयी हैं, परसों। मैं भी इनके साथ दसेक रोज गुजार आया।" उस आदमी ने बतलाया।

"हैलो, मीना। तुमसे मिलकर बहुत खुशी हुई।" शिप्रा ने शिष्टता से कहा।

अचानक नाचते हुओं में से एक युवती नाच छोड़कर शिप्रावाली मेज पर आ रही। वह पलक झपकाये बिना मीना की बगल में बैठ गयी। जला हुआ आदमी मीना की बाँह थामकर उठ गया। वे दोनों नाचने लगे।

'पल की पल में, कुछ से कुछ हो जाता है। कितनी दिलेर और प्रेमिल पत्नी है, मीना।' शिप्रा सोच रही थी। मीना ने अपने पति के कन्धे पर सिर टेक लिया था। शिप्रा ने मुख इधर घुमा लिया। अचानक समीप ही बैठी युवती भुरभुराकर रो दी। उसने अपना सिर मेज पर टिकी बाँहों में ले लिया था। कुछ देर उसकी घुटी-दबी-सी सिसकियाँ उठती-गिरती रहीं। फिर, होठों को भींचकर उसने अपना विदग्ध चेहरा ऊपर उठाया और इस संकल्प से अपनी पकौड़ा हुई नाक रूमाल में सुड़की जैसे, अब और कभी उसे इस प्रकार बहने नहीं देगी। शिप्रा को उसका यह अन्दाज अच्छा लगा। उसने उसे स्नेहपूर्वक छू दिया।

"वह जला हुआ आदमी जो अभी यहाँ से उठकर गया है, उसकी और उसकी पत्नी से बढ़कर नहीं है, तुम्हारी हमारी वेदना।" शिप्रा की बात सुनकर वह युवती मुसकरा दी। बादलों के बीच कोई चपला कौंध गयी हो जैसे।

"तो, आप चाँदनी की माँ हैं?" उसने पूछा।

"हाँ। और यह, उसके पिता।"

परस्पर अभिवादन हो ही रहा था कि जला हुआ आदमी, नाच का फर्श छोड़कर, वपिस शिप्रा की बगल में आकर बैठ गया।

"तो, आण्टी, आपने तो मुझे पहचाना ही नहीं?" उसने कहा।

मालूम नहीं, यह मुझे क्यों सता रहा है।

"चाँदनी और यूटा अभी पिछले महीने ही तो इकट्ठा यूरोप की सैर को गयी थीं।"

"हाँ...हाँ।"

"तो, आण्टी मैं जब भी उनसे कोई सम्पर्क करता तो आपको भी फोन करवा देता, उनकी खैर सल्ला बतलाने को।"

शिप्रा असमंजस में पड़ी रही। यूटा भी जब अपने दफ्तर फोन करती, वहाँ भी, शिप्रा तक सन्देश पहुँचा देने को कह देती। चेतन और शिप्रा ने भी दो बार उन्हें जर्मनी और फ्रांस फोन किया था। पर वे लोग किस रोज कहाँ पर किस परिचित सम्बन्धी के घर होंगी, तय नहीं रहता था।

मीना भी लौट ली और पति के पहलू में बैठकर कोई ठण्डा पेय घूँटने लगी। इतमीनान से मुसकराती हुई।

"हे ईशू-मसीह! रात के बारह बजनेवाले हैं। बड़ा दिन शुरू होने को है। इस परम-साहसी युवक को वरदान दो कि तुम्हारे चमत्कार से आज, यहीं, इसका जला-फुँका अस्तित्व पूर्ववत, उज्ज्वल-स्वस्थ निकल आये। इसका पुनर्जन्म हो जाए। कहते हैं, किसी अन्य द्वारा निःस्वार्थ भाव से की गयी प्रार्थना शीघ्रतर स्वीकार होती है। ईशू मसीह! मेरी सुन लो, प्रभु! इस युवक की सहायता करो। हे परमपिता!" शिप्रा अस्फुट स्वर में बुदबुदा रही थी।

संगीत जोशीला हो उठा, उग्र-सा। वातावरण को आवेष्ठित करता हुआ।

जला हुआ आदमी खीज उठा और अपने दायें कान के नीचे की खाल खुजलाने लगा।

"यह क्या कर रहे हो? खाल उधड़ जाएगी?"

शिप्रा ने घबराकर उसका हाथ थाम लिया। वह एक स्वस्थ हाथ था। निथरा-सा। उसने अपना हाथ छुड़ा लिया और फिर से अपने चेहरे की त्वचा नोचने लगा।

शिप्रा स्तब्ध-सी उसे देखने लगी।

उबले आलू के छिलके की मानिन्द उसकी खाल छिलती-उतरती चली गयी। पूरी की पूरी, एक कान से लेकर दूसरे कान तक।

"जसजीत!"

शिप्रा और चेतन की सम्मिलित चीख संगीत के शोर में खो गयी। उनके विस्फारित नेत्र खुशी से चमकने लगे। सभी हँसने लगे, सुकून और राहत से भरपूर हँसी।

हलका हो लेने पर शिप्रा ने पूछ लिया–

"पर बेटे, तुमने ऐसी विदग्ध पीड़ा का ही मुखौटा क्यों पहना?"

"इट इज माई मास्कड प्लेजर। मैं आण्टी की तमाम घबराहट और बौखलाहट देख रहा था। और अब की राहत भी देख रहा हूँ। पीड़ा ही तो आनन्द का पूर्व और पश्चात् है। सुख का अथ और इति।"

"मीना, तुम क्यों हिस्सा लेती हो इसकी इस क्रूर दिल्लगी में?" चेतन ने पूछा।

"इन्हें, इस बार विदेश से लाने के लिए यही सूझा।" मीना ने तलखी से कहा।

"फिर कभी किसी के साथ ऐसा विकृत मजाक मत करना, जसजीत, वह भी ऐसे प्रसन्नता भरे माहौल में।" शिप्रा ने कहा।

"क्या क़ोई भी पल सरासर हलका होता है, आण्टी? क्या समयांश के गर्भ में कुछ और ही नहीं होता?" जसजीत अब संजीदा था।

"दावत में तो लोग लतीफे सुनाया करते हैं।" चेतन ने कहा।

"सुनाइए।" जसजीत ने और भी गम्भीर होकर कहा।

"न। न। मैं नहीं। मुझे तो पंच-लाइन ही भूल जाती है।" चेतन ने झेंपते हुए कहा।

"अच्छा, आप किस स्थिति को लेकर चुटकुला सुनना चाहते हैं? नाकामी या असफलता को लेकर?" जसजीत ने पूछा।

"कतई नहीं। बिलकुल नहीं। किसी के कमनसीब सितारों का मजाक नहीं बनाया जाता।" चेतन ने फीका पड़ते हुए कहा।

"तलाक? पति-पत्नी के बीच कलह-क्लेश और बेवफाई?"

"नहीं।" शिप्रा ने सख्त गोला-सा दागा।

"नामरदगी? निखद-निखट्टूपन?"

"नहीं।" रोनेवाली युवती ने गिलगिली नफरत से नाक-भौंक सिकोड़कर मुँह फेर लिया।

"मुरदे-अर्थियाँ?"

"चुप रहो, जसजीत। बरछियाँ न खुबाया करो! अपने ही बच्चे की लाश को तो बख्श दो।" मीना बिलबिलाकर घुटी-घुटी रोने लगी। पीछे संगीत था, पर उनकी मेज के इर्द-गिर्द सन्नाटा खिंच गया था। कुछ पल जसजीत एकदम चुप रहा।

"आण्टी?

"चुप हो जाओ, जसजीत।" शिप्रा ने अनुनय की।

"आपने, 'आर्स्निक एण्ड द ओल्ड लेस' नाटक देखा है?"

"हाँ, कॉलेज के मंच पर। आधा हिस्सा ही मनोरंजक लगा था, तब भी।"

"फिर दूसरी बार भी आपने उसे देखा था?"

"हाँ, हाल ही में, टेलीविजन पर। बेहद घबराहट हुई देखकर। अकेलेपन से

सन्त्रस्त दो बहनें, विक्षिप्त मनःस्थिति में, ग्यारह-बारह बूढ़ों को जहर दे-देकर मार डालती हैं और उन्हें तहखाने में बारी-बारी से दफनाती जाती हैं। वे समझती हैं कि, उन्होंने उन बूढ़ों के दुखों का अन्त कर दिया है।" शिप्रा ने सिहरकर कहा।

"और उन पर उपकार किया है।" उसने जोड़ा।

"तो तय रहा कि पागलपन का मजाक उड़ाना बेहूदगी है?" जसजीत ने पूछा।

"सुनो, जसजीत, मैंने कहीं पढ़ा था कि, मस्तिष्क में पागलपन की उत्तेजना पैदा करनेवाला कोई वाइरस ही होता है।" शिप्रा ने कहा।

"तो हर चुटकुला किसी न किसी के सीने में तीर-सा जा धँसता है?" जसजीत ने पूछा।

उसे उत्तर नहीं मिला।

मीना अब संयत हो गयी थी। उसने पति की बाँह कसकर थाम ली और धीर-गम्भीर स्वर में उसकी आँखों में उतरकर कहा, "अब घर चलो, जसजीत। तुम्हें आराम की जरूरत है।" जसजीत की आँखों की असाधारण चमक, सजल हो झिलमिलाने लगी थी। वह मीना से बँधा-सधा, चुपचाप उठकर चला गया। उसका वह घिनौना मुखौटा वहीं पड़ा रह गया था।

❑

लाल बहू

कहाँ से डोला उठा, भान है। किस ठौर पहुँचा ज्ञान नहीं। बिदाई के समय, जवाबदारी में खड़े गठजोड़े नौशा भी रो दिये थे। कितने ही घण्टे और दिन बीत गये होंगे जब घूँघट उठा था। नथनी झल्ल-मल्ल डोल उठी, नजरें फिर भी झुकी रह गयीं। "लगन?" चौंककर उसने नजरें उठायीं।

"मैं हूँ।"

लगन फिर से लजा गयी। श्यामल छब-रंग, जैसे कृष्ण-कन्हाई हों। यहाँ नाम लेकर पुकारनेवाला कौन हो सकता है? उन्होंने कह तो दिया, "मैं हूँ।"

"तुम्हें यहाँ कोई तकलीफ है?"

उसने 'न' में सिर डुला दिया। ऐसे, मीठे-से कोई पूछ करेगा तो कोई तकलीफ रह जाएगी क्या?

"इस गाँव का नाम नकुड़ है। यही सहारनपुर से कोई पन्द्रह-सोलह मील पर पड़ता है।"

"हूँ।"

"लालाजी और ताऊजी लोग, इन चार भाइयों की साँझी जमींदारी थी। यों जमीनें तो उनकी बावन गाँव में रहीं, सो बावनिया राजा कहलाते।"

"हूँ।"

"सबसे बड़े ताऊजी थोड़ा ही जीकर गुजर गये। उनकी ब्याहता, अयानी-सी ताई ने, तेरह दिन घनघोर विलाप किया। जरा चेतीं तो नया विलाप—"बड़ी हवेली मेरे नाम करो, मैं जीयूँ-रहूँ कहाँ? आमों का बाग मेरे नाम करो, मेरी आमदन का कोई रस्ता तो हो। हाथीखाना मेरे नाम करो, कहीं लेने-लिवाने जाना हो तो?"

दोहराकर, बहुराकर वही-वही उच्चारें।

लाल बहू, अबूझ-सी पलक उठाकर उस श्यामल चेहरे को निरख-निहार गयी।

"हाँ, लगन। ताई उतनी-सी उम्र में बहुत व्यावहारिक थीं। उनके देवरों ने कौल उठाया, भौजी-माँ, आप हमारे साथ रहिए-खाइए। कहीं आना-जाना हो तो, हमें हुक्म दीजिए, हम जी-जान से आपकी टहल करेंगे।"

"न", टिटकारी-सी निकली 'न' उनका अन्तिम निर्णय था। उस जरा-सी

टिटकारी पर बड़ी हवेली उनके नाम हुई। आमों का लदा-फदा बाग उनके नाम हुआ। हाथी समेत, हाथी-खाना उनके नाम हुआ।

"तुम्हें जानना चाहिए लाल बहू, जिस परिवार में ब्याह के आयी हो, उसका इतिहास।"

"हूँ।" छोटी-सी मुसकान और आँखों में समझ की चमक के साथ लाल बहू ने फिर हुंकारा भरा। लाल बहू के साथ पीहर से आयी बुद्धो दाई ने तो उसके मन में डर ही बिठला दिया था।

"आधी रात झपट-लिपट लें दूलहे-बन्ना तो डरियो न बीबी, सह जइयो..."

पर उसके श्यामल तो सखा-से बोल रहे।

तो बड़ी ताई अपने भतीजों को लेकर अलहदा रहने लगीं। पर ताऊजी का सदमा जी में ठहरा था। वह भी बहुत जल्द इन्तकाल फ़रमा गयीं। तब लालाजी और बाकी के दो ताऊजी लोग उनके वहाँ गये। सोग उठ गया तो उनके भतीजों से अर्ज पेश की, "साहब, बड़ी हवेली की चाबी?"

"कैसी चाबी? वसीयत है।"

टक से दो-टूक जवाब आया।

इस टक से जवाब पर कोई सवाल नहीं उठा। तीनों भाई लौट आये इसी हवेली में। माजरा-मामला, न कचहरी गया, न बड़ी ताई की वसीयत ही खुलवायी गयी।

लाल बहू के पिता, मेरठ शहर के नामी बैरिस्टर हैं। करोड़पतियों के मामले आते उनकी कचहरी में, नौकरों से कच्ची-पक्की कोठरियाँ खाली करवाने को।

"ईंट-ईंट पर अपना नाम खोद रखते हैं ये रईस।"

लाल बहू के पिता बतलाया करते। लाल बहू, शहर में, दसवीं पास थी।

यहाँ नकुड़ में तो लाल बहू के इर्द-गिर्द पूरा खानदान जमा था।

शहरों में साहबों के घर-जैसी, पानदान जितनी खास-उल-खास रिश्तेदारी नहीं, भरा-पूरा खानदान बिरादरी जितना।

"कित्ती तो गोरी है बहू! दूध में गुलाब निचोड़ दिये हों जैसे।"

गुमान से भरकर छोटी अम्मा, उसकी अपनी सास ने कहा।

"हाँऽआँ री! बस धोओ, पोंछो और छीके टाँग दो। हाथ लगाते तो मैली पड़े।" बड़ी ताई-सास को टोका-टाकी की लत थी।

"इत्ती गोरी चमड़ी के तो नखरे भी बहुत हों। पलंग से पाँव नीचे न उतारें। कामकाज की न हों।"

मँझली ताई की भानजी जमुना का छोड़ा तीर था।

"अल्लाह रखे! दुलहिन की सूरत तो बहुत खूब है। सीरत देखना तो अभी बाकी है।" पड़ोस की बड़ी बी को हर घर की नयी बहू को देखने और उस पर

ताने-बोली कसने का चाव था। सुनकर मँझली ताई-सास, मलाई-सी गाढ़ी, ममतालू हँसी हँस दीं। नयी ब्याही आयी, खुद भी यही सुन चुकी थीं। बहू न हुई जादू का पिटारा हो गयी।

"बड़ी मीठी छब है भाभी की।" कुँआरी ननद, सुगन्धा भाभी का घूँघट थामे, टक लगाये रह गयी थी।

"वीर-बहूटी, लाल मखमली-सी। माचिस की डिब्बी में बन्द कर लो, बस, उन्हीं की तरह।"

नन्हा, गोल-मटोल-सा देवर चाँद बाबू, पल्ला खींच, देखता रह जाए। मोटी काली आँखों में भक्क अचरज। लाल कपड़ों में लिपटा गोरा रंग दिप-दिप करे ज्यों चाँदी के कटोरे में खीर धरी हो। गुसल को जाए तो बाहर खड़ा पुकारे–

"लाल बहू!" "लाल बहू!"

बस यही नाम पड़ गया। चढ़ जो गया हरेक की जुबान पर। नहीं तो कोई रामपुरवाली तो कोई चलकानेवाली। हदोंहद फुन्नी की बहू कह लो या जुग्गी की बहू।

रात पड़े 'उन्हें' कह सुनाया, दिन-भर का किस्सा तो हँस गये, बोले–

"मँझली ताई से बढ़कर ममतालू, दुलार-भरा दिल किसी का हो ही नहीं सकता। सुन्दर ऐसी कि जब हम चाँद बाबू जितने थे तो उन्हें आँखों में भर ताकते रह जाते थे। बच्चा क्या सुन्दरता को पहचानता नहीं? बस मँझली ताई की कोख ही नहीं भरी। गोद में तो देवर-जेठ के बच्चों को लदफद लादे रहतीं। हरदम बड़ेवालों की छुट्टियों का इन्तजार। कब मदरसे बन्द हों, कब वे आयें। छुट्टियों भर हम बिन पंखे-बिजली के भी मस्त-मगन रहते। अल्लस्सुबह कुएँ में डोलची की गड़गप्प सुनी नहीं कि उठ बैठे।"

"पान से रँगे होठ कितने सुन्दर लगते हैं, मँझली ताई के! पर दाँत तो घिस-घिसकर कतरवाँ सुपारी-से हो गये हैं।" लाल बहू कुछ मुसकान कुछ चिन्ता से कहती।

"मालूम है? माँजी ने ताऊजी से पूछा था, दूसरे ब्याह के लिए।" लाल बहू ने घबराकर अपने श्यामल की ओर देखा।

"न। माँजी निष्ठुर नहीं हैं। बहुत कोमल मन है उनका। मालूम है–दूर कहीं बन्दूक चलने की आवाज सुन लें तो हाथ का कौर थाली में छोड़ दें, कि जाने किस जीव की हत्या हो गयी!"

"मेरे आने पर जब खोड़िया हुआ था, तब छोटी अम्मा खूब ही गायी थीं।"

लाल बहू ने झिझकते हुए कहा था। बुद्धो दाई ने सिखावन दे रखी थी, "लगन बिटिया, जो अपने नस्सो (नौशा) से जरा भी न बोलोगी तो वह तुम्हें गूँगी समझेंगे।"

इसी से मिश्री आवाज में बोल पड़ी थी, लाल बहू। 'वह' हँसने लगे।

"हाँ, अम्मा की सुर-तान तो ढोलकी की थाप के ऊपर लहराकर यों नीचे, मरदाने में जा पहुँचे है, ज्यों रियाज की हुई कोई जानदार आवाज हो।"

"और गीत भी तरह-तरह के याद हैं, उन्हें।"

लाल बहू ने हँसकर कहा। उन मोतियों की आब देख फिर उसके पति का धीरज चुक गया था। लाल बहू के दहेज में आया, ऊँचा दोहरा पलंग तो अगली पीढ़ी तक हवेली में ही रहा। ऊँचे पैताने-सिरहाने की लकड़ी में बारीक जालीदार कटाई। बीच में काँच का चौखटा जड़ा हुआ जिस पर हाथी-मोर चित्रित। लाल बहू उस पलंग को क्या कभी भूल पायी?

"छोटी अम्मा?"

"क्या बहू?"

छोटी अम्मा ने यों पास आकर पूछा जैसे वह बहू की कोई सहेली हों।

"हमें एक मृगछौना मँगवाना है।"

लाल बहू की फरमाइश पर सास यों न्योछावर होकर उछाह में आ गयी, मानो वह भी इतनी-सी हों।

बात छोटी-बड़ी जेठानियों के मुँह से होती हुई बड़े जेठजी के कानों तक पहुँची। तीनों भाई गुदगुदाये-से हो आये। ऐसी अनोखी माँग तो किसी बहू ने न की थी। इस माँग से उसके शहरी व्यक्तित्व से और भी जादू जुड़ गया।

आमों के बाग के पास की बनी से एक सलोना-सा खिलन्दड़ा हिरण का छौना पकड़वा के ला दिया गया।

सब उसे लाल बहू का छौना पुकारने लगे। बारजे से, छज्जों तलक कुदक्के-कुलाँचें भरता फिरे।

"देखियो तो, कहीं छज्जे से दालान में न कूद जावे। हत्या हो जावेगी।"

माँजी, मसनद से लगी रुक्के दिये जाती। मार हलचल-हड़कम्प मचा रहता। बागों से तरह-तरह की टहनियाँ, हरी-कच्ची उसके चबाने-चरने को मँगवायी जातीं।

"अरी, मउसी रीऽ वहाँ बारजे में तो लाल बहू के जोर-जबर, रंग-चाव हो रहे हैं, और यहाँ गुसलखाने में तो बाल्टी दो बाल्टी पानी में भी आग नहीं लग रही।"

लाल बहू का तो घूँघट थर्रा गया। छोटी अम्मा फिक्क से हँस पड़ी।

"तेरे-जैसा पढ़ा-लिखा तो सोचता रह जावेगा कि कहूँ कि न कहूँ कोई-सी बात। पर इत्ते में बेपढ़ा तो डाँग चला देवे। तेरी जमुना ननदी तो पानी में आग लगवाने को फिरे।"

"अरे, नाच जो लो, बहू को सिर पे धर के।" फिर वही गँवार, अनगढ़-सी बाँग। अब की बार, नायन भी गुदगुदायी-सी वहीं पहुँच गयी।

"इसकी बिदाई पर, मँझली मालकिन भर-भर के बोरे नाज-धान के और पीपा भर असली घी साथ कर दे हैं। पर, जहाँ रोज पीसो रोज पकाओवाली दुर्दशा हो, वहाँ कहाँ पूरा पड़े। नगदी की भी तो दरकार होये है।"

नायन फुसफुसाकर कहती।

"खा-पीके भी तो बीसियों लेने के देने।

"अब नगदी, रकम-रोकड़े पे तो मरदों की सख्त पाबन्दी लगी है। यहाँ आवे है तो जमुना के चारों बच्चे भर-भर भगोना, भतेरी दही-खीर सपोड़ जाए हैं।"

छोटी अम्मा भी दुबकी-दबी-सी हँस दीं।

देख लिया है, लाल बहू ने, चौके में महाराज दोबारा खीर परोसने को कलछुल-भगोना लिये उठतें तो जमुना झट से कह उठती–

"छोटी, ले ले। अरे ले ले न मुन्ने। कि कहीं महाराज 'न' समझ हाथ न खींच लें।"

"यहाँ से अघा के सहारनुपर जावे है, तब भी तोस नहीं।" अम्मा बोलीं।

"अपने मौसा तक की तो खैरख्वाह है ना जमुना। वो दिन तो बुदबुदावे थी, जाने कब बाप मरेगा, कब बैल बँटेंगे। जायदाद पे आस लगाये बैठी है।" नायन ने कहा।

"उनके पति?" लाल बहू ने बेझिझक पूछ ही लिया।

"नक्कारा-निकम्मा हैगा।" छोटी अम्मा बोली।

लाल बहू को दया हो आयी, बोली, "बेचारी।"

"मुनीमजी तो सहारनपुर जावे हैं। जमुना के पास-पड़ोस से तो, छोटी मालकिन, ऐसी-वैसी खबरें आवें हैं। भटक गयी है, जमुना, तिस पर है जलनखोर और कर्कसा।"

"इससे तो, बड़ी जेठानी जी की पार भी न बसती, नहीं, वह तो पटाखे को पानी कर दें।" छोटी अम्मा बोलीं।

"इत्ती बड़ी जमीन पर, खर-पतवार तो उग ही आवे।" नायन का कहना था।

जमुना एक तरह से सुन्दर थी। आँखों में ढेरों काजल अटकाये रखती। मधुमक्खी के काटे से होठों पर पान रचाये रखती। मँझली ताई से जो भी छींट का टुकड़ा पा जाती उसकी अपने लिए बण्डी सीमती रहती। पर उसके लिए उपजी दया, बरसात में मिट्टी के ढूह-सी बिला जाती।

"क्या करें मानुस, सन्तान को ही रोवे, और वही उसे रुलाये। मँझली मालकिन की ममता तो अपनी इस भानजी पर बराबर की अटकी है।" नायन ने उसाँस भर कर कहा।

"छोड़ो! तुम्हारी छब-छाप तो इस छौने जैसी सलोनी है बहू।"

छोटी अम्मा आले में सजी लाल बहू की भोली-सी तसवीर को निरख के बोलीं।

लाल बहू खूब ही तो लजा गयी। यह करतूत तो उसके श्यामल, कृष्ण-कन्हाई की थी। बक्से में से फोटो निकाल के फ्रेम में जड़ दी और वहाँ सजा दी।

हवेली में, दिन रहते सब जीम लेते। मरद लोग ऊपर सोने आयें तब तक छत पर मसहरी लगी चारपाइयों में निंदासे बच्चों के पैताने-सिरहाने बैठे, उन्हें दुलराते-थपकते औरतों में किस्से-कहानियाँ हो जातीं। खूब ही आरामतलब बयानी और किस्सागोई रहती। बस एक बात से खास परहेज रखा जाता। दिन छिपे, डोलनवा, लाँबे कीड़े का नाम जुबान पे न आये। नहीं, कहीं, प्रत्यक्ष दर्शन न दे देवे। मँझली ताई के अनुभव में गुजर जो चुका है। बच्चे सो चुके थे।

छत पर, क्या गजब जुन्हाई थी। चाँद, नभ पर कमल-सा खिला था। वह पग-पाँव पछार-धो के चारपाई पर गयी थीं। मँझले ताऊजी से बतकही में कहीं 'उसी का' नाम आ गया। देखें तो क्या, एक मदमस्त जोड़ा, एक फुट ऊँचाई तक अपने धड़ तान कर, एक-दूसरे से चोटी-सा गुँथा है। कोई बटी हुई रस्सी तनकर झूम रही हो जैसे। अद्‌भुत, सर्पीला आलिंगन था वह।

लाल बहू के पति की नौकरी दिल्ली में थी। सो वह उनके साथ दिल्ली चली आयी। लाल बहू के जाप्पों में बदस्तूर, छोटी अम्मा, लालाजी को लेकर दिल्ली आती रहीं। रुन्नू हुई। फिर छोटू। उसके बाद नीलू। नीलू के पीठ पर भाई आ गया, मोनू। मोनू के होने पीछे तो, मँझली ताई, बड़ी ताई, ताऊजी बड़े और मँझले, लालाजी, फुन्नी देवर, चाँद बाबू, ब्याही सुगन्धा ननद, आधा नकुड़ दिल्ली पहुँच रहा। साँझ झुके पर रोज ही ढोलकी पर सोहर गायी जाती–

"गजब भये ललना
ननदी मचली मेरे अँगना
भाभी दे दो नेग कँगना..."

एक दावत दिल्ली में हुई तो मनों लड्डू नकुड़ में बँटा। उन ही दिनों मँझली ताई बच्चों को दुलराती कह उठी थीं–

"हमें माँ कहनेवाला ही कोई न हुआ। और तो सब कुछ थाल में परोसा, रामजी ने।"

पास खेलती रुन्नू लपककर उनकी गोद में मचल गयी थी।

"मैं कहूँगी आपको माँ। माँ...माँ...माँ। देखा? कित्ता तो आसान है, माँ पुकारना।"

मँझली ताई स्निग्ध, गद्‌गद हो आयी थीं। उस रोज से पूरा कुनबा उन्हें माँ पुकारने लगा था। टहलुए-चाकर भी।

नकुड़ जाना भी बदस्तूर चलता रहा। दूसरी पीढ़ी का हर ब्याह पुश्तैनी हवेली से रचाया जाता। जमीन का टुकड़ा बेचा और ज्यादा धूम-धाम कर ली। जी की निकाल ली।

जमुना का दिनोदिन कुढ़ता-बुढ़ाता चेहरा, तिकोना-समोसे जैसा हो गया था। बेचारी का चाव न भरनेवाले घाव-सा सनसनाता रह गया था।

"बीबी जनम के साथी हम हो सकें पर करम का साथी कोई न हो सके।"

माँ उसे दम-दिलासा देना चाहतीं पर उसकी जलन-कुढ़न देख, झल्ला जातीं—

"बीबी नरमी खाये अगले को, और गरमी खाये अपने को।"

पर वह धरती रेतीली, गरम और प्यासी ही रह गयी।

बड़ी ताई के दिल में भी, यूँ न कहो कि मोम न था। उनकी एक बहू जच्चगी के लिए अपने मायके शहर लखनऊ गयी थी। उसके मायकेवालों की ही जिद थी कि उनके वहाँ डॉक्टर-हस्पताल की सहूलियत होगी। थीं भी उनके कुल जमा दो सन्तानें, दोनों बेटियाँ। अच्छी-भली जच्चगी निबट गयी थी। बहू हाथ-पाँव से खुल गयी थी कि, जाने किस बला ने जकड़ लिया। तीस दिन का बच्चा छोड़कर आँख मूँद लीं।

बड़ी ताई, ताऊजी के साथ आप गयीं पोते को लिवाने। जरा से बच्चे को छाती में सटा-समेट के जब गाँव पलटीं तो सारा नकुड़ वहाँ जमा था और आँसुओं से रो रहा था।

"वहाँ रहता मालकिन, तो नाना की जायदाद के हकदारों में से एक होता।" तोड़-चढ़ के, हिसाबी-किताबी बने मुनीमजी टोक बैठे। बड़ी ताई तो पट से बोल दीं।

"बहू तो चली ही गयी न? अब बाल मुँडवाए से मुरदा हलका पड़े क्या? बिन माँ का बच्चा, सो उसे ननिहाल की जायदाद छाती काढ़ के दूध तो न पिला सके? बच्चा वहाँ सोने के लड्डू चबायेगा क्या? सो उनकी अण्टी की सण्टी से उसकी जकड़बन्दी काहे करें? हम न पुचकार-पोस सकें अपना खून?"

लखनऊवालों ने भी जासती ना-नुकुर ना करी थी। ठीक ही तो है, जो बोले, वह ही कुण्डा खोले।

मुनीमजी मन मसोस के रह गये। पहले भी तो मालिकों ने बेवा भौजी को, बड़ी हवेली तो, आमों का बाग तो, हाथी-खाना तो, सभी कुछ बख्श दिया था। फिर उनके भतीजों की खातिर छोड़ आये सब कुछ। सीधी रस्सी से न खिंचता तो रस्सी ऐंठ-मरोड़ के खींचते। मुनीमजी तो ऐसा वकील करके देते कि जो उनके पेट से अँतड़ी निकाल लाता। मेंढक तोल देता तराजू में।

"लालाजी आपकी हवेली के वफ़ादारों में सबसे अव्वल खिदमतगार हूँ। पर क्या करूँ, बत्तीस दाँतों के बीच कैद यह जीभ मजाल है जो कभी आपकी शान के खिलाफ फिसल जाए। कुछ कहूँ भी तो कैसे? बाअदब, बानसीब। बेअदब, बेनसीब। वहाँ मथुरा में मेरे परदादा की भी हवेली रही। बच्चे-कच्चे बड़े होते गये और मथुरा को छोड़, बड़े शहरों में बसते रहे। रोजी-रोटी की खातिर भी और हिकमत-खिदमत भी हारी-बीमारी में वहीं की चाहिए थी। बरसों के बरस, खण्डहर होती हवेली में परदादी इकल्ली रहती रहीं। पुराने काठ-किवाड़ों की मेहराबों पर साँप झूल जाते। चाँदी की एक पुरानी, फूटी चम्मच में ले जब वह दलिया खाती तो टप्प

से गोद में टपक जाता। परदादी ने उस फूटी चम्मच को न छोड़ा। जब गुजरीं तो पीतल के लोटों तक में ठठ की ठठ सोने की अशरफियाँ अटी हुई मिलीं। अशरफियाँ तो बाँट खायीं। खण्डहर अब भी खड़ा है। लालाजी, सबसे अव्वल, मीत-हितु, रकम-रोकड़ा। सो मैं अब और क्या अर्ज करूँ लालाजी?"

लालाजी, भाई लोग ने सुना और एक-दूसरे पे दीठ डाल मुसकरा दिये।

"हमारे मुनीम-मुलाजिम तक तो हवेलीवाले हैं, फिर हम समधियाने की जरजायदाद पर निगाह काहे रखें? बाकी इनकी परदादी ने यह अच्छा नहीं किया, नन्हे से मुनीमजी का नाम छदम्मीलाल रख गयीं सो वही चुभन है, अब तो नौलखा बन के दम लेंगे।" वे हँस पड़े। मुनीमजी ठहरे दिमागदार, व्यावहारिक आदमी। नकुड़वालों के बहीखाते जाँचते-बाँचते, उनका गणित लगा बिदकने। दो नीम अट्ठारह, दो धाम बीस के आगे कलम फिसल जाती और सिफर जुड़ जाता।

मथुरा की खण्डहर हवेली उन्होंने जमीन के दाम बेच दी। घर में भी, पत्नी को डाँट-डपट, चोखी किफायत कर ली।

"बैंगन-भाँटा की तरकारी लोन-मिर्चा देके पका ले। इस दाल में कटोरा भर पानी होर डाल...हाँ...अब चला दे दाल-घोंटनी से, आप गाढ़ी हो जावेगी। कमती दानों में क्या दाल न घुटें? अरी, भागवान, जोड़ा-जमा तेरे बालकन के ही काज आवेगा।"

घरवाली भात पसाकर उसका माँड़ भी दाल में मिला देती स्वाद बढ़ाने को, और भुनभुनाती, "ताला काहे नहीं ठोंक देते, बालकन के पेट में?"

"ऐसी बातों से तू क्या मेरी मूँछ का बाल मूँड़ लेवेगी? हैसियत बने है, ईंट-इमारत खड़ी करने से। रबड़ी-बसौंधी बाद में भी खाई जा सके।" चौकस-चौमुखी दृष्टि थी मुनीमजी की।

छदम्मीलाल मुनीम अपने उछलते गणित के चलते रकमी-रईस हो गये। पानी का उतार-चढ़ाव क्या होगा, जो माया का देख लो। सहारनपुर में उनकी मरकाना-मरमरी फर्शोंवाली चौकस-चौकोर कोठी खड़ी हो गयी।

बस लुढ़के-पुढ़के नहीं, टायर पंचर-फुस्स न हो तो आध-पौन घण्टे में सहारनपुर लो।

नकुड़ की हवेली न जाने कैसे खुरखुर-खोखली पड़ने लगी। नींव में जैसे कोई मूस-घूस सुरंग बनाके घुस पड़ी हो। ऊपर-ऊपर से हवेली की रमक-खन्नक चौकस। ललाई-पुताई सब बराबर।

"तुम लोग तो सब पतलून पे चमरौटी कसके शहरों को निकल गये, यहाँ इस हवेली के मुख पे लाली कौन लावेगा, भला?" मुनीमजी, हवेली के जानशीनो से हाथ जोड़-जोड़ कहते।

पर हवेली की कुनबा-परवरिश रवायत के क्या कहने।

साल में एक बार सही नातेदारों का जुटाव हो ही जाएं। रख-रखाव सब वही। ठसक बनी-ठनी।

"यह रहा, चोर रास्ता। तहखाने को जाता होगा, जरूर।" हवेली का ओना-कोना छानती, रुन्नू थी। सुनते ही बाकी के बच्चे, उछल-कूद करते वहीं पहुँच गये।

"हाँ रे! चलो-चलो सीढ़ियाँ उतरें। बाप रे। कित्ते तो जाले लगे हैं।" छोटू नाक पे हथेली दाब रस्ता बनाने लगी।

"तहखाने में तो हीरे-जवाहरात का खजाना होगा।" नीलू मचलते हुए मोनू को सम्हालती बोली।

"पागल, उस पर साँप बैठा होगा हिफाजत के लिए।" चाँद बाबू ने चेताया।

"हाँ, कुण्डली मार के ऐसे"...नीलू ने बायीं हथेली पर दायीं कोहनी टिकाकर पंजा लहराया। "हमारे घुसते ही फनफनाने लगेगा।"

"नहीं रे, वह असली वारिस को देखकर चुपचाप सरक जाएगा, रेंगकर, ऐसे।" रुन्नू भू पर लोटनी लगाकर, बला के मारक अन्दाज में बल खाने लगी।

"चल उठ! यह सिनेमा नहीं है, बेवकूफ, असली राज है। वैसे भी मैं हूँ असली वारिस...।" छोटू ने दृढ़ता से कहा।

"नहीं, मैं हूँ।"

"मैं हूँ।"

"हटो, मैं हूँ।"

छीन-झपट, थप्पड़चट में तहखाना-खजाना भूल ही गया।

"चलो, चलो लाल बहू के पलंग पर चौपड़ खेलते हैं।" चाँद बाबू का सुझाव, उत्साह से लपक लिया गया। छुट्टियों भर लाल बहू की दहेजी सेज, चौपड़ की चौकी बनी रहती। मोनू और नीलू पलंग के पैताने-सिरहाने लटके रहते। जब ऊब जाते तो बीच में कूदकर, खेल बिगाड़ देते। फिर से हो-हुल्लड़ मच जाता।

शहरों में बसे बच्चों ने पास के सटे गाँवों में दो-दो एकड़ जमीन पर दगर-दगर फार्महाउस बना डाले। तीसरी पीढ़ी के ब्याह वहीं से रचाये जाने लगे। मेहमान कच्चे में गाड़ी उतार, धचके खाते रस्ता टटोलते-पूछते पहुँच ही जाते।

घास का गट्ठर सर पर लादे गाँव की लुगाई पल-भर को ठमक-ठिठक जाती, जाने किसका नस्सो, घोड़ी चढ़ा होगा? खटाले की थकी हुई भैंसें जो दूध-बछड़े से चुक गयी थीं वे रस्ते पै बैठी पगुराती रहतीं।

शादियों के कार्ड, नकुड़ पहुँचने लगे। और, वहाँ से मुरदनी-मातम के कोने-कटे पोस्टकार्ड इधर पहुँचने लगे।

नकुड़ की हवेली अब चौपड़ की चौकी बन चुकी थी। तीसरी-चौथी पीढ़ी तक

कोई सौ-पचास वारिस हो गये। नये कानून के तहत लड़कियाँ भी हिस्सेदार थीं। खण्डहर पड़ी हवेली को बेचें भी तो कैसे? खरीदार मिले भी तो, शहर-शहर जाकर सौ-पचास दस्तखत ले आओ। विदेश से दस्तख्त मँगवाओ, हकदार को बुलाओ। पहले की तरह थोड़ई है कि एक की हाँ में सब की राजी। जो हवेली कभी इतनों में छोटी न पड़ी, अब हिस्सा-बाँट में कम पड़ती दिखलायी दी।

दूसरी पीढ़ी का कोई भूला-भटका, रिटायर होकर जब नकुड़ पहुँच रहता तब अपने गुजारे भर को हवेली का एक हिस्सा, ठोंक-पीटकर रहने लायक बना लेता। बाकी की हवेली वैसी ही वीरान पड़ी रहती। वे उस जानिब जाते भी डरते कि न जाने किस पुरखे का भूत, जकड़ के जवाब तलब कर बैठे?

हवेली के गोशे-गोशे में एक तिलिस्म-सा पुरा पड़ा था। लाल बहू भी गयी थी, एक बार उस खण्डहर में अपने श्यामल के साथ। हवेली की क्या कोई आत्मा होती होगी, जो इस वीराने पे बिलखती हो? जीती-सहती, करती-धरती, कितनी ही आवाजें कैद हैं वहाँ। क्या आनेवाले कल का कोई वैज्ञानिक उन आवाजों को मशीन पर पकड़ सकेगा? उन खिलखिलाहटों-फुसफुसाहटों से क्या वह कोई व्यक्तित्व रचकर खड़ा कर पाएगा? क्या कोई कहानी बुन पाएगा वह, उन आहटों से? गुहार-पुकार, मान-मनौवल के वे शब्द क्या फिर से आवाज देंगे?

मनों मन लोहे से बना हवेली का सदर दरवाजा अब भी बुलन्द है कि उसके कपाट ढेलने को अब भी चार खाये-पिये जवान चाहिए। जंग-खायी साँकल खड़खड़ाये जाने को आतुर है।

तीसरी-चौथी पीढ़ी का कहना है कि, "कोई नयी जगह पाने के लिए कोई जगह छोड़नी पड़ती है। कहीं से चलेंगे नहीं, तो कहीं पर पहुँचेंगे कैसे?"

एक और अरसा बीत जाने पर लाल बहू नकुड़ पहुँची है। खण्डहर में उसकी दहेजी सेज धूल से अटी पड़ी है। धूल झाड़ के वह, उस पर बैठी सोच रही है।

कहाँ चला गया उसका श्यामल कृष्ण-कन्हाई? क्या होती है मृत्यु? उसके चारों बच्चों की अपनी-अपनी कहानी है, जिन्हें उन्होंने झेला-जीया है। लाल बहू ने उन चारों कहानियों को झेला है, और एक अपनी को भी तो।

दिल्ली से चार कृषि विशेषज्ञ उसके साथ आये हैं। "दो खास फ्लोरीकल्चरलिस्ट हैं। और दो अन्य हार्टीकल्चरलिस्ट।" उसने दिलावरसिंह को बतलाया।

"आबोहवा की जाँच, जमीन की पड़ताल हो गयी है, मैडम। यह फलवान पेड़ों की फेहरिस्त है और यह छायादार वृक्षों की। कौन-कौन-सी सब्जियाँ आप उगवाना चाहेंगी?" जिन्दल बाबू ने पूछा।

"यह फूलों का कैटेलाग है। ताजे बीज मैं खुद दिल्ली के संस्थान से लाऊँगा।" मेहता ने बतलाया। लाल बहू के जहन में फूलों की महकती बहार के बीचोबीच खड़ी मेरठ की कोठी घूम गयी।

"जिन फूलों की खपत दिल्ली के बड़े-बड़े होटलों में बहुतायत से हो, उन्हीं पर गौर करेंगे। ग्लाडियोली गुलाब—रजनीगन्धा कतई ऐ ग्रेड खिलना चाहिए। ऐसपैरेगस और कुछ हरी पत्तियोंवाले सजावटी पौधे भी, जो गुलदस्तों में सजाये जा सकें।" लाल बहू ने कहा।

"फूल, सहारनपुर से बसों में दिल्ली भेजने होंगे। ताजा-शादाब गुच्छे। हम, कनाट प्लेस की होलसेल मार्केट में बेचेंगे। थोक में सौदा होगा, तो कटाई-छँटाई, सब उन ही के जिम्मे होगी। उससे आगे फुटकर खरीदार उन्हें और बना-सँवार कर होटलों को अल्लस्सुबह सप्लाई करेंगे। समझ गये दिलावरसिंह? फूलों का कारोबार तुम्हारे जिम्मे रहेगा। सूखने झरनेवाली नाजुक शै है। कुछ बी.ग्रेड और सी.ग्रेड फसल भी उगेगी ही। उसकी और सब्जी की खपत शायद सहारनपुर-सरसावे में ही पूरी पड़ जाए। फलों के पेड़ तो ठेके पे उठा देंगे। निगहबानी का जिम्मा भी उन्हीं का रहेगा।"

"निबोली से नीबू, नहीं। खट्टे के बराबर नीबू उगा के दिखलाइए, जिन्दल बाबू।" लाल बहू का आग्रह था।

हवेली के खण्डहरों पर बुलडोजर चल गया। जमीन की गुड़ाई-जुताई शुरू हुई तो एक बार फिर से गाँव के लोग वहाँ जुट गये।

"हर-हर हरियाली होगी..."

"छलल-छलल जल से सिंचाई। उधर देखो, खूब गहरा कुआँ खुदवाय रही हैं लाल बहू। ट्यूब-वैल।"

"देखो, होर भी, किस-किसको काम-काज बँटे। गाम में तो माली-काश्तकार अब भी हैंगे।"

"हाँ जी एक का कारोबार तो सौ को अन्न-आमदन।"

"शहर में रहकर ऐसी कैड़ी हो गयीं लाल बहू कि एक कमरा छवाकर के, उसमें रह रहीं, इकल्ली?"

"नहीं रे, अभी तीन कमरे होर भी डलेंगे।"

"कहाँ छिपा था तेरे भीतर यह सोता, लाल बहू?"

"मँझली ताई?" माँ की, गुड़ के पाग-सी पगी आवाज थी।

लाल बहू ने एक बार पलक उठाकर हवाओं को महसूसा-सूँघा, फिर पलक झुका, धीमे से मुसकरा दी। उसे कहीं जाना नहीं पड़ेगा। अब हवेली के हकदार एक-एक करके खुद ही उसके पास आ रहेंगे। आमदनी का हिस्सा-बाँट जो होगा। कोई एक हाथ बँटाने को रुका भी रह जाए शायद।

❑

काली लड़की का करतब

चारबाग के चौतरफा मंजिल-दुमंजिले उठ रहे हैं। रेत-गारे के टिब्बे। कंक्रीट-बदरपुर के फैले-फिसलते टीले। सीमेण्ट तो खैर भीतर-ही-भीतर लुको के धरा जावे, नीली छतरी तो छितरा के फटफटाने लगी। लपड़-झपड़ पानी झमकने लगा।

हे रामजी! नेक दीठ तो गेर ली होती भू पे। कोरे कोठीवाले ही बसे हैं क्या? ये सड़क-पटरीवाले कहाँ को पड़ेंगे जाके? सगरी भू लीचड़-कीचड़ हो गयी। चार ईंट का खुला चूल्हा, जलावन, गील-सील गयी, सो अलग।

चड्डी-गंजी डाटे महारानी अपने जनम-जरूले बालों पर हाथ धरके गुहार मचाने लगी।

"हाय! मइया री! अब रोटी क्योंकर पोयी जावेगी?" सवाल बाप पर दागा गया था, परलोक सिधारी माँ को सुमर कर।

छोरी की माई के गुजरते ही बाप ने एक यही जुगत बिठलायी थी, कि साया-झबला फेंक, मुनिया को छोरे का साज पहना दिया। बिन मुँडवाए ही बाल, बबुआकट, कतरवा दिये। नयी दिल्ली तज के, पुरानी की तरफ भज आया। जिस-तिस को बिन पूछे-बूझे, जतलाने लगा कि उसका एक-इकल्ला यही तो बच्चा है, मनुआ। ससुर का नाती, सरारती। महतारी ने तो लाड़ लड़ियाते, लाड़ो का नाम महारानी रख दिया था। महारानी टेरते-टेरते, माई, छोरी को चार बरस की गुट्ठल-सी कर गयी। नेह का सूखा हाथ फेर देती तो, छोरी मारे उछाह के मुटा जाती। माई को तो छोरा जनने का हौंस ही न रहा। यही मन्नतो की माँगी थी।

भौंरी कोख-जायी को बल्लियों उछाल देती और चाव से कहती—

"हाँ रे, महारानी के बापू, छोरा होता तो तुम उसके मूँड पे ताज धर देते क्या?"

"बेटा तो, चाँदी का खरा रुपइया हो है, भौंरी। देख गेरेगी उसे।"

"रुपइया तुड़ाया तो गया, होर, बेटा ब्याहा तो गया।" भौंरी बच्ची को लपक लेती और उसे गुदगुदाती, तो खुद भी गुदगुदा जाती।

पर, 'महारानी के बापू' सुनके भुईंया की छाती, चट्टान-सी चौड़ा जाती। राज करे छोरी।

महारानी को मारे भूख के मितली-सी आने लगी। पेट साँय-साँयकर, निचाट खोह-सा फैल जाए, कभी मरोड़ लेके सुराख-सा सुकड़ जाए। बिजली की कड़क से मूँड़ फटने को हो आया।

"हाय! माई री ऽ।" वह बुक्का फाड़के रोने लगी।

"अरे चुपाय, मनुआ, चुपाय! भूख रोजीना ना लगे जो यूँ बेपर्द हो रिया है?"

भुईंया पेड़ की टहनी पे फन्दा कसके, पार्क की रेलिंग तक टाट का छप्पर छाने लगा। चूल्हा ढँपा जाए। बस दो रोटी पोयी जावे, बाकी का जावे भाड़ में। इस वेला भी वह बच्ची को छोरा जतलाना ना भूला। क्या बेरा, ओट-अटारी से सुन जावे कोई, होर भेद पा जावे। सारा-सारा दिन भुईंया ईंट-गारा ढोता रहता। महारानी, सरकारी चारबाग में चीथड़ा ढाँप के लोटी रहती। पेट का गड्ढा भरा होने पे, भतेरी उछल-कूद मचा लेवे थी। जब देखो तब ठेहुना मचक जावे, गोड़ फूट जावे।

'खाऊँगा', 'जाऊँगा' तो पहले से ही कहवे थी। भला हो प्रैसवाली का। तीन-तीन मेजाँ जोड़ रखी उसने तो। तीन-तीन प्रैस जो चला करे हैं, सब दिन। भरतार की न्यारी, पूत की न्यारी। चैन की छन रही है। बसे घरों में से प्रैसवाली धुले-धुलाये कपड़ों के गट्ठर ले आवे। किट्टी, कोई न्योतनी हो है, कहिए।

जनानियाँ जावे हैं वहाँ, माँग-पट्टी सँवार के। घरों में बिजली की इस्तरियाँ धरी हैं, पर फुरसत कहाँ जो फेरें। साँझ को तैयार लत्ता ले, हिसाब गिनवाने प्रैसवाली ही घरों में जावे है। बोल-बतियानेवाली है। दोपहरी में मनुआ को टेर के टुक्कड़ दो उसकी हथेली पे भी धर दे है। साँझ को झुग्गी को पलटते वेला तीनों इस्तरियाँ सामने कोठी की मियानी में जमा जावे हैं। रेजगारी सहेजती, गाँठ पक्की करती भतेरी खबर प्रैसवाली भुईंया को दे दे है। उसका पूत तो अब ट्रांजिस्टर सुनता-सुनता चप्पू चलावे है। भरतार ने लाल रंग की बाइसिकल मोल ली है। पिछाड़ी बैठ के प्रैसवाली ढंग-ढब से आवे-जावे है। चूल्हे पे छप्पर छा तो गया पर झोल खाके लटपटा गया। बरखा तो बरखा, पवन-झकोरे न्यारे थे। चूल्हा बालने बैठा भुईंया तो, जलावन तो जलावन माचिस की तीली ही न आग पकड़ के दे। भुईंया का जी तो बिलखने को हो आया। सयाना हो रखा हैगा पर भूखा रहने की रबत थोड़ई परे, हाड़-तोड़ मेहनत, तिस पर टुक्कड़-कौर का ठौर नईं। प्रैसवाली की मेजों तले भुईंया का बिछौना, भाँडे-बासन, टामलोट, ढब से जचे थे।

पेट में अन्न पड़ जावे तो बाप-बेटी, चीथड़ा ढाँप मेजों तले सो रहवेंगे। ऊपर छतनार पीपल है ही। देखो, मेजों के जोड़ टपका न मारें तो। रामजी ने नींद और रात की जोड़ी भी क्या अजब गाँठी है। पेट राजी हो तो, कमबख्ती मारे भी अपने नसीब से बेखबर हो रहे।

दुर्गा-अष्टमी के रोज कोठीवालियाँ कनजके पूजें-जिमावें। आठ कँवारी-अयानी छोरियाँ। उस रोज भुईंया के जी में आवे कि मनुआ को भी पठा दे। जतला दे कि

यह छोरा कहीं का नहीं, नसीबो-मारी, महारानी है। भला हो प्रैसवाली का। घर से काढ़ के, दो कँवारी कन्या ले आवे। वे बोहिया भर-भर के हलवा-पूरी, चूनरी-चवन्नियाँ पा जावें। अगरलियों को भी तो अपना परलोक सुधारना होवे है कि नहीं। प्रैसवाली को सब राज-बात का बेरा है। पर भली है। मुँह भराई भी ना माँगी। बस चुप लगा गयी।

भला बताओ, साल में दो बेर ऐन अष्टमी को ही कँवारी कन्या को भूख सतावे है?

एक रोज की कहूँ, कि बेचारी प्रैसवाली को किसी कोठीवाली ने सनीचर के दिन स्याह लत्ते में, काले उड़द और तिल बाँध-बूँध के थमा दिये। अपनी आयी बला टालने को। पर अगरले तीन रोज तलक, धोबन की जान के लाले पड़ गये। तीन बेरी जमराज जी दिखलायी पड़ गये। भुईंया ने ताड़ा-लताड़ा कि "नासगयी तुझे सयानी भला कौन कहवेगा? इत्ती भी समझ नईं कि काली लीर में टोना-टोटका बँधा धरा है। बस झट से लपक लिया। दुत परे!"

महारानी के पेट में तो अब भूख की खूब ही घेर-घुमेर मची थी। हाथ-पाँव सुन्न से पड़ने लगे।

"माई रीऽ रोटी कब को सिंकेगी?" उसने स्वर्गवासी माँ को सम्बोधित कर बाप से निहोरा किया। ले कर ले राज। बौछार ने तो आटे की बाटी भी तर कर दी।

घरवाली की मुरदनी पीछे भुईंया तो खुदेई सूख के छुआरा हो लिया। बूढ़-पुरनिया-सा दिखे। जाने क्या था घरवाली के हाथों में। 'करो मजूरी तो खाओ पूरी' कह खिलखिला पड़ती और खोपरा पड़ा, भुने आटे-बूरे की चूरी सामने ला धरती। कड़क करारी रोटी पे बूरा-घी छिड़क के, मरोड़-तोड़ के चूरमा बना देती। उसकी मोह-छोहवाली घरनी! घर के काते, सादे सूत सा उसका चेहरा निरख के ही तन ढँपा-ढँपा लगता। कुटिया, पेली माटी से लीप पोत के, पिसे चावलों के लेप से मोर-हाथी आँक दे। लक्ष्मी आवेगी, निहार-रीझ के कहिए।

एक बेर तो उसने छाजन की ओट, हरी-हरी पत्तियों की छवा दी। मेमना चढ़के चर गया। वह, लगी बच्ची-सी ठुनकने। महारानी, महतारी को यों ठुनकता देख, भर दाँत हँस दी। सामने अमरूद के पेड़ पे जित्ते अमरूद नहीं, उतने हरियाले सुग्गे आन-आन के बैठ जावें। महारानी के कण्ठ से भी पटर-पटर बोल फूटने लगे। घरवाली के उठते ही, घर के देवता भी इकल्ले से पड़ गये। नहीं तो सकोरा भर बतासे, होर कुलिया भर चरणामृत उन्हें भी चढ़ जाता।

भौंरी का तो अड़ोस-पड़ोस भी पुसा पड़ा था। क्या पूछो, बहनापे-अपनापे की। गैल-गैल जावें होर बाथू का साग उखाड़ लावें। कच्चा पपीता पड़ा पा जावे, भाजी खातिर। भौंरी के होते भूख भी भली लगती। दो चार बासन क्या खड़कावे थी कि झमक के पोया-पकाया सामने ला धरती।

गली की गाय-गोरू भी मुँह उठाये खड़ी हो जावें, किवाड़ी पे आन के। अरे, भौंरी तो फूटी बाल्टी में पानी भर लावे।

"माई री ऽऽ!" छोरी ने बाँग दी। उधर टपाटप निबोली-नीबू से ओले फट पड़े। कालोनी की हर टीन टनटना उठी। भुईंया ने लक्कड़-चूल्हा उठा के पटक दिया। माचिस-तीली भी मेज तले फेंक दी। सूखो, ससुरी पड़ी-पड़ी। फिर दन्न से उठा और चल दिया, एक बनते-उठते मकान की तरफ। चौकीदार ओट में बैठा मजे-मजे की पो रहा था। भुईंया, सामने आके हाथ बाँधे खड़ा हो गया। अभी तो माँगना केवल मुख से ही था। बोला, "बाल भूखा है। बरखा में चूल्हा तो क्या बलता, आटा भी गीला हो गया। दो रोटी तू ही दे दे।"

चौकीदार ने नजर उठा के ताका, फिर रोटी से अव्वल सिखावन दी। "आज भर की तो खैर जो है, सो है, पर रोजीना की मोहताजी भली नई।"

भुईंया ने नाड़ झुका ली। चौकीदार ने रोटी उतार पक्के फर्श पर पटकी और चुपड़ दी। दूसरी भी चुपड़ के उसने, दोनों भुईंया की ओर बढ़ा दीं। अब, भुईंया ने हाथ पसार दिया। गरम रोटियाँ उसकी मुट्ठी सेंकने लगीं तो भजा बच्ची की ओर।

उस पर लगा जैसे वह भुईंया से, भिखारी भुईंया हो गया। होने दे परे। महारानी उकड़ूँ बैठी, मुट्ठी भर ओले चूस रही थी। गरम रोटियाँ देखीं तो उचक लीं और ताबड़तोड़ खाने लगी। घी में बसा अन्न था।

"सोंधी-सिंकी हैं।" वह बोल गयी, भरा मुँह चलाती, जनों भौंरी की कही सी बात हो। अघा गयी तो मेज तले जा पड़ रही। भुईंया भी वहीं आ गया। कुछ ओढ़ा दिया बच्ची को कुछ खुद ओढ़ रहा। कंचे की गोलियों-सी, अपनी पुतलियाँ घुमा-घुमा के वह बाहर का संसार तकने लगा।

ऐन सामनेवाला मकान तो पूरा बन चुका था। पलस्तर-पालिश से चकमक। नजरबट्टूवाली काली हाण्डी भी लट्की थी। नीचेवाला हिस्सा बिक चुका था, वहाँ एक फटा जूता लटका था, नजर-टोक उतारने को। घर की मालकिन तो जब देखो तब, परदों-शीशों के पीछे अडोल ठाड़ी रहवे थी। कभी सून गली को ताके, कभी चलती गली को। इस वेला भी वह काँच से सटी थी। भौंरी होती तो चूल्हे से बँधी कुछ पका-राँध रही होती। उसके चूल्हे का चौरतरफी घेरा, बुरी से बुरी हवा को रोक रखता।

इसी बीबी की पड़ोसन, एक बेरी भुईंया से उलझ पड़ी थी। वह खैर-तसल्ली से बैठा रोटी सेंक रहा था।

"ऐई! यह क्या गन्द डाल रखा है यहाँ?"

"गन्द?" वह ऊदबिलाऊ-सा तकने लगा।

"और नहीं तो क्या? मार तमाम धुआँ-धुआँ हो गया।"

"बीबी, चूल्हा सुलग रिया है।"

भुईंया 'गन्द' की परिभाषा सुनकें दंग रह गया था।

अब धुएँ को कहाँ समेट लें?

"हटाओ यहाँ से, ये सब अटरम-शटरम। झुग्गी-टोला समझ रखा है कलोनी को?"

येल्लो! बीबी ने तवे-चढ़ी रोट्टी नहीं देख रखी। भुईंया मन ही मन बुदबुदाया, फिर अनसुनी करके रोटी सेंकता गया। इस बीबी की ना-नुकुच भुईंया को न डरा सकें। उसने महारानी के चेहरे पे रोटी-चाबा तोष देख रखा। माली तक अपनी पौध को सींचे है। भौंरी का तो यूँ भी खतावार है, भुईंया। उसकी मुर्दनी पीछे कई रोज तलक वह काम पे न गया था। आजू-बाजू की, दो कौर साथ बाँध लातीं और बाप-बेटी को पूछ जातीं। फिर एक रोज मुकद्दम कुटिया में आन धमका और भुईंया को हड़का के गैल ले गया। दीया-बाती के बखत भुईंया घर को पलटा। ढाबे से पकी-पकायी ही पूड़ी साथ बाँध लाया था।

"महारानीऽ। हेऽऽरे छोरी।" उसने दूर से पुकारा।

छोरी तो रोआराहट मचाये पड़ी थी। लुगाइयाँ उसे थामे ले रही थीं। पर छोरी तो बिगड़ी घोड़ी सी मचल रही थी। बारम्बार साया उठंगा कर ले, होर जाँघों के बीच हथेली दाब के बिलख पड़े।

"का भवा?" भुईंया कड़का।

"भुईंया, हम बाथू उखाड़ने गये रहे, तब छोरी सूतल भयी।"

"तो?"

"हमको कौन बेरा...इसकी जान-लाज का दुश्मन, कुटिया में घुस परेगा।"

भुईंया की मुट्ठी से पूड़ी छिटक गयी। भेजा हिचकोला खा गया। नैन, कपाल सों जा लगे।

फिर, उसने झपाटे से बच्ची को समेट लिया और दगर-दगर डग भरता, डॉक्टरनी के ठौर जा पहुँचा।

सहम के बच्ची रुलाई घोंट गयी और टुकुर-टुकुर डॉक्टरनी का मुँह जोहने लगी। हिचकी अब भी हुचकती रही।

डॉक्टरनी ने एक नजर बाप के सुन्न चेहरे पे डाली फिर बच्ची की हथेली हटाने लगी।

"नईऽऽ! माई रीऽ।" बच्ची चीख पड़ी। भुईंया ने उसे जाँचवाली मेज पे लिटा दिया और बाहर हो रहा। डॉक्टरनी ने जैसे-तैसे जाँच की। भुईंया को बुलाया, कहा—

"बचाव हो गया। किसी बेहया ने अँगुली से...। खरोंच और सूजन आ गयी है। दुखन काफी है। थाने में रपट लिखवानी हो तो सर्टिफिकेट बनाऊँ?"

भुईंया ठगाया-सा ठाड़ा रहा।

"बापू!" बच्ची ने हुड़कते हुए बाँहें पसार दीं, तो लपक के उसने उसे समेट लिया।

"तुम्हें शक है, किसी पर?" डॉक्टरनी ने उसकी चेतना को झिंझोड़ा।

भुईंया ने मूँड 'ना' में डुला दिया।

डॉक्टरनी ने बच्ची से ही पूछ लिया।

"बेटी बोलो...ये चोट किसने...?"

महारानी की पुतलियाँ उलटने लगीं। उसपे बेहोशी छाने लगी।

डॉक्टरनी ने पानी-वानी छिड़का। बच्ची को होश दिलाया।

बोली, "कोई पकड़ा भी गया तो केस ही बरसों चल सकता है।"

"आप उस पिशाच का फोटो अखबार में छपवा सको?" भुईंया घरघराता-सा बोला।

"पकड़ा गया, तभी तो! उससे पहले क्या पता इस बच्ची का ही छप जाए।"

"ना, बीबी ना।" भुईंया के गले से, हिचकी-सी निकली।

डॉक्टरनी ने कोई मलहम, बच्ची के बदन पे चुपड़ दिया। खाने की दवा भी दी। ट्यूब भी उसे थमा दी। "दिन में दो बार चुपड़ना होगा, वहीं।"

"जाने कित्ती बार, बच्ची से वही-वही पूछेंगे वे लोग। जाने कब तक बच्ची के मन पे सदमा ठहरा रहे। दो रोज में फिर से, तुम मुझे दिखला जाना। अगर रपट लिखवानी है तो, बिलकुल बिना देर किये, फौरन चले जाओ।"

डॉक्टरनी के माथे पे क्रोध की खड़ी लकीर तड़फड़ाने लगी।

"ना!" भुईंया फुसफुसाया। उसने दवाइयाँ और बच्ची को सँभाला और जाके कुटिया में बैठा रहा। आसपास की आवें और पो-पका के बच्ची को टुँगाती रहवें। छोरी को न्हाह-धुवा देवें। ट्यूबवाला मलहम भी चुपड़ देवें।

फिर एक रोज भुईंया ने अपनी गृहस्थी बाँधी-जोड़ी, बच्ची को काँधे पे लादा और मुहल्लेदारी तज दी। कुछ दूर तलक लदाई ढोनेवाले लद्दू खच्चर पे गठ्ठर लादे चला गया। फिर चार सवारीवाला ऑटो किया। पाँव पैदल भी, बैठ-सुस्ता के रस्ता पार किया। साइकिल रिक्शा पे लदा-फदा चला आ रहा था कि इस नयी बनती-बसती कालोनी को देखा। पीपल की घनेरी छाँव देखी और देखा खाली प्लाटों पे कई-कई मजदूर चूल्हा सुलगाये बतिया रहे थे। उसने बच्ची को और लदान को उतार लिया। चार ईंट खोज लाया और छह-सात सूखी लकड़ियाँ डाल के तीली दिखाने लगा। सोचता जाए इकल्ली जनानी तो चार बालकन को भी समेट के बैठ जावेगी पर, रँडुए मरद को एक भी भारी पड़े। तभी प्रैसवाली हँस गयी। लकड़ियों पे नेक सा मिट्टी का तेल उँड़ेलती बोली, "लो, अब सुलगाओ।"

अगरली भोर होने से पहले, महारानी, मनुआ की चाल-ढाल में ढल चुकी थी।

पीपल के तने पे जड़ें अज़गरों-सी लिपटी पड़ी थीं। गली की भूरी-सफेद कुतिया भी आके मेज तले लोट गयी। उसके छह के छह पिल्ले, गुत्थम-गुत्था हो, उसके पेट से लिपट गये। पिल्लों को दूध चूँघते देख, महारानी गुदगुदायी-सी हँस दी।

"देख बापू! कुतिया—माई क्योंकर अपने पिल्लों को दूध पिलावे है।"

महारानी की बुलबुलों-सी फूटती हँसी, सुनते-सोखते भुईंया को भली सी झपकी आने लगी। उसने कसके अपने दोनों हाथ भूखी गोगड़ पे बाँध लिए। आसमान पे चपला चमक मार गयी। गड़-गड़ ऐसी, मानो आकाश भू पे टूट पड़ेगा। भुईंया हड़बड़ाया-सा चौंक पड़ा। तभी उसने बच्ची को कहते सुना—

"बापू! किसना चाचा गन्दा है।"

भुईंया ने दम साध लिया।

"निरा बुरा है, वो।"

"................।"

"बापू? वो मेरा साया उठाके...अँगुली से...।"

भौचक्क भुईंया भरभराके रो दिया।

नजर में किसना कौंध गया। मटियाले घरौंदों की बसाहट का सिरमौर। बालकन-मेहरारूवाला। उसका मुँह-बोला गाँव-भाई। भौंरी को भौजी पुकार-पुकार न अघावे था।

भुईंया, घुटा-घुटा-सा रोने लगा। तू ही सुरग में है री भौंरी, होर हम नरक में। महारानी ने बाप को यूँ बिलखते देखा तो घोर अचरज से सहम गयी।

भूरी-सफेद कुतिया ने एक बार मुँह उठा के ताका, फिर सिर डालके सो रही। पिल्ले चुसड़-चुसड़ उसे चूँघते रहे।

भुईंया ने नाक का नजला छिनक के गूढ़ी आवाज में कहा—

"बिट्टा, तू महारानी नईं, मनुआ है। सुमरन है कि नईं?"

"भली!" छोरी ने नाड़ डुलाते हुए चोखी-सी हामी भरी, ज्यों माई भरा करे थी।

"मैं, साया कदी नईं पहरूँगा।" उसने बाप को बहलाते हुए कहा।

"कल तेरी खातिर, टखनों तलक की पतलून और बुश्शर्ट मोल लाऊँगा, सनीचरी हाट से। चड्डी-गंजी अब न पहरियो।"

"हम्बे।" छोटी-सी 'हम्बे' महारानी के मुख से यूँ निकली ज्यों वह कोई वरदान दे रही हो। फिर वह नन्हे-मुन्ने पिल्लों को निहारने लगी। उसके जी में आयी कि वह भूरी-सफेद कुतिया से लिपट के सो रहे। जाने क्या थी, वह नामालूम-सी झिझक कि महारानी से, बाप से सट के सोया न गया। वह अपनी काया में ही सिमटी रही।

भुईंया के भेजे में, किसना की सूरत झक्क मारने लगी। उसकी मुट्ठी में एक छोटा-सा गोल पत्थर आ गया था। वह उसे लिये-लिये, भींचने लगी। दे मारे किसना के कपाल पर। राछस पर, वह राछस, हट के, छोरी का ठौर-ठिकाना पा जावेगा। होर, भुईंया को जेहल हो गयी तब? छोरी, भला कित्त जावेगी? चाण्डाल! लूला-ठूँठ हो रहे। अगरले सात जनम खुजलाहा कूकर बन के डोले। हे, सिरी राम जी, तुम तो छिपके, छिपाय के कुछ भी कर सको, कुगत कर डालो कुकरमी की। छाती में भाले उतार दो, जनमजले के। छुरे घोंप दो, हाथ-पैरन में। किसना को कोसते-कोसते ही भोर पड़ी।

बरखा-प्रहार थम गया था। जहाँ-तहाँ कीचड़ से भरे गड्ढे बने थे। भुईंया का जी ही न हुआ, छोरी को छोड़के कहीं जाने को। उसने गीली धरती पे चूल्हा जमाया-सुलगाया और रोटी सेंकने बैठ गया। रेहड़ी से आलू मोल लिये, छाँट के। हरे और अँखुआ आये आलू न लिये। आलू उबल गये तो छील-छाल के लोन छिड़का। रोटी पे धर के मनुआ को पुकार लिया।

"ले रे ! जीम ले।"

"अहा! कैसे सोंधे गरमागरम आलू हैंगे रे बापू।"

महारानी ने ललचाकर एक आलू अँगुली से फोड़ लिया।

"अईऽऽ बापू रेऽ"। फुँकी अँगुली झटक के, उसने मुँह में डाल ली फिर तपाक से गरम भक्क आलू, रोटी के टुक्कड़ पे धर मुँह के हवाले किया।

"आ ऽऽऽ।" मुँह खोले, सी-सी करती, वह हथेली से जीभ पर की भाप उड़ाने लगी और एक साध हँसने-रोने लगी।

"अरे, बावरा है का?"

महारानी के हाव-भाव देख भुईंया, भूख से बेहाल निवाला गटकता हँसने लगा। कोठीवालियाँ अब भी तरकारीवाले से उलझी थीं।

वह चिरौरी कर रहा था—

"अरे बीबी, दो-चार रुपये हमसे छीन-झपट के तुमारे कौन से कोठार-गोदाम भर जाएँगे। आधी रात को, पानी-पाले में मण्डी जाके लेन में लगते हैं तब जाके रेहड़ी भरती है। बिन छँटाई के पूरी पल्ली मोल लेनी पड़े। आप तो एक-एक फली छाँटो।"

"अरे रे कैसी तो जबान चला रहा है।" उधर की कोठीवाली ने तुली-तुलाई मटर वापस उलट दी।

"अरे रे बीबी, काहे गरीब के सौदे में खोटी करो हो। क्या करोगी दो रुपये बचाके? साल की बारह साड़ियाँ तो तुम नयी मोल लो हो। प्रैस खातिर तो मेरे धोरे ही आवें हैं।"

प्रैसवाली से न रहा गया।

"बस, बस! तुम्हें हिमायत लेने की जरूरत नहीं।" बीबी तुनक गयी।

गाहक को उखड़ा देख भाजीवाले ने तुरन्त दाम कम करे, और तोल में डण्डी मारके नुकसान-नफा बराबर कर लिये।

सनीचरी हाट से मनुआ की पतलून भी आ गयी। चटख नीला रंग, उस पर सीधी सुर्ख धारी। बुशकोट भी सुर्ख, नीली बुँदकियोंवाला। मनुआ तो पहर के इतराने लगी। धोबन की हँसी, रोके न रुके।

"सनीमाई छोरा जैसा फब रिया हैगा।" उसने कहा तो भुईंया को तो गुमान हो आया। देसी चनों का पूड़ा खीसे में से काढ़ के और साथ में गुड़ मनुआ को थमाते हुए बोला—

"ले रे, ले। एक-एक दाना टूँगता रहियो। दोपहरी तलक लगा रहवेगा। मैं जाऊँ अब मजूरी पे ना तो मुकद्दम हुर्र-हुर्र हड़का के ले जावेगा।"

महारानी, सड़क किनारे की लीला निरख के बड़ी होने लगी।

एक बार तो प्रेसवाली की दायीं बाँह और दायीं ही टाँग सूज के ऐंठ गयी। सारे जोड़ फूल गये। पाँच दिन तलक इस्तरी ना उठायी गयी ना धरी। जाने काहे-काहे की मालिस करी। छह रोज मचिया पे पड़ी रही। सूजन पटकी तब जाके भारी-भरकम इस्तरी दोवारा से उठायी। यह ठींया धोबन का ही खोजा हुआ है। मरद और पूत को उसी ने हीले से लगवाया है। सामने की अँगनाई की टोंटी से पानी पी-पीके इस्तरी चलाती रहती। पानी का तो बस नाम था। उबला धरा रह था। मार उबकाई आने लगती। हलक-छाती तो क्या ठण्डाता। कभी-कभार खिड़कियाँ झाँकनेवाली बीबी, जलती दोपहरी में आधी बाहर आ रहती, "ठण्डा पानी पिएगी?"

वह सकुचायी-सी पूछती, जनों धोबन मना न कर दे।

"पिया दो, बीबी। मार कण्ठ में काँटे से उगे हैं। एक तो कोयलों की दहकन, उस पर ये झुलसती दोपहरी।"

बीबी मशीन का ठण्डा-ठार पानी लिये चली आती। धोबन की अँजुरी में धार बाँध के उँड़ेलने लगती। धोबन के गले से उतरती पानी की गटगट, दोनों का कलेजा सींचती चलती। बीबी के मुखड़े पे तोष सरस जाता।

"कहीं घूम आया करो, न।"

धोबन को इस बीबी पे ममता हो आती।

"जाने-आने से ही क्या हो जाएगा?" बीबी की उदासी कुछ और गहरा जाती।

एक साँझ क्या तो देखा, कि ये ऊँची-ऊँची, खपच्चियों को गाड़ दिया गया है, धरती पे। नीचे खड़े माँ-बाप ने कोई छह बरस की बच्ची को उकसाया। वह झिलंगी रस्सी

के पायदानों पर पाँव फँसाती गिलहरी-सी चोटी पे पहुँच गयी है। माँ-बाप तमासाई बैन करने लगे। बाँस पे बच्ची की सींक-सलाई सी काया कटी पतंग-सी लटक गयी। फिर, उसने पलटा खाया और चमगादड़-सी उलट गयी। उसकी पीली पनीली आँखें, नीचे बिछी चादर को बटर-बटर ताक रही थीं। उसपे चिल्लड़ आके गिरने लगी थी। चवन्नियाँ-अठन्नियाँ। इत्ते में बाप ने फेफड़े फाड़ के गुहार मचायी।

"माई-दाता! कलाबाज छोकरी सवेरे से भूखी है, उसके लिए दाल-भात कुछ खाने को दो।" फिर हिचकी लेकर, उसने दोबारा तान खींची।

"कोई रोटी-पाव, तमासाई बच्ची के लिए।"

खिड़कियाँ झाँकनेवाली बीबी पट देनी से बाहर आ रही।

"इधर आओ।" उसने बच्ची के बाप को सख्त सुर में बुलाया। हाथों में केले का गुच्छा लिये थी।

"येल्लो! खिला दो उसे! और तुम्हें लाज नहीं आती, बित्ते भर की बच्ची को कठपुतली-सा नचा-नचा के अपना पेट भरते हो? कुछ काम क्यों नहीं करते तुम?"

"यही तो है हमारा काम! काम ही तो कर रहे हैं, कोई भीख थोड़ाई माँग रहे हैं।"

"तो तुम क्यों नहीं खपच्ची पे चढ़ जाते? सूत भर भी पाँव रपटा, तो बच्ची पट देनी से धरती पे आ रहेगी।"

"अब हमरा नाच कौन तो देखेगा?" बाप बेहया-सा हँसने लगा।

"बीबी, बच्चेपन से अपने माई-बाप को यही तो करते देखा है। पुश्तैनी खेल है, हमारा।" बच्ची की माँ बोली।

"तुम दूसरा करो कुछ। देखो ये लोग भी तो कमा खा रहे हैं।"

बीबी का इशारा अपनी ओर देख, धोबन जबड़ा भींच के जोरों से इस्तरी चलाने लगी। अपने हाथ, जगन्नाथ! भुईंया मन-ही-मन, मुकद्दम को नमन कर रहा था।

"कुछ भी करो, इस बच्ची को बख्शो तुम।" कहकर बीबी परदों की ओट में चली गयी। मानो उसका खाया-पचाया, सब उलट आने को हो।

जम्हूरा बनी बच्ची केले देख बाँस पे से नीचे को सरकने लगी, रेंगती हुई सी।

"अरी थम जा ना वहीं। नोट भी तो नेक पड़न दे। खरीज ही खरीज हैगी।"

माँ-बाप ने उसे एक साथ घुड़का। वह दोबारा, सबसे ऊँचे खूँट पे लटक गयी। नीचे माँ-बाप, टीन बजा-बजाके बेसुरा-सा कुछ गा रहे थे। बच्ची देह साध के उलटी लटकी, हाथ-पाँव फेंकने लगी। उसका पिचका पेट, पीठ से जा लगा था। साँस धौंकनी-सी उठ-गिर रही थी। चीथड़ा घाघरा, लाँघ देके, टाँगों के बीच कसा था। कुरती उलट के कन्धों पे झूलने लगी थी। वह ताल-बेताल हाथ फेंके जा रही थी। लगने लगा था, लड़की केले लपकने के लिए ही हाथ नचा रही थी।

इकट्ठा हुई, छोटी-सी निकम्मी भीड़ अब छँटने लगी थी। ऊबी-सी। रोटी की माँग-बाट का तो रबत था पर, तमासे के नाम पे भूख। भूख उनके लिए कोई अनहोनी नहीं थी।

माँ-बाप, आधे मन से गाते-बजाते रहे। लड़की अब यों जान पड़ रही थी मानो बरखा-हवा से कोई छतरी अपने सींखचे छोड़ के उलट गयी हो। हारकर, काली लड़की के माई-बाप ने टीन फेंक दिया।

"अरी उतर आ, कममखत नीचे। दिखा तो लिए सब करतब तूने।" बाप ने चिड़चिड़ी-सी बाँग लगायी।

हाँक पड़ते ही करतबी लड़की पटाक से नीचे आ पड़ी। कुन्दा-सी। अडोल। पलके पट बन्द। मुँह, डोरियों कसा।

"हैं रीऽ का भवा?" बाप की आँखें अचरज से फैल गयीं।

"अरी बोल ना?" माँ सहम के बच्ची का मुँह-माथा टटोलने लगी।

"पानी...पानी...।" बाप चिल्लाया।

सामनेवाली ने अँगनाई की टोंटी खोल, मग नीचे कर दिया।

वह आँखें फैलायी बच्ची को ताक रही थी।

बाप ने छींटे मार-मार के, बच्ची का मुख तर कर दिया। पर, उसका चेहरा राख-रँग ही रहा।

"अरी उठ री, आ केला खा ले।" काहे का उठना और किसका? लड़की में कोई हरकत नहीं हुई।

भुईंया दम साधे बैठा रह गया। लड़की मर चुकी थी। एक सड़क-छाप भीड़ फिर से जमा होने लगी।

"अरे इमरजन्सी में ले जाओ।" किसी ने सुझाया।

लड़की का बाप लटपटाया-सा चादर पर से रेजगारी चुनने लगा। एक बूढ़े ने झुक के लड़की की नब्ज टटोली। कलाई तो काठ हो चुकी थी। बोला—

"नुक्कड़ के डागदर से परचा लिखवा लो जाके। साटीफिकेट।"

एक फुरफुरी के साथ, कई फुसफुसाहटें उठीं।

मर गयी...मर गयी, बिचारी...।

काली लड़की की माई की रुलाई फूट गयी। वह लुटी-सी उठी और बच्ची को गोद में ले के खड़ी हो गयी। बाप जल्दी-जल्दी खपच्चियाँ समेटने लगा।

महारानी कमर पर से सरकती पतलून को उचके-थामे, मुरदे को घूर रही थी।

काली लड़की का करतब। नीचे फैली, कीचट चद्दर पे खिण्डी-बिखरी खरीज। केले! उलटी टँगी लड़की के लपलपाते हाथ।

पीली आँखों में भूख की बदहाली। सब दृश्यों के बीच गुँथा एक ही धागा। एक कड़ी में फँसी दूसरी कड़ी का जुड़ाव।

भूख, करतब, पैसा।

खपच्चियाँ अब वहाँ नहीं थीं। उनमें खुँसी काली लड़की भी नहीं। नीचे बिछा चीथड़ा भी नहीं।

पर महारानी अब भी, ऊपर-नीचे यों ताक रही थी मानो सब कुछ वहाँ वैसे ही हो।

धोबन काकी की मेज की चद्दर तले साँझ तलक ऐसी ही रेजगारी इकट्ठी हो जावे है। काकी का छोरा मुट्ठी भर सिक्के बटोर तन्दूर पे से रोटियाँ बँधवा के लावे है।

महारानी, बापू के समीप आ रही।

"बापू? मैं साया-सुथ्थन पहरूँगी।"

"काहे?" बहुत धीमे से भुईंया बुदबुदाया।

"मैं सामनेवाली बीबी के घर झाड़ू-पोचा करूँगी। ज्यों माई कुटिया में करा करे थी। उनके लत्ता फींच-निथार दूँगी। ज्यों लछमी करा करे है। यहीं तो मचिया पे बैठ के रोटी खावे है, वो।"

"तू काम करेगी, छोरी?"

"हाँ।"

महारानी के बोलों में कैसा तो ठोस विश्वास था।

भुईंया उसे टक लगा के निहारने लगा। उसके कण्ठ से फिर कोई बोल फूटा ही नहीं। महारानी के तन में जैसे, कोई देवी-सी लहरा गयी। भुईंया को लगा जैसे वह निपट अकेला नहीं है। महारानी, गैल है न।

❑

बूँद

मैं उसी रोज सवेरे साढ़े-पाँच बजे की हवाई उड़ान से मुम्बई से दिल्ली पहुँची थी। उदयन दफ्तरी काज से अमरीका प्रवास किये हुए थे। मुम्बई में एक रोचक साहित्य सम्मेलन था, जिसमें भाग लेकर मैं लौट रही थी। वही उत्साह था, जो मन में अभी शेष था। प्री-पेड टैक्सी लेकर, साढ़े छह तक मैं घर पहुँच चुकी थी। खाली सड़कों पर भागती टैक्सी ने, तन में स्फूर्ति भर दी थी। जाते ही सूटकेस में से सारा सामान निकालकर व्यवस्थित कर दिया। धुलाईवाले कपड़े गुसलखाने में डाल मैं नहा-धोकर निवृत्त हो ली। चाय पी ही रही थी कि कामवाली भी आ गयी। उसे देखकर, शरीर में चाबी-सी भर गयी। उधर उसने फर्श की सफाई शुरू की, इधर मैंने कुरसी-मेज की झाड़-पोंछ।

अब खाली सूटकेस को केवल अलमारी के ऊपर जँचा देना शेष था। बस इसी शेष के साथ अपनी रामकहानी में बाकी के दृश्य टँकते चले गये। पलंग के ऊपर चढ़कर देखा तो अलमारी के ऊपर धूल ही धूल बिछी थी, मेरी गैरहाजिरी का प्रत्यक्ष प्रमाण।

"कुसला, तुरत-फुरत झाड़ू तो ले आ।" मैंने सेविका को पुकारा। वह गुट्टी-गैंटी-सी औरत, झाड़ू समेत हाजिर हो गयी।

"ला, इधर दे। अभी आनन-फानन सब साफ हुआ जाता है, मार धूल का अम्बार लगा है।"

"हम जो हैं बीबी, तुमको कौन दरकार वो सब धन्धा सलटाने का?"

"नहीं ना! तू गिर-गिरा पड़ेगी, आते ही आफत बरपा हो जाएगी।" मैंने हँसते हुए उसके हाथों से झाड़ू ले ली और परम तोष के साथ, धूल और उमस में सने मैल के लेवड़े नीचे गिराने लगी। कुसला छींक दी। "नाक पे पल्लू ढाँप अपने अभी बहुत-सा बाकी है। दूसरी अलमारी पे भी तो है। ला, वो स्टूल इधर को खिसका।" उसने स्टूल आगे कर दिया। मैंने उस पर एक पाँव टिकाया, पर दूसरी अलमारी की छत पर झाड़ू की नोक भर ही छुलाई गयी कि कुसला नीचे खड़ी च...च...करने लगी।

"कित्ती धूल तो एक ही पे से बिछल पड़ी, झाड़ू थमाओ मुझे, मैं इसे तो बुहार दूँ। और यह तो लो अपनी पेटी, धरो अलमारी पे।"

"सबर करा कर, जरा। दूसरी पे टिकाऊँगी सूटकेस। इधरवाली पर से, बैठक से दिखलायी पड़ेगा।" मेरा एक पाँव तो उस नन्हे, बाँके, नुकीले टाँगोंवाले स्टूल पे टिका था, दूसरा भी उससे जोड़कर जमानेवाली ही थी कि तमाम दृश्य भूचाल-ग्रस्त हो गया। रूसी बैले, 'द स्वान लेक' की दम तोड़ती हँसनी की मुद्रा में, धरती सूँघती मैं, अपना दायाँ घुटना दबोचे थी। झाड़ू छिटक के दूर जा पड़ी थी। स्टूल औंधा पड़ा था, मरे-पिल्ले की भाँति अपनी चारों टाँगें ऊपर को उठाये। तभी मेरे बायें टखने में भी दर्द की तीखी लहर चमक मारने लगी। स्तब्धता टूटी तो उस, धरती डोल, घुटना-तोड़ स्टूल के लिए मुख से कोसने निकल गये। "कम्बख्त! बदबख्त! बीस साल से वहीं का वहीं, उड़दी-सा धरा था और आज जरा-सा बोझ क्या पड़ा, लुढ़क्कम-लुढ़का हो रहा। अपनी तो चारों सलामत धरी हैं, मेरी ही तोड़ दी!" जड़ हुई कुसला में कोसने सुन के कुछ हरकत आयी। उसने मुझे सहारा देकर उठाना चाहा। पर पलंग का पैताना थामकर स्वयं उठने में ही सुविधा जान पड़ी। "झाड़ू दे उठा के"। मैंने कराहकर कुसला से झाड़ू झपट ली और मुड़ी-तुड़ी-सी वहीं खड़े-खड़े अलमारी का अग्रिम भाग झाड़ दिया। फिर, झाड़ू पटक, धम्म से सूटकेस वहाँ सरका दिया।

लेटना-पसरना, पानी घूँटना हुआ। घुटना जाँचना, टखना सहलाना हुआ।

"कुसला, इस मुनक्का से स्टूल को उठा के बाहर फेंक दे। मार, डाल से चूके बन्दर जैसी कुगत कर दी मेरी।"

"अब टूल की तोड़-फोड़ से कौन लाभ? कमजोर का सहारा तो तुम ही लिये हो।" कुसला ने कहा। उसकी पकड़ यथार्थ पर मुझसे अधिक है। पल-छिन में वह अड़ोस-पड़ोस जुटा लायी।

"देखो तो, टूल से कैसा धड़ाम से ढह पड़ीं, बीबी! गोड़ मसक गया। ठेहुना धचक गया। हाड़ अलबत्ता नहीं न चटखा, सो अभी कड़ियल हैं, बीबी।" इतने दर्शक देखकर कुसला का जी उमड़ आया था और सर्र-सर्र बोल फूटने लगे थे। अब तक, घुटने का दर्द जड़ पकड़ के, लहलहा उठा था, टाँग के निचले हिस्से को जकड़ता हुआ। बायें-टखने का दर्द ऊपर को उठ रहा था, सो वो टाँग भी जकड़ी गयी। औरतों ने जाँच लिया था कि नील और सोजिश कतई उतनी नहीं है जितनी कि हड्डी टूटने में होती।

"कुसला जा, गरम दूध में हल्दी औटा के ले आ और घूँट-घूँट पिला दे इन्हें, बरसात की चोट है। तुम जरा हिलती-डुलती रहना नहीं तो जोड़ जुड़ा जाएँगे।" एक ने हिदायत दी।

"कुसला, हल्दी का गरम फाया, रख इनकी चोट पे। जोड़ों पे लगी है, आराम तो करना ही पड़ेगा।" दूसरी ने नुस्खा बताया।

"मुन्ना के हाथ पहलवान का तेल भिजवाऊँ? कुसला मल देगी।"

कुसला सब बिसरा के, मोहल्ले की चाय छानने बैठ गयी। "अदरक डाल दियो जरा, गला ही पकड़ा गया मेरा तो।" एक ने शुरुआत की। "दो-एक लौंग भी गेर दीजो, मुझे तो उठ भी रही है, खों-खों सी।" "सबूती काली मिर्च, हैगी? घरघरा तो मेरा भी रहा है।" "तुलसी उगी है तुम्हारे? नहीं तो जा, कुसला, आठ-दस पत्तियाँ हमारे आँगन से तोड़ ला।"

कड़क पत्ती का चोखा-सा उबाल, कुसला का योगदान था।

चाय दमदार बनी और दिलदारी से बँटी।

दिन अँगड़ाई तोड़कर और लम्बे होकर पसर गये। मलहम-टकोर के बावजूद घुटने पर अलीगढ़ी ताला जड़ गया था।

दस रोज पश्चात् हड्डी-पसली दर्द के इस चिकित्सा-कक्ष में मेरा आगमन हो ही गया।

विद्युत-संचालित, लकड़ी का टब। भीतरले हिस्से में अल्युमिनियम की चादर। उसमें पिघलता, लिक्विड-पैराफिन मिश्रित मोम यानी मैडीसिनल वैक्स। सहायक महेन्द्र ने बिजली का बटन बन्द कर दिया और मुझसे अपनी टाँगें, टब के फ्रेम पर टिका लेने को कहा। एक सलवार का पाँयचा कतर के, उसे चौड़ा सुथ्थन जैसा, सी लिया था। सो उसे घुटने के ऊपर तक चढ़ा लेने में सुविधा हुई। महेन्द्र ने कूची उठा ली और पिघले मोम में डुबो-डुबोकर उसकी परत मेरे घुटने पर चुपड़ने लगा।

"तेज गरम तो नहीं?" उसने पूछा।

"सुहाता-सा ही है। पहले-पहल जरा तेज लगता है, फिर सील-गरम हो जाता है।"

महेन्द्र परत पर परत चढ़ाता गया। बहुत भला-भला-सा, सुखकर प्रतीत हुआ।

"हिलना नहीं। मोम की तह फट जाएगी।"

"टखने पर भी बतलाया है।"

"मालूम है। आपका कार्ड पढ़ के ही आ रहा हूँ।"

"फिर, वहाँ, अमरीका जैसे, उतने बड़े देश में श्रीदेवी की माँ का गलत तरफ के दिमाग का ऑपरेशन कैसे हो गया, इतना नामी तो हस्पताल था। सब रिपोर्ट, एक्स-रे, दूसरे मरीज की दिखला दी थीं। बेचारी का दायीं तरफ का खुरच दिया। जबकि होना बायीं तरफ का था। इतना नाजुक ऑपरेशन और हट के करवाना पड़ा। सर्जन को चाहे बरखास्त कर दिया पर यह तो सोचो, दायीं तरफ का दिमाग तो होता ही याददाश्त और जज्बात का है।"

"यहाँ ऐसा कुछ नहीं होता।" महेन्द्र ने तसल्ली से कहा और मुस्तैदी से मेरे दायें टखने पर मोम पोतने लगा।

"अरे रे। बायाँ टखना है। देखते नहीं, बैंजनी-बैंगन-सा हुआ पड़ा है?"

"ओहो! तो इधर को मोड़ो न उस टखने को।"

"यहाँ पंखा क्यों नहीं है?"

"मोम ठण्डा नहीं जाएगा?" वह मोम की गरम परतें चढ़ाने लगा।

"बस अब दस मिनट शान्ति से बैठी रहो।"

"मार पसीने से बदन लिथड़ गया। गला देनेवाली गरमी है।" मैं साड़ी के पल्लू से पंखा झलने लगी।

"हिलो मत, हिलो मत। बोला नहीं था, मोम दरक जाएगा? पड़ गयी न दरार।" महेन्द्र कुन्द चाकू से अधजली मोम खुरचने लगा। मैं निश्चल हो रही। "अब फिर से लगाना होगा।" उसने फिर से मोम की तीन परतें जमा दीं। मोमजामा-सा चढ़ गया, मानो मोम का गुनगुना-सा मोजा पहन लिया हो।

"अब हिलना मत। मैं आप ही दस मिनट के बाद लौट आऊँगा।"

ठीक, दस मिनट पश्चात्, महेन्द्र, जमी मोम के लेवड़े छीलकर टब में गिरा रहा था।

लेवड़े टब में पड़े दूसरे मोम के साथ घुलने लगे।

"यही मोम दोबारा गरम करके, दूसरे-तीसरे मरीजों के पोता जाएगा? है न?"

"और क्या जी। दो महीने तो चल ही जाएगा। फिर बदल दिया जाएगा।"

मोम का प्रलेप उबटन-सा उतर गया तो टाँग की त्वचा, निखरी-निथरी-सी थी। टाँग के रोये जरा भी नहीं खिंचे थे, हालाँकि बायें टखने पर का प्रलेप कुछ ऊपर तक, और घुटने पर का, काफी-कुछ नीचे को किया गया था।

मुक्त होकर मैंने बीच का परदा खिसकाया और दूसरे कक्ष में अल्ट्रासोनिक मालिश के लिए जाने लगी।

कोई किरण फूटी हो जैसे। वर्जिश की साइकिल चलाती नवयुवती थी। वह स्निग्ध मुसकान और प्रत्युत्तर देता नवयुवक। रूप से रूप की टकराहट। स्त्री का लावण्य और पुरुष का सौन्दर्य, तिसपर परस्पर आकर्षण। वह साइकिल चलाकर वर्जिश कर रही थी। नवयुवक नीचे खड़ा, ठुड्डी उठाये उसे निरन्तर निरख रहा था। रेशमी रूमाल से बँधा-ढँका सिर, उसे कश्मीरी बाला का सा रूप प्रदान कर रहा था। फ्रेम में जड़े से थे उनके चेहरे। कुछ पल ठिठक जाना पड़ा। कोई ऊँची रुचि का फिल्म-निर्देशक हो तो, इस मनमोहक दृश्य को कैमरे में कैद कर ले। परस्पर लीन, सादा-सरल से दो चेहरे। उनके बीच, मीठा-सा कुछ, मद्धिम आँच पर खदबदाता हुआ। आँखों से कैसा तो सेंक पहुँच रहा था।

घुटने के दर्द पर घूमता बिजली का लट्टू भला लग रहा था। लट्टू पर वही लिक्विड पैराफिन चुपड़ा हुआ था। वह केवल एक माध्यम था, किरणों को जिस्म तक पहुँचाने के लिए। घुटना तो गरम मोम के प्रलेप से पहले ही गरमाया-नरमाया था। अब उसमें कोई गाँठ खुलती-सी महसूस हुई।

"जब तक इलाज चले, ए.सी. कूलर मत चलाएँ। नहीं तो यहाँ जो हम कर रहे हैं, उसका उलट आप घर पर कर लेंगी।" फिजियोथेरेपिस्ट की यह हिदायत सुनते ही परदों के परली तरफ का मरीज एकदम से बोल उठा, एक कराहती हुई चहक में।

"यह दुरुस्त फरमा रहे हैं, मैडम। मेरे दफ्तर ने तीन-दिवसीय सेमिनार आयोजित किया था। मैं पिछले तीन दिनों से, सवेरे साढ़े नौ बजे से लेकर, रात के बारह बजे तक ए.सी. मशीनों की जबर बर्फानी ठण्डक में बैठ-बैठकर ही यहाँ तक पहुँचा हूँ। मार पीठ तमाम जकड़ी पड़ी है, और गरदन भी अकड़ गयी।"

"नहीं, मेरे भाई, सिर्फ ठण्डक से ही यह सब, इतना कुछ नहीं हो जाता। तुम्हारा पोस्चर भी गलत रहता है।"

"पर, डॉक्टर साब, वहाँ पानी से पान तक, सब कुछ बर्फ में लगा था। छह किस्म के ठण्डे सलाद थे। मेयोनीज सॉस, व्हाइट सॉस और चीज सॉस में लगे-लिपटे। मीट के कोल्ड कट। स्ट्राबेरी, अनानास, संतरों के रंगारंग टुकड़े, बर्फ के पारों में बसे थे। 'फ्रूट-बोल' ही बर्फ की सिल्ली पर टिका था। अब, सिल्ली के नीचे तो खाली ट्रे का लगा होना खैर, लाजमी था ही। चार किस्म की आइसक्रीम थी। एक दम फ्रोजन। बेयरे जाने कौन से इगलू में से निकाल के लाये जा रहे थे, ठस्स-ठण्डी, आइसक्रीम की सिल्लियाँ! मेरे बदन में तो दूसरे रोज से फुरफुरी-सी उठने लगी थी।"

"पंच-सितारा होटल में होगा, सेमिनार?"

मैंने उसके पीठ-गरदन के दुखड़े को नजर-अन्दाज किया, और उस पीड़ा-स्थल के हिमानी-रूमानी वातावरण का जायजा लेना चाहा, जिसकी वजह से उसके गले में इस कदर सोज उतर आया था।

"हाँऽआँ। था तो पंच-सितारा होटल में ही। पर, आदमी इस तरह की लाजवाब, नुमाइशी मेज के करीब हो तो, चखे-चबाये नहीं, तो जाए कहाँ?"

बरसात की उसम के बावजूद, युवक बर्फ से गले तक भर-पाया था। मेरे अल्ट्रासोनिक सेंक को कुल छह-सात मिनट ही लगे।

मैं कक्ष से बाहर आ रही थी।

नजर खिंच गयी टह-टह लाल साड़ी से। उसमें उँड़ेला गया एक जवाँ जहाँ जिस्म था। उस तमाम शोख सिंगार का अवसर था, ऊपर बँधी रस्सियों को ऊपर-नीचे खींचना, जैसे, उत्तर दिशा में दही बिलो रही हो। सही दिशा में मठ्ठा बिलोने में ललना की कमर भी लचक-लचक के पतला जाती। इस क्रिया में केवल उसका तना-कसा वक्ष ही ठाठें मार रहा था। उस पर पड़ी सोने की मोहन माला भी झूल रही थी। जाने को सम्भवतः सन्ध्य-निमन्त्रण कोई न हो, सो वह सब सज्जा इस बेमौके था।

"मेरे कन्धों में दर्द रहता है, जकड़न भी।" उसने बिन माँगे सफाई दे दी।

"आप, बहुत कसी हुई ब्रा न पहना कीजिए।" मैंने भी बिन माँगे सलाह दे दी। हम-दर्द तो थे ही हम।

पीछे, ट्रैडमिल से मिलती-जुलती एक मशीन थी। एक बेहद मोटी स्त्री उस पर आमादा थी। हाँफती-दौड़ती-सी वह बारम्बार अपना पल्लू कन्धे पर टिकाने का असफल प्रयास कर रही थी। उसके नितम्ब वर्जिश के समय, पठार जैसे, उभरे थे। उम्र उसकी कुछ निकलती हुई सी थी। इस सबके बावजूद उसके तमाम भारी अवयव नियन्त्रण में थे। वह फूहड़ मोटापा नहीं था। स्त्री अपने तन के प्रति सचेत थी। वह व्यायाम अवश्य उसे मोटापा घटाने के लिए बतलाया गया होगा। फिल्मों में न जाने क्यों मोटे इनसान से उसकी गरिमा और सहजता छीनकर उसे हास्यास्पद बना देते हैं, मैंने सोचा।

माँग में सिन्दूर दिये एक अन्य नवयुवती, ठुड्डी के नीचे कालर कसे, मशीन द्वारा संचालित थी।

"इतनी-सी उम्र में ही इन्हें यहाँ-वहाँ पीड़ा रहने लगी!" मेरे मुख से अनायास निकल गये वाक्य को, करीब से गुजरते महेन्द्र ने सुन लिया।

"ये औरतें पीढ़ों में धँसी, मटर की फलियाँ छीलती रहती होंगी। सैर करने भी यहीं पधारेंगी। यह नहीं कि घर में, फेंटा कसके झाड़ू-पोंछा लगाएँ! फर्श भी चोखा रहे और आप भी।" वह बड़बड़ाया।

सुन्दर लड़की अब दूसरी मशीन के रकाब में बायाँ पाँव फँसाकर उसे झूला-सा बना के झुला रही थी। उसकी बायीं हथेली उसके बायें घुटने पर दबी थी और वह दायें हाथ से उस हथेली को कुछ यों दबाये थी मानो स्वस्थ हाथ की शक्ति और ऊर्जा शिथिल पड़े हाथ में झंकृत हो उसे संचालित कर देगी। इस पूरे कारोबार के बीच उसके प्रेमी के चेहरे पर से स्निग्ध मुसकान जरा भी ढीली नहीं पड़ी। उसके होंठ धीमा-धीमा हिलकर युवती के कानों तक जाने क्या सन्देश पहुँचा रहे थे, लड़की के चेहरे की मुसकान खिलती चली जा रही थी। लड़के से नजर बाँधकर वह विहँस दी। लड़की अब भी कुछ ऊँचाई पर बैठी थी। लड़के की ठुड्डी अब भी उठान पर थी और होंठ लड़की की खिलती मुसकान का निरन्तर उत्तर दे रहे थे। ठीक ही तो है, नजर भी क्यों बेवफा हो उसकी।

साफ-स्वच्छ धुले-धुले-से चेहरे। लड़की के चेहरे पर किसी भी प्रकार का प्रसाधन-प्रलेप नहीं। हलके रंगों की बूटीदार छपाईवाला कुरता-सलवार उसे जरूर उसकी माँ ही पहनाती होगी। कौन जाने लड़की ने प्रेम में निराश हो, छत से कूद कर आत्महत्या करनी चाही हो। उसके घरवाले अवश्य ही उसके इस प्रेमी के प्रति, दुर्घटना के पश्चात् अति उदार और सहिष्णु हो आये होंगे। लड़की ठीक हो जाए तो निश्चित रूप से वे इसी को ब्याह देंगे। अन्ततः लड़के का प्रेम जीत गया। पर अभी

तो दोनों कैसी यातना से गुजर रहे हैं। भोले लोगों के सितारे भी भोले होते हैं।

तभी डॉक्टर साहब आ गये। उन्होंने लड़की का बायाँ पाँव रकाब में से निकालकर दायें पाँव पर टिका दिया और कैंची-सी बना दी। "बस इसे पाँव से ठेलते रहिए।" उन्होंने खाली रकाब की ओर संकेत करके कहा। प्रेमी अब भी मन्द-मन्द मुसकाता रहा। लड़की रकाब को कठिनाई से ठेल पा रही थी, परन्तु उसका चेहरा निर्वेद ही रहा। अचानक लड़का झुका और नामालूम ढंग से रकाब को धीमे से आगे-पीछे ठेलने लगा। डॉक्टर साहब की पीठ पर गड़ी, अदृश्य आँख ने सब कुछ ताड़ लिया। फौरन टोक पड़ी, "उसे अपने आप करने दो वह सब।" लड़का झेंपा-सा पीछे हट गया।

ठीक ही तो है, मैंने सोचा, उसके शरीर का तमाम आड़ा-तिरछापन वर्जिश से सही हो सकेगा। मेरा घुटना भी तो मोम और मशीन के सेंक के बाद कैसा चुप हो गया।

नाईलॉन की बैंजनी फूलदार साड़ी, उसमें फँसा औसत से कम कद का स्त्री-तन। सामने, दीवार पे जड़ा, बड़ा-सा वर्जिशी चक्का था। डॉक्टर साहब फिर से उसी ओर मुड़ गये। "अपनी बाँह ऊँची उठाओ। तानो उसे, चक्के के हैंडल तक तानो।" "हाय, डॉक्टर साहब! बाँह तो पीछे को भी नहीं जाती। ब्रा का हुक भी इनसे बन्द करवाती हूँ।" ठिगनी औरत ने कमाल की तर्ज निकाली।

"उठाओ जित्ता उठता है।" डॉक्टर साहब अनझेंपे बोले। उसकी अँगुलियाँ दस्ते से छह इंच नीचे ही रह गयीं पर कराह चक्के को पार कर गयी।

"अगर आपको कूलने-कराहने से दर्द को सहन करने में मदद मिलती हो तो जरूर वैसा कीजिए पर खयाल रहे कि, दर्द से ज्यादह हल्ला करने से डॉक्टर का अन्दाजा गड़बड़ा सकता है और दर्द की गोलियों की मिकदार भी।" डॉक्टर साहब ने दस्ते का पेंच ढीला करके उसे निचले निशान पर कस दिया।

"ये लो! दोनों बाँहों से बारी-बारी चक्के को पूरा घुमाओ। गिनकर दस-दस बार...अगर ठीक होना चाहती हो तो।" ठिगनी स्त्री कमाल के संयम से चक्का घुमाने लगी। आँखें उसकी अलबत्ता मिंची थीं और होंठ भिंचे हुए।

उस रोज आकाश, घनघोर बरस के थम-सा गया था। फिजियोथेरेपी के लिए कुल पाँच मरीज ही पहुँचे थे, जिन्हें सख्त हिदायत थी कि उनके इलाज में कोई रुकावट नहीं आनी चाहिए। कचहरी की तारीख भुगताने जैसा था, इनका आना।

महेन्द्र का काम हलका था। डॉक्टर साहब का भी। प्रतीक्षा किये बिना मेरे दोनों इलाज शीघ्रतर समाप्त हो गये। सुन्दर लड़की अपने साथी के समेत हाजिर थी। भला हो उसके साथी का। किस कर्तव्यपरायणता से, लक्ष्य-बद्ध होकर उसे यहाँ लाता है, आकाश बरसे चाहे फटे। आज वह काउच पर बैठी थी। एक विशेष प्रकार का स्केट उसके सम्मुख रखा था। पाँव फँसाने के स्थान की बजाय उसमें एक दस्ता

लगा था। सुन्दर लड़की को उसी दस्ते को पकड़ के, स्केट को धकेलना था, बायें हाथ से। उसने अपने दायें हाथ से बायीं कलाई थाम ली थी और स्केट धकेलने का उपक्रम कर रही थी मैं उसी काउच पर सुस्ताने बैठ गयी।

बाहर, वर्षा फिर से गिर रही थी, सीधी-सपाट, सलेटी चादर-सी। भीतर सब कुछ निचाट-सा था। सुन्दर लड़की बड़ी अनमनी-सी, स्केट खिसकाने लगी।

बारिश सरपट बरस लेने के बाद, सुहानी-सी रिमझिम में बदल गयी। लड़की अब पूरी तरह ऊब चुकी थी। उसने प्रेमी को निरखा और सिर हिला दिया, कि, "बस अब चलें।" साथी तपाक से उठ लिया। उसने अपनी प्रेमिका को सहारा देकर उठाया और वह खास छड़ी उसके दायें हाथ में थमा दी। छड़ी एल्यूमिनियम की थी और उसके निचले हिस्से में चार सिरे, पंजों से टिके थे। लड़की का सुडौल शरीर बायीं ओर को ढरका था। उसने कुरते के नीचे कुछ नहीं पहन रखा था। लड़की की नजर, जमीन ताक रही थी।

मैं भी उठ ली। अचानक मैंने उसकी ठुड्डी छूकर ऊपर उठा दी और कह ही दिया, "तुम्हारा चेहरा बहुत ही सुन्दर है।" उसने पलक उठा के, मुझे जरा-सा ताका और लजा गयी। उसकी प्याजी रंगत जरा और गहरा गयी। आड़ू के फाँक से उसके होठों को, एक नन्ही-सी मुसकान छेड़ गयी। उसके साथी की जवाबी मुसकान, कुछ गर्व-मिश्रित थी।

लड़की के चेहरे पर सदा की भाँति कोई पीड़ा-भाव न था, जैसे, तन में कोई पीड़ा-तन्तु हो ही न। कैसी चुप-सी हुआ करती उन दोनों की मुसकान। हलकी और सहज। कितना कोलाहल रहित प्यार था, उनका। नीरव संवाद का कैसा अद्भुत आदान-प्रदान। मैंने उन दोनों के लिए गलियारा बेरोक छोड़ दिया। लड़की का चेहरा लुका-झुका-सा रहा, मानो आधे-उठे अवगुण्ठन में कोई नयी-नवेली हो। उसे सीढ़ियाँ उतरने में पर्याप्त समय लगा। लड़का एक-एक सीढ़ी नीचे उतरकर उसे सहेजता रहा। शायद वे भूल चुके थे कि मैं उनके पीछे-पीछे आ रही हूँ। इतना धीरज, कैसा प्रेमिल युवक। लैण्डिंग पर लड़के ने उससे कुछ कहा। उसकी दृष्टि लड़की की ग्रीवा के ऐन नीचे फिसल गयी थी। सहज गुदगुदाहट ने दोनों को दबोच लिया। मैंने पल भर को नजरें फेर लीं। नीचे दहलीज के परे फिर से दो सीढ़ियाँ थीं। सामने शायद, नवयुवक की ही वैन खड़ी थी, क्योंकि उसने जेब से गाड़ी की चॉबी निकाल ली थी।

अचानक वर्षा थम गयी। ऊपर, छज्जे की रेलिंग पर तिरते पानी की मोटी बूँदें लयबद्ध तरीके से टपक पड़तीं। लड़के ने अपना एक पाँव नीचे उतारकर लड़की को सहारा देने को हाथ बढ़ाया। उसके चेहरे पर अब एक शरारती चमक थी। तभी, एक मोटी-मटियाली बूँद छप्पक से उसके चश्मे पे टपक पड़ी। चश्मे का शीशा अन्धा-सा हो रहा। इसके साथ ही लड़का झल्ला गया।

"चल जल्दी कर ले। बूँदें गिर रही हैं न।" उसने अपना हाथ लौटा लिया और जेब से रूमाल निकाल, चश्मे की धुन्ध साफ की। लड़की के चेहरे पर कोई प्रतिक्रिया नहीं हुई। जल्दी वह कर ही नहीं सकती थी। मेरे कदम भी ठिठक रहे। हे राम! आगे तो पैड़ी है। हड़बड़ी में उलट गयी तो? लड़के ने चेहरा ऊपर उठाया उसका एक हाथ, लड़की की कमर के इर्द-गिर्द था। शायद उस छुअन ने उसे फिर से गुदगुदा दिया हो। उसके चेहरे पर वही झुंझलाहट गायब थी। अब की बार, मटमैली बूँद लड़के की उठंग नाक पर टपक पड़ी। टप्प! "उँहूँ"। लड़का भन्ना गया। प्रेमिका की कमर तज वह अपनी नाक खुरचने लगा, जैसे किसी जिद्दी मक्खी ने वहाँ, अपना ठौर बना लिया हो क्योंकि एक साथ ही दो जुड़वाँ बूँदें और वहाँ टपक पड़ीं।

"कहा न, जल्दी कर ले।" वह भिनभिनाया। लड़की का चेहरा निर्विकार ही रहा। पर उसका तन आगे को लचकने की बजाय ठिठक ही गया जैसे वह कदम आगे उठाने-बढ़ाने का तमाम सिलसिला भूल ही गयी हो।

मैं सहारा दूँ, तो शायद वह अपना सन्तुलन ही न खो दे। मैं उसके साथी से कहना चाहती हूँ, "एक बूँद ही तो है!" पर वह अब भी अपनी नाक रगड़ रहा था। कदम हरकत में आने की बजाय, लड़की के होंठ ही थरथराने लगे। फिर वे, यूँ, कसने-भिंचने लगे मानो, इच्छाशक्ति से वह संचालित हो जाएगी। इससे पूर्व तो उसे मशीनों पर, सुरक्षित बैठा ही देखा था। कुछ संजोग ही ऐसा बना।

"चल भी।" लड़की ने सुना। उसका दायाँ पंजा ऊपर को उठा, जैसे वह गाड़ी का ब्रेक खोल रही हो। लड़का, उसके पाँव को घूरने लगा। टप्प! मोटी बूँद लद्द से, लड़के के सिर पर जा पड़ी।

"उफ्फोह! क्या हो गया है, तुझे?" लड़के ने खीजते हुए, रूमाल निकालकर सिर पोंछ लिया। जैसे, वहाँ बूँद नहीं, बीट गिरी हो। लड़की ने छड़ी की मूँठ पर कसा हाथ, आगे-पीछे किया। जैसे, गाड़ी का गियर बदल रही हो। पर कदम थमे रहे। "व्हील-चेयर! डॉक्टर ने कहा था, तुझे व्हील-चेयर खरीद देने को। तू ही ना मानी। कम-से-कम, समतल जमीन पर तो अपने आसरे चल सकती थी!" लड़की ने अब, पीछे मुड़ के देखा। भटके हुए की पुकार जैसी थी, वह नजर!

मैं सीढ़ियाँ फलाँगते हुए वापस फिजियोथेरेपिस्ट के कक्ष में घुस गयी। वह फुरसत में थे।

"डॉक्टर साब! वह...वह सुन्दर-सी कश्मीरी लड़की, जिसके साथ एक सुन्दर-सा लड़का आता है?"

"वह लड़की कश्मीरी नहीं है, और वह लड़का उसका पति है। खैर! हुआ क्या उसे?"

'पति' शब्द पर निराशा से मेरी साँस भीतर को खिंच गयी थी और मुख खुला रह गया था।

"जी...वह...वह तो चल ही नहीं पा रही!"

"ओह! इतनी-सी बात! उसे लकवा जो मार गया था। अर्धांग! बायीं तरफ का।"

"क्यों?"

"देखा नहीं? उसका घुटा हुआ सिर? हरदम स्कार्फ बाँधे रहती है? उसका, ऑपरेशन हुआ था, ब्रेन-ट्यूमर का। ऑपरेशन सफल हुआ था।"

"सफल हुआ था?"

"हाँ। वह अन्धी भी हो सकती थी।"

"बहुत कम उम्र लगती है, वह तो?" जैसे यह कोई दलील हो।

"वैसे, उसके दो बच्चे हैं। सात-आठ साल के।"

डॉक्टर साहब ने बात को लगभग समाप्त कर दिया।

"जी वह ठीक तो हो जाएगी?"

"ठीक तो है। और ठीक होना किसे कहते हैं?"

"वह...बोल सकती है?"

"जबान कुछ थथलाती है, इसी से बोलने में झिझकती है। वैसे, उसे बोलना चाहिए।"

"जी, धन्यवाद।"

मैं पलट ली। घुटने का दर्द तो क्या टीसता, घुटना ही सिरे से गायब, महसूस हुआ। मेरा पाँव भी तो जैसे, बिना टखने के बढ़ा जा रहा था। मैं मुस्तैदी से सीढ़ियाँ उतरे जा रही थी।

नीचे दहलीज पर कोई न था। न झुंझलाहट भरी प्रतीक्षा, न असफल होती इच्छा-शक्ति। दृश्य एकदम सफाचट था। कीचड़ में धँसी गली सुनसान। वैन भी वहाँ नहीं थी। बस, मोटी-मटियाली बूँद अब भी अपना वजूद जतला रही थी। टप्प। टन्न। टुपुक। जो भी शै उसके नीचे आ जाए, उसके मुताबिक बजती हुई!

❑

साहित्य-सृजन : कुछ भ्रान्तियाँ, कुछ आस्थाएँ

भारत कब नहीं सांस्कृतिक संक्रमण के दौर से गुजरा है? परन्तु मुगलकालीन सांस्कृतिक दौर हो अथवा ब्रिटिश अतिक्रमण, भारतीय साहित्य, भाषा और संस्कृति, कुछ गँवाने की अपेक्षा या सर्वथा लोप हो जाने की अपेक्षा, कुछ अधिक समृद्ध होकर ही सम्मुख आयी है। अपनी सामाजिक व सांस्कृतिक दृष्टि और सोच को लेकर, अधिक व्यापक स्तर पर, सकारात्मक समझ से साहित्य में गहरे तक पैठ पाना, चरित्रों-पात्रों को मनोवैज्ञानिक और भावात्मक धरातल पर विश्व-संवेदना के निकट ला पाना, साहित्यिक भूमण्डलीकरण का एक पक्ष है।

मानव-प्रकृति देश-काल से परे भी वही रहेगी, इसी से साहित्य का कथ्य भी वही रहेगा। केवल उस कथ्य की पकड़, दृष्टि और व्यवहार लेखनी के अनुसार बदलेगा। रचनाकार सम्भवतः एक नितान्त कोरी संवेदना को कुरेद दे या पुराने कथ्य में से ही किसी नये कोण को उकेर दे। हो सकता है, कहानी की अन्तर्यात्रा किसी अछूते प्रसंग द्वारा पाठक के अन्तर्तन्तु को छू जाए। यह पाठक संसार के किसी अन्य कोने में भी बैठा रह सकता है। जो लेखक का लिखते समय होता है, वही न्यारा-सा आत्मिक सम्बन्ध, उसका भी रचना से बँध पाता है। साँझे अनुभव की मिल-बाँट और उत्कटता दोनों में रह सकती है, बावजूद क्रोशे के इस कथन के कि, 'ऐन ऐस्थेटिक एक्सपीरियंस कैन नेवर बी रिपीटेड'। यह ललित जुड़ाव ही मूल रचना के किसी अन्य भाषा में अनुवाद की बाध्यता है।

साहित्य का प्रचुर और विपुल अनुवाद ही, उसके भूमण्डलीकरण की दूसरी कड़ी है। चाहे अनुवाद में मूल रचना से कुछ छूटा-घटा रह जाता है, या कुछ जुड़-बढ़ भी सकता है; फिर भी एक देश का साहित्य सुदूर, कहीं और पहुँचता तो है।

कुछ सार्वदेशिक मानव-मूल्य होते हैं। समय-सापेक्ष दृष्टि के भी दूरगामी निष्कर्ष। एक ही घनीभूत अनुभव के कई आयाम। कब कौन कहाँ बैठे, मर्माहत हो जाए, पाठक के रूप में, अनुवादक या आलोचक के रूप में।

नहीं तो, फ्रान्सीसी लेखिका सिमान द बोउआ का उपन्यास 'ए वुमन डिस्ट्रायड', उषा प्रियंवदा के उपन्यास 'शेष यात्रा' की पीड़ा कैसे भुगता गया? मेरी ही कहानी 'तीन पेड़ों के साये में' और 'रूसी कलम' नोबोकोव द्वारा रचित कहानी

'द रीयुनियन' में आधुनिक पीढ़ी के दो भाइयों के बीच बढ़ती संवादहीनता और सम्बन्धहीनता को एक ही संवेदना के धरातल पर कैसे ले आयी?

कुछ प्रबुद्ध आलोचक, साहित्य को लेकर काफी कलह-क्लेश मचाये रखते हैं। कभी-कभी तो मूल रचना का मौलिक तत्त्व एक ओर ठेला जाता है और उसका नवीन, व्यक्तिगत आशय निकाल लिया जाता है। वह आलोचक विशेष, फिर रचना का दूसरा रचयिता बन बैठता है। रचनाकार का उद्वेग यदि निश्छल और भाव सहज हों तब भी आलोचक के विवेचन-विश्लेषण में कटुता-कट्टरता आ सकती है। लेखक की पाठक से अपील, उसके हृदय से हो सकती है, जबकि आलोचक का आग्रह, अतिरिक्त बौद्धिकता से हो सकता है।

संश्लिष्ट आलोचना की दार्शनिक बारीकियों में, कहीं रचना का मूल स्वर खो सकता है। लेखक की रचना, आलोचक की मानसिक दौड़ का एक प्रारम्भिक बिन्दु भर होकर रह जाए या उसके दर्शन-ग्रन्थ में मिसाल-हवाला भर। ऐसा भी हो सकता है।

मिलान कुन्देरा का कहना है कि हर उपन्यास, उसके लेखक से अधिक समझदार होता है।

साहित्य के विश्वव्यापी होने के लिए या केवल बच रहने के लिए भी, जो अनुवाद की अनिवार्यता है, वही आलोचना की भी है।

कभी-कभी, रचना छप चुकने के पश्चात् भी प्रकाश या चर्चा में नहीं आ पाती क्योंकि वह अब प्रकाशक-सम्पादक के निर्णय से बरी होकर आलोचक के विचाराधीन पड़ी रह सकती है।

यहाँ यह कह दूँ कि रचनाकार और उससे पूर्व पाठक होने के नाते, मैं भी आलोचक हूँ। जो पढ़ती हूँ, उस पर मीठी-तिक्त, हर प्रकार की, समझदार या नासमझ प्रतिक्रिया बोल या लिखकर अभिव्यक्त करती हूँ। परन्तु उस प्रकार की धुर समीक्षक नहीं हूँ जो चाहे जिस रचना को उछाल दें, उसके ताशे-शादियाने बजवा दें, चाहे जिसका जनाजा उठवा दें।

रचना के कालजयी और देशातीत होने के लिए उसमें गुण होने के साथ-साथ उसका मौजूद रहना भी आवश्यक है। प्रिण्ट में रहने के लिए उसका पठनीय होना भी आवश्यक है। समरसेट मॉम का कहना था कि "Posterity will make it's choice from among the books which remain in print.—यानी, पुस्तक-विशेष की माँग पाठकों में बनी रहनी होगी। पुस्तक की लोक-प्रशंसा भी अभीष्ट है और उसकी समीक्षा-समालोचना भी।

समाज के प्रताड़ित और विशृंखलित पात्रों से संवेदना होते हुए भी यह सम्भव नहीं कि हर लेखक उन चरित्रों को, अतिशयोक्ति से बचते हुए, जीवन्त बना सके।

जो लेखक भविष्यज्ञाता की-सी दार्शनिक मुद्रा अपनाकर खासी भविष्यवाणियाँ

कर लेते हैं, वे अपने पात्रों को आदर्श भले ही बना पाएँ विश्वसनीय नहीं बना पाएँगे। और एक विश्वसनीय पात्र ही, भूमण्डलीय पात्र हो सकता है।

एक दूसरी तरह का लेखक है जो चाहे लेखन के लिए कम चर्चित हो, किन्तु वास्तविक धरातल पर उतरकर, ऐसा लोक-कल्याण कर और करवा ले जाए जो उस समय-काल के लिए अधिक महत्त्वपूर्ण सिद्ध हो।

कॉलेज की मात्र मनोविज्ञान की व्याख्याता किसी केस-हिस्ट्री को लेकर एक सशक्त साहित्यिक रचना रच ले, यह बहुत सम्भव नहीं है। हालाँकि, हर रचना में यदि मन है तो मनोविज्ञान भी रहेगा ही। मनोवैज्ञानिक क्षणों का अपना गहन अनुभूत सत्य होता है।

लेखक का आत्मसंकट और अन्तर्दृष्टि साहित्य की दूरगामी सम्भावना और सम्प्रेषणीयता, समय के हस्तक्षेप के पश्चात् भी, उसकी देशातीत पहचान, उसकी सहज और बोधगम्य शैली है जो मन को बींध सके। ऐसा भूमण्डलीय पात्र है जो विश्व की किसी भी अनूदित भाषा में एक जाना-पहचाना व्यक्ति लगे।

यूँ हर लेखक का एक निजी भाषा-संस्कार होता है, जिसका प्रशिक्षण या नकल-भर सम्भव नहीं। उसने जिस धरती में जन्म लिया है, उस मिट्टी की जीवन्त भाषा, माँ के चेहरे की मानिन्द स्पष्ट होनी चाहिए। यदि वह चेतन अथवा अर्धचेतन मन में कहीं भी दबी-छिपी है तो अनुकूल पात्र मिलते ही, अभिव्यक्त हो जाएगी। अपने देश की धरती में, स्कूल-कॉलेज की किताबी भाषा के अतिरिक्त घर-पिछवाड़ा, सड़क, गुमटी-बाजार, हाट-हट्टी, सब जगह की बोली-बानी आ जाती है। साहित्य-रचना कोई उत्पादन कर्म नहीं है, जिसके लिए बने-बनाये साँचे-ढाँचे चाहिए।

समानान्तर साहित्य में जब विश्वव्यापी ऊब, अकेलापन, हताशा, सन्त्रास, वितृष्णा और आक्रोश उभरता है तो वह हर देश के हर कला-माध्यम में यों व्याप्त होता है कि उन भावों के भूमण्डलीकरण का सायास प्रयास करना ही नहीं पड़ता। अकेलापन और अजनबीयत, एक व्यापक अनुभूति बन, मनुष्य मात्र को डस लेती है। संसार-भर का कला-क्षेत्र कभी समग्रता में अपने को दोहरा रहा है, कभी चुप है तो कभी उसमें अत्यधिक कोलाहल है।

उकतायी हुई कृतियाँ, अनूदित-अभिव्यक्त होती चली जाती हैं, एक छुतहे रोग की तरह, अनेक भाषाओं और माध्यमों में।

सामाजिक स्थितियाँ-विसंगतियाँ और नैतिक सरोकार, आक्रामक लहर की तरह आवेष्टित होकर तमाम देशों की चेतना को झकझोर देती हैं। समकालीन भावधारा से संसार की मूर्तिकला, चित्रकला, संगीत, चित्रपट, छायाचित्रांकन, साहित्य-सृजन, ये समस्त रचनात्मक शक्तियाँ और अस्मिता-संकट की छटपटाहट, एकताबद्ध होकर भूमण्डलीय हो उठती हैं। एक अदृश्य उपस्थिति, समरसता की तीक्ष्ण लहर बनकर साहित्य की चेतना पर आघात करती है। एक ही से बिम्ब-प्रतीक

साहित्य में उभरने लगते हैं। अनोखी अभिव्यक्ति की खोज में भाषा नग्न और भदेस होने लगती है। आधुनिक प्रश्न व जिज्ञासाएँ, आधुनिक वाक्यांश को जन्म देते हैं।

जर्मन भाषा ने इसी झोंक में, विश्व को दो शब्द दे दिये—'कीत्श्श' जिसका अर्थ है, कूड़ा-कबाड़ किस्म की कला, और 'ऐंगस्ट' जिसका अर्थ है पीड़ा।

धन-लोलुपता, उपभोक्ता संस्कृति, देश की संस्कृति का व्यवसायीकरण, एक ही तरह, मानव-चरित्र पर चोट करते हैं। जैसे-तैसे कम परिश्रम से अर्जित किये हुए नये पैसे ने, मानव-चरित्र को एक खास तरीके से तोड़ा-मरोड़ा है। 'ऐंग्री यंग मैन' की छवि या दिशाहीन युवा-आक्रोश किसी व्यक्ति विशेष का नहीं है। यह एक दिशाहीन आक्रोश है, जो विश्वचेतना की ही देन है। यूँ हम जितना ही किसी विशिष्ट चरित्र का विश्लेषण करते चलते हैं उतना ही वह सरल-सादा निकलता आता है। यहाँ तक कि आगामी विश्लेषण का कोई कारण ही नहीं बच रहता। ऑस्कर वाइल्ड का कहना है कि, "Sooner or later, one comes to that dreadful thing called human nature." उनका आशय था कि अधिकतर लोग, एक-दूसरे से ऊपरी या उथले तौर पर ही अलग-थलग दिखलायी पड़ते हैं, बोली-बानी, पहरावा, रंग-रुचियों को लेकर ही। उस सबके नीचे दबी तो बस एक सीधी-सादी बौनी-सी इनसानी फितरत है। बेहतर सिनेमा की 'वोह छोकरी' फिल्म में एक चरित्र बोलता है—"आदमी न अच्छा होता है, न बुरा। वह बस आदमी होता है।"

वास्तविक जीवन में, जो कुछ भी घटता है, वह सभी तो लिखने-सोचने लायक नहीं। इतिहासकार और सामाजिक टीकाकार, तथ्य को केवल रिकार्ड करता है, जबकि, रचनाकार उसे रचता है। कल्पना और आविष्कार भी उसमें रहते ही हैं। पी. लुबोक के अनुसार, साहित्य में वही शिल्प उत्तम है जो, अपने विषय के साथ पूर्ण न्याय कर सके।

रचे गये चरित्र को छोड़ सकना या अपने वर्चस्व से मुक्त रख पाना, लेखकीय क्षमता है। यह अनाम-गुमनाम शैली जहाँ, लेखक का 'मैं' अनुपस्थित हो, मोपासाँ के कृतित्व में बखूबी झलकती है। सम्भवतः यह भी एक कारण हो उनकी कृतियों का विश्वमोहिनी होने का।

अच्छा लगता है कथा के पात्रों का इतना सजीव हो उठना, कि वे अपनी सम्पूर्ण निजता में स्वयं ही बोलते-जीते, प्रतीत हों। एक-दूसरे से खुद-इख्यारी और जिम्मेदारी से इण्टर-ऐक्ट करें। समस्या चाहे कुछ भी हो, उससे उपजा द्वन्द्व किस प्रकार घटित होता है और पात्रों द्वारा कितने प्रामाणिक ढंग से वहन किया जाता है, वही महत्त्वपूर्ण है।

वर्गों का उन्मूलन भी एक विश्वव्यापी चिन्तन है। सत्ता अथवा समर्थ द्वारा, असमर्थ का भक्षण भी दुनियावी सरोकार है। जीवन है, इसीलिए साहित्य भी है। तकनीकी प्रगति विश्व को एकल नगर बनाने में तत्पर है। उधर संयुक्त परिवार टूटा,

इकाईवाला परिवार भी चरमरा रहा है। अब 'वन पेरेण्ट फैमिली' की अपनी समस्याएँ हैं। जो नाते तोड़ आये, उन्हीं नातों की समाज से अपेक्षा है। फलाँ पिता-समान है। दूसरा कोई भाई-समान। 'लिव इन गर्ल फ्रैण्ड' पत्नी समान होती जा रही है। शंकालु और शिकायती। सम्बन्ध जोड़ना और तोड़ना एक खेल हो गया है। उधर समूचे विश्व से नाता है। समूचा विश्व एक ही नगर समान है। विश्व ग्राम कहने में हिचकती हूँ क्योंकि जो तकनीकी प्रगति के उच्चतम शिखर पर रचा जाएगा, वह ग्राम कैसे हो सकता है? संवाद-सम्प्रेषण तकनीक द्वारा, शीघ्रतम सम्भव है। पुस्तकें वीडियो कैसेट बन गयी हैं, कम्प्यूटर की फ्लॉपी बन गयी हैं।

बहुत-सी भाषाओं में तत्काल अनुवाद सम्भव हो गया है। किन्तु जिस आत्मीयता से पाठक, किताब के कागजी पन्नों का स्पर्श करता है, उसे जहाँ-तहाँ बैठे-ठाले या अधलेटे दबोचकर, पढ़ने का आनन्द ले पाता है, वह सुख टेलीविजन पर प्रसारित अक्षरों में कहाँ?

टेलीविजन पर किसी कहानी के रूपान्तर में छवि है, रंग है और है शोर। चुपचाप वह साथी—किताब गायब हो जाती है। ऑल्दुस हक्सले 'ब्रेव न्यू वर्ल्ड' में देखते हैं कि तकनीकी प्रगति ने साहित्य का सर्वनाश ही कर दिया है। तकनीकी संस्कृति एक अपसंस्कृति के रूप में चहुँ ओर फैलकर, पहुँचना चाहती है। वह ऊँचे साहित्य को परोसने-पहुँचाने में दिलचस्पी नहीं रखती। यह दृश्य-संस्कृति पत्तल-परोसा बनकर रह जाती है। तुरत-फुरत चाटा और फेंक दिया। उसमें ठहर-सँवरकर किसी विचार या भाव पर टिक पाना कम ही हो पाता है। दूरदर्शन पर भीष्म साहनी की कृति 'तमस' की सफल प्रस्तुति या अन्य कुछेक ऐसी प्रस्तुतियाँ अपवाद भर हैं। दृश्य-तकनीक की अधिकतर माँग, चाश्नी और चटखारा है, चाहे मनुष्यता-शालीनता तुच्छ पड़ जाए।

हर लेखक, जाने-अनजाने यही प्रयास करता है कि अपनी सांस्कृतिक निजता और विशिष्टता को बनाये रखते हुए, विश्व स्तर पर कलात्मक और भावात्मक एकता का निर्माण करे। जीवन-दर्शन के साथ-साथ कुछ शाश्वत मानव-मूल्य अवश्य बच रहेंगे। इन्हीं मूल्यों पर साहित्यिक मूल्य भी आधारित रहेंगे। विश्व-स्तर पर सोचते हुए भी कर्म नगर, गाँव, कस्बा गली या घर, लोकल स्तर पर ही करना होगा। चाहे वह घर की नौकरानी की ही कथा हो पर उसका वही लोकल तत्त्व, संसार के दूसरे कोनों में अनुवाद द्वारा पहुँचकर सांसारिक हो जाता है। हर समाज, हर देश में, वह चरित्र, अनोखा न रहकर परिचित हो जाता है।

लेखक के लिए रचना-कर्म सहज-साध्य हो अथवा कष्ट-साध्य, कार्य रचते समय, उसे राजनैतिक सोच, दर्शन कुछ भी याद नहीं रहता। इसीलिए कोई भी माहौल रचना-विरोधी नहीं होता। सर्जनात्मक सम्भावना कभी शेष नहीं होती।

लेखक आपको केवल सूचित करने के लिए भी नहीं लिखता। तर्क की कसौटी

हो अथवा परम्परा-परिपाटी, उस पर ठीक-ठीक कसी, घड़ी की भाँति टिकटिकाती, रचना भी वह नहीं देता। उसकी चेतना-सम्पन्न दृष्टि, पाठक को पाठ रटाने के लिए नहीं, बल्कि उसे कुछ दिखला देने के लिए है। आलोचना के निर्देशन में कहानी नहीं लिखी जा सकती। कोई रचना जब सुदूर बैठे किसी अन्य देश के पाठक की दुखती रग को यूँ छू ले कि छूते ही वह चिलक उठे, तो वही रचना का या साहित्य का भूमण्डलीकरण है।

❑❑❑